新潮文庫

エル・ドラド

上巻

服部真澄著

エル・ドラド（上）

蓮尾一生……………………………米国在住の翻訳家
三角乃梨……………………………蓮尾一生の担当編集者
アダム・シングルトン……………放火殺人事件で死んだ少年
エリック・シングルトン…………アダムの父
レックス・ウォルシュ……………科学ジャーナリスト
シリル・ドラン……………………ワイン・ジャーナリスト
ティエリ・ドラン…………………シリルの夫。ワイン醸造コンサルタント
ダグラス・タイラー………………『ジェネアグリ』社会長
アール・カッツ……………………私立探偵
ホセ・ルイス・比嘉………………日系二世
ゴーディ・ブランドン……………『ノースイースト・デイリー』記者
ポール・フェイガン………………レックスの出版エージェント
ヴィセンティーナ・モリナ・ヴェラスコ…元ミス・ユニヴァース
レーシー・ローウェル……………CIA副長官
デニス・バウアー…………………『フェリコ』社員
ヴァレリー・バウアー……………デニスの妻
キース・シャノン…………………ヴァレリーの弟、テクニシャン
ティモシー・ランドル……………昆虫の専門家
サラ・コーリー……………………ダーウィン植物研究所職員
テオドロ・モレノ…………………ボリヴィアの議員
マルティネス………………………モレノ議員秘書
『ロドリゴ』、『マリエル』………コカイン密輸組織

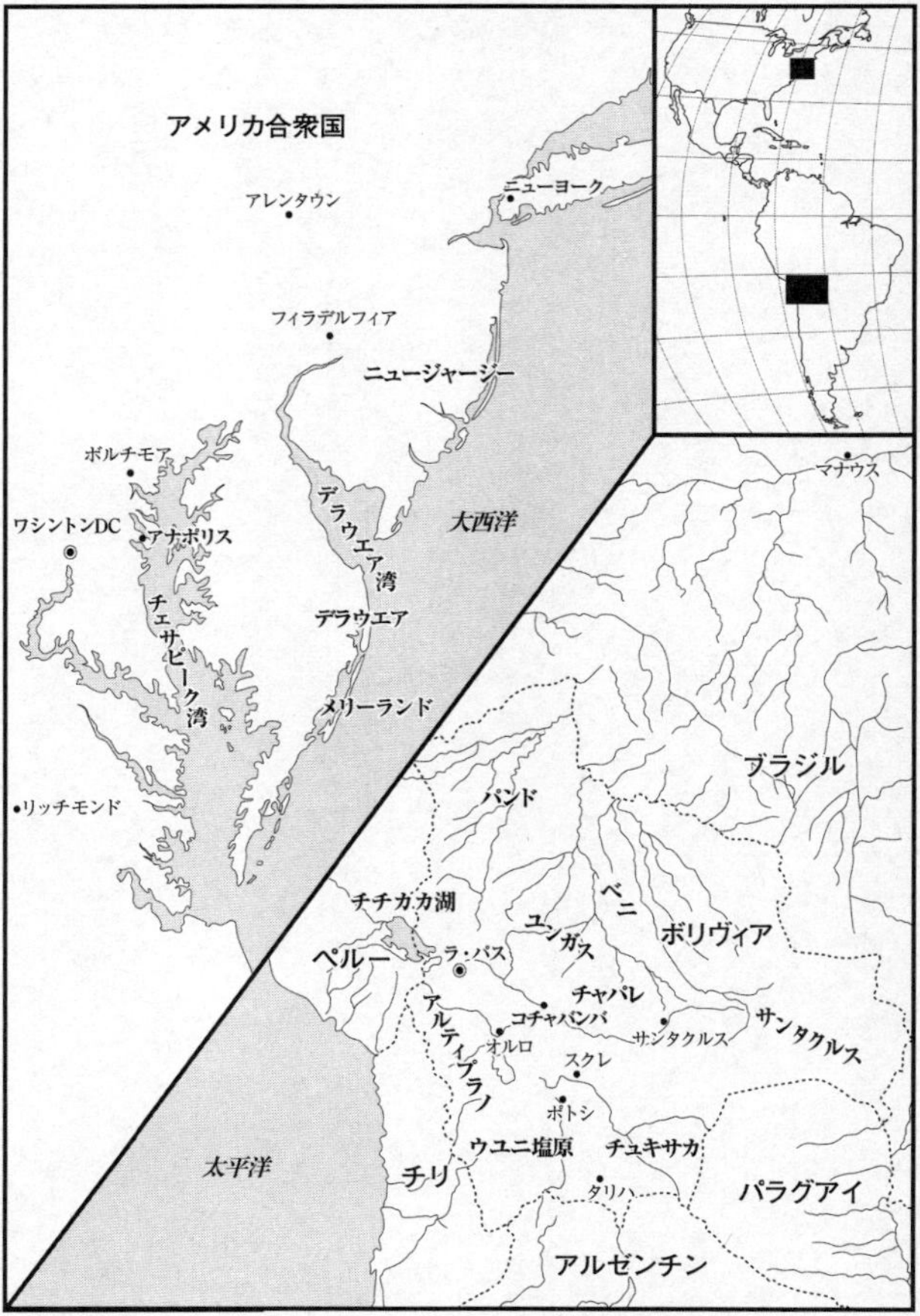
アメリカ合衆国
アレンタウン
ニューヨーク
フィラデルフィア
ニュージャージー
ボルチモア
ワシントンDC
アナポリス
デラウエア湾
大西洋
チェサピーク湾
デラウエア
メリーランド
リッチモンド
マナウス
ブラジル
パンド
ベニ
チチカカ湖
ユンガス
ボリヴィア
ペルー
ラ・パス
チャパレ
アルティプラノ
コチャバンバ
サンタクルス
サンタクルス
オルロ
スクレ
ポトシ
ウユニ塩原
チュキサカ
太平洋
チリ
タリハ
パラグアイ
アルゼンチン

第1章

1

ぼくは気がつくと、ある日のことを始終、考えている。

ワインが焼けて、アダムが死んだ日のことだ。

アダムとは、ときどき朝食をともにすることにしていた。仲間というよりも悪友に近い仲で、顔を合わせてもたいした話があるわけではない。お互いのプライヴァシーに踏み込んだこともなかった。自分の得意とする分野の情報を交換する程度だ。アダムはボートを上手にあやつり、町のことをよく知っていた。

居心地のいい隠れ家のようなフィンの店を教えてくれたのは、土地っ子のアダムだ。いつも、ぼくが勘定を持つ。たかが朝食にすぎないが、当然のことだ。年長者の体面である。

約束の時間に、二十分近く遅れていた。ひどい朝だった。車を降りて歩き出すと、耳の端（はた）を、風が唸（うな）って通り過ぎた。空は、わずかに白みかけていたが、太陽のありかが朧で、街燈がまだついている。一晩じゅう荒れた風はおさまりきらず、重い梢がうねり、泣きだしそうな朝の空にざわめいていた。

フィンの食堂のちっぽけなコテージは嵐に持ちこたえ、川べりにへばりついている。扉を開けると、追いかけてきた風がひと筋、店に吹き込んで、板張りの床をさらった。

時計の下の磨かれたカウンターで、年寄りが、古いポータブルテレビをみながら、フィンと話している。ホバークラフトやボートを扱う連中が集まるには半端な時間なのか、風がひどかったせいか、客はそれだけだった。

ごつい手でマグ・カップを拭いていたフィンが、こちらに視線を走らせて、ちょっと驚いた表情になった。

朝の挨拶を聞こえるようにいい、ぼくは川が見渡せるオークのテーブルについた。

風が窓ガラスを打ち、震わせている。川辺に自然にできたながい砂州に、ボートが数艘かたまって、じっとやり過ごしているのが見えた。

ぼくも、つかのま、身をよせている。入江の続くチェサピークの内湾に面した、この小さな町に。

湾部が街中まで入り込んでいるアナポリスでは、水脈が奥へ奥へと岐れ、おびただしい水路になる。海という響きの持つ力が、続きになって街の水辺に漂う。人の手の入らない川のほとり。時代ものの橋。カモメやミサゴが我がもの顔で水と生きている。アメリカ合衆国の最初の首都だったというけれど、現実とは思えなかった。わずか十か月にせよ、この町が大国の要(かなめ)であった時期があるなんて。指折りの商港を背景に開けた土地であるわりに、町なかの水路には、小ぶりの船たちしかいない。港が浅く、大型船が入って来られなかったおかげで、小さな町のままなのだ。歩みののろい時間の流れと同じように、潮の満ち干(ひ)も緩慢で、水際(みぎわ)ぎりぎりに家が建ち、水面に突き出した棒きれのような杭(くい)に、ボートが繋(つな)がれている。

　桟橋が至るところにあり、何隻(せき)もの船が現れては消える。町にいると、ここに立ち寄った船たちと同じように、無限の行き先があり、停泊を続けることも、いつか出航することも自在なのだという錯覚を持つ。そのくせ、帆をあげる気にならない。すっぽり水都にくるまれ、船ばかりを見て、もう何年もが過ぎた。四十になった頃、ぼくは、自分が少年の頃思い描いていたような、ひそかに撰(えら)ばれた者ではないことに気づきはじめた。それから数年が過ぎたいまでは、結局、出来損ないの男じゃないかとさえ、疑い始めている。

　諦(あきら)めも疑いも歳月も、水が縦横にたやすく流し去っていく。だから、たぶらかされる。逃げ出してきた者でさえ、夢のしっぽのようなものを眺め、ぬくぬくと、柔らかい画のなかに甘んじていられる。

旅立った船は、遥かな国でいまを生きる人間たちの宿命を、刻々と変えてゆくのだろう。が、ぼくはそんな場所には立てない気がしてきていた。

アダムは、まだ来ていなかった。落ち合う約束とはいっても、都合で彼が来ないことはよくあった。そんなときは、一人で朝飯を食い、一人ぶんの勘定を払うだけのことだ。が、少し気落ちした。ワシントンから引きずってきた苛立ちや焦りを、アダムとの時間が和らげてくれるはずだったという、身勝手な理由からだ。光のように若く、タフで熱心なアダムの顔を、一週間ぶりに見たかった。

フィンが、年寄りになにかいった。年寄りは振り返って、ぼくのほうを見た。眉を上げて、ひとことといいたげに口を開きかけたが、白髪の頭をもとに戻し、再びテレビに見入った。

フィンがつと寄ってきて、テーブルのそばに立つ。コーヒーのたっぷり入ったポットと、大きなマグを持っている。

「ひどいことになったもんだね」

同情ぶくみの口調に、ぼくは戸惑った。コーヒーをマグに注ぐと、フィンは、ポットごとテーブルに置いた。

「せめてもの……」

口をもごもごと動かすと、すぐに身を翻し、調理場に続くスイング・ドアに姿を消してしまった。

——せめてもの慰めに。

彼の口元は、そう動いたのだろうか。狐につままれた気になった。ぼくには、思いがけなく三万ドルほどの臨時収入があった。久しぶりにワシントンＤＣへ出、日本からの客の相手をしてきたばかりだ。慰めをいわれる覚えはない。

確かに天候はひどく、車で戻るには最悪の朝だった。といっても、心配したような嵐にまではならず、客をダレス国際空港に無事送り、町まで無事戻ってくることができていた。金が入ったついでに、買い物もしていた。

トランクには、仕事のためにＤＣで買い込んだワインが一ケースと何本か。ケネス・コールのスーツが二セット。新ジェット・セットといわれるやつらが身に着けているパワー・スーツだ。優雅なビジネスシーンと素晴らしいオフをめまぐるしく過ごす人間にふさわしい服、というキャッチフレーズの半端さが気に入って、最近では誰も振り返らないブルックス・ブラザーズのナンバーワン・サック・スーツから浮気した。本来は千七百ドルという目玉の飛び出そうな額だが、セールで手に入った。アダムに頼まれた本も、なん冊か買った。星座と航海術とか、火山の本。そんなことまで考えてみても、コーヒーをおごられる理由を思いつかないうちに、フィンはジンを持って戻ってきた。

「やっぱり、こっちのほうが気つけ薬になる」

よけいに驚いた。フィンの店では、朝っぱらからジンなんか出さない。船のクルーたちならいざ知らず、車で寄った客には、特に。なかでも、ぼくとアダムには、絶対に。フィンは、常識と思い遣(や)りがある男だ。うまい食事を格安で出す腕に、穏やかな口調と、男たちの話に嘴(くちばし)を挟んだりしない思慮深さを兼ね備えている。朝早く、ワッフルを食べに寄る中年男と八つの子どもに、酒など出すはずもない。

「ジン?」

咎(とが)めるような声を、ぼくは出したかもしれない。

「いや、その……」

もごもごといって、ビーフィーター・ジンをコーヒー・ポットに並べてそっと置くと、フィンはポータブルテレビのほうに目を向けた。いま思えば、ほかに、どうすることもできなかったのだろう。

「消そうか?」

顎(あご)をしゃくって、彼はテレビをさし、オンエアされている番組のことをいった。

人は、その場に流れる不穏な気配を、敏感に感じ取るものだ。このときのぼくが、そうだった。何となく流れていたアナウンスが、そのときになって初めて、急に意味を伴って耳に入ってきた。地元の局の、早朝ニュースだった。

……風速は平均三十ノット……。

……鋭く吹きつける昨晩の風に……。炎は家屋の周囲の芝生を……出火元は……夜半から未明まで……。

キャスターの声に引き寄せられるように立ち上がって、テレビのほうに近づいた。カウンターの年寄りは、ぼくが近づくと当然のように体をずらし、テレビの前をあけ渡してくれた。悲劇の主人公を、舞台のまんなかに押し出すように。

画面が見えた。原稿を読んでいたのは、キャスターではなく事件記者だった。すぐに画面が切り替わって、ゴアテックスのスクオール・パーカーを着込んだ記者が消え、録画された火事の現場が映し出された。

放送局のライトは、何もかもをあからさまに見せたがる。蠢(うごめ)く火さえ照らすのだ。燃えさかる家のクローズ・アップがあらわれた。風に合わせて呼吸するかのように、わっ、わっと、窓から芯のある炎が噴き出している。

心臓が激しく鳴り出した。窓枠のかたちに見覚えがあった。

すさまじい風の力で、家の柱が折れ、爆ぜる。火がごおっと鳴る。放水の様子が映る。火勢の強さに、水はしおれている。混乱したまま、ぼくは画面にあらわれる物の形をなぞっていた。灼熱によって失われていく物の形を。見覚えがあった。濃いグレーの鎧戸にも。白い羽目板の壁にも。

炎に目が眩んだ。冷や汗が出て叫びだしそうになった。焼失していくものは、どんなに足掻いても取り返せない。ひそかに、生涯を託する価値があるかのように思いはじめていたものでも。

「アダム……アダムは？」

フィンの顔を見た。彼の顔が、ひどく歪んだ。

「……知らなかったのか？」心配そうな表情を浮かべて、ぼくの顔を覗き込んだ。

「いまも、まだ燃えてるんだ。シングルトンの家が……。あそこの家族は、皆、行方不明とかって。……あの子も」

よろよろと、ぼくはドアに向かった。足がもつれた。背後でフィンの声がしたが、止まることなど思いもつかなかった。

店の扉を開けると、きれぎれに、サイレンが響いていた。高く近く鳴ったかと思うと、音は風に舞い上がって、急に途絶えた。川向こうの上空に目を凝らすと、黒煙が濃く巻きあがっている。ちょうど、ぼくが戻ろうとしていた方向に。

ぼくは、空を仰いだ。

持ちこたえられずに、空が泣きはじめていた。

撮影陣は、夜のあいだに、家を焦（こ）がす炎のカットを余すところなく撮りつくしたらしかった。火勢が衰えて炎の明かりがなくなったあとには、残骸（ざんがい）しか残っていない。炭化した梁組（はりぐみ）と土くれと、がらくたの燃え残り。壁が化けもののように垂れている。照明用のライトをあてられて金色に照り輝いているのは、絹のような雨だけだ。激しい風にあおられていく火を横降りにねじ伏せた雨は、小降りになっていた。それでも、慈雨（じう）は言い過ぎだっただろう。一軒の家が全焼し、隣家の一部も延焼したのだから。

昨晩、火事を起こした家の前庭は、芝生といってもささやかなもので、玄関ポーチから通りまで、僅（わず）かな距離しかない。正確には、玄関の残骸からというべきか。小さな家は、すっかり燃えつき、敷地を囲むように、立入禁止を示す黄色のテープが張り巡らされていた。

母屋の梁組は、炭化して剥き出しになっている。家の裏手に、これも残骸になったガレージがあり、焦げたキャンピング・カーと古い型のワゴンが見える。隣家との境に突き出している物置小屋も焼けていた。そこから火が回り、隣家の同じような小屋に引火した。

一九八〇年代に宅地開発されたこの区画には、初期のコロニアル様式を真似た住宅が並んでいる。アナポリスの住人たちは、町並みの古びた景観を保つことに熱心で、そのことが、こんな町はずれのタウンハウスにも少しばかり影響していた。焼けた家と似たような住宅が幾棟も続くあたりを、ウォルナット・コートと呼んでいる。名前のわりには、相当安手の造りだが。

まだくすぶっている家の周囲を遠巻きに、中継車が待機していた。深夜にたたき起こされ、浮かない顔で火事現場にやってきた撮影クルーが、まだ引き返さずにいる。パトカーに封鎖されている通りの向こうで、昼のニュースの実況放送に合わせて、レポーターがテストを繰り返している。事件記者も集まりだしていた。レーキやシャベルを抱えた耐火服の消防士のほかに、ウォーキー・トーキーを手にした警官らしき姿も目立つ。当事者にとっては壮絶な不幸でも、平均的なアメリカ人一家の焼死体だけでは、埋め草にしかならない。なのに、メディアの数は時間を追うごとに増えていた。

ニュースの目玉になるような材料が、この火事にあるのだろうか。

アイキャッチになるカラフルな傘の下の、画面映りのいい男女のレポーターが、慌(あわ)ただしく整列を始めた。カメラが狙(ねら)いやすい位置へと。昼の中継が始まるのだ。焼け跡を背に、各チャンネルが一斉に原稿を読みはじめていた。

焼死者が出た。遺体四体。おそらく、出火元の主(あるじ)、エリック・シングルトンの一家四人であるらしい。ごく普通の中流家庭である。妻キャシー。夫妻の子、生まれたばかりのメグ。それに――アダム・シングルトン。身元確認は、解剖の結果を待ってとなるだろう……。

――アダムが死んだ。

そんなことがあるだろうか？　ボートの操りかたを教えてくれた。釣りを教えてくれた。フィンの店でボルチモア・オリオールズの試合を見た。映画に行った。博物館を見せた。この何年か、ぼくの退屈をまぎらわしてくれた……。

ぼくは、黄色いテープの内側にいた。

分類からすれば、ぼくも、この火事の被害者である。シングルトンの家から出た火が、ぼくの物置小屋を焼いた。さらに、母屋への引火を防ぐために、ぼくの家も放水を受け、一部が水浸しになっている。

女刑事から解放されたあと、消防チームのなかの調査官だという若い男がやってきた。初めて間近で見る職種の人間が、際限もなくやってきては、説明し、問い質し、去っていく。

「災難だったね」

延焼した物置を調べていた調査官は、近づいてきてぼくの足もとを見た。ひどく殴られたような気分と同じくらい、ぼくの靴はよれよれだった。チノ・パンツの裾にまで、泥水のしみが広がっている。気が動転して、出かけたままの格好でうろつき回るうちに、履いていたホワイト・バックスが、灰色に黒い斑模様になっていた。ソールは泥だらけだ。ソックスも濡れて、歩くと水含みの音を立てた。

「消火にフォームを使うには、風が強すぎたんだよ」

化学薬品を使えなかったことを、調査官はいいわけのようにいった。

何トンもの放水で、芝生がぐっしょりと水を含んでいる。もともと湿地もどきのウォルナット・コートは、泥沼のようになっていた。しかも、シングルトンの家の、きっちりと刈り込まれた芝生の庭に比べると、ぼくの庭は雑草がほとんどで、干潟の態だった。

調査官は、らせん綴じのノートに何かを書き込み、ぼくを焼けた小屋のほうへと促した。

シングルトンの家の小屋から火が移ったはずなのに、ぼくの物置小屋のほうが、はるかに燃えかたがひどかった。小屋の形はすでにない。石積みになった部分が比較的よく残っていたが、木造の部分はどこも黒く煤(すす)け、くずれ落ちそうだった。屋根は落ちている。小屋を囲んで、輪のように地面が黒く焦げた跡がある。匂(にお)いで胸が悪くなる。

ごみためのように重なった水浸しのくずは、不要になって物置に放り込んでおいた書類やら衣類やらだろう。燃えながらに埋もれて、数世代前のマックの残骸があった。ずいぶん前に、お蔵入りにしたものだ。

調査官は、もっとも激しく燃えたと思われるあたりを、レーキの柄(え)でつついた。割れたボトルの山だ。

「このアルコールが流れて、全体の床を燃やしたんだな。で、隣の家より派手に燃えた」

瓶の形が、いくらかでも残っているのが不思議だった。

「相当、いける口なんだね、あんた。ここに吹き出した酒は、いったい何本あったんだ？　瓶(ボトル)にして、七、八十本か、百本くらいか……」

「二百はありますね」

いきなり、後方から声がした。振り返ると、五十年配の男が立っていた。

「ワインは燃えます。ご存じでしたか」

シンポジウムで講義でもしている教授かなにかのように、穏やかな口調だった。目元の皺が深い。ストームフラップのついたパーカーに、さらにナイロン製らしい薄いジャンパーを重ねてはおっている。現場にいる消防士や捜査官たちと同じように、がっしりした現場用のブーツをはいていた。

「いや……」

ぼくは、半分だけ正直に答えた。

知らなかったのではない。意識の範囲の外だったのだ。確かに酒は燃える。こうも燃えるとは、思ってもみなかっただけのことだ。ワインは燃えて、ただ血のように暗い色を地面に散らし、見知らぬものになって、ぼくから遠のいた。しなやかな体を失ったであろうアダムのように。

冷気だけが体にしみた。

「豪奢の亡骸ですね。いつも見ていた美しいまぼろしが消えて、醜い面が急にあらわれる。日常の裏返しみたいなものですよ。災禍は、否応なしに人を現実に引き戻します」

男は、誰と向き合っているのかを考えさせるようなことをいった。すらすらとものをいう才能に恵まれた男だ。

「あんたは？」

そのひと言で彼を嫌いになったらしい若い調査官の問いに、ＦＢＩの放火捜査官だと名乗って、男はバッジを見せ、一歩ぼくのほうに踏み出して、メモを示した。

「ブルゴーニュ産、ドメーヌ・ルロワのリシュブール、マダム・ビーズの畑から、九〇年もの。ドメーヌ・プリューレ・ロックのシャンベルタンの九〇年もの。同じドメーヌのオート・コート・ド・ニュイ九六年もの。ロワール産、ニコラ・ジョリーのクーレ・ド・セラン九六年もの。同じくディディエ・ダグノーのプイイ・フュメ九五年もの。アルゼンチンのメンドーサ産、ルイジ・ボスカのシャルドネ八八年もの。わが国では、ロロニス・ヴィンヤードのカベルネ・ソーヴィニヨン八九年もの……」

呪文のように、リストを読んでいく放火捜査官ゴーディを、若い調査官は鼻に皺を寄せて見ていた。ＦＢＩのスノッブめ。法執行機関の金持ちインテリめ。これ見よがしにしやがって。

確かに、流暢すぎた。ガレージの小型冷蔵庫に取り分けておいたため、かろうじて焼け残ったワインの銘柄を、ゴーディは淀みなく読んでいく。英語でバーガンディというところを、フランス語読みでブルゴーニュといった。

「無農薬畑もののコレクターなんですか」

彼はこう聞いた。ワイン・フリークなのか。それも相当の。庫内に入れておいたのが、有機農法で作られたワインのラインナップだなんて、ワイン・ジャーナリストなみのことをいい当てる。馬で葡萄畑を耕すらしいニコラ・ジョリー、害虫を片づける益虫のてんとう虫が愛する畑、ロロニス。

「すばらしい出来でしょうね。特に、マダム・ビーズのワイン、しかも九〇年ものときたら……」

「残念ながら、駄目だろうね。形は残っていても、すごい熱にさらされたんだ。摂氏三十度を超えただけでも、ワインは滓同然になる」

わかりますよ、というようにゴーディは頷いた。

ゴーディは、FBIらしく、消防隊の調査官が傍らにいないかのようにふるまい、ぼくとの会話を独占したので、少なくともぼくを放火犯とはみなしていない様子の調査官は、燃えたもののリストを作っておくようにとだけいい残し、地面に向かってガムを吐くと、立ち去ってしまった。

「けれど、あなたは、灰と化したワインのことではそんなに気を落としていないようですね」

「酒への妄念はないさ」

「でも、数は集めた」

「仕事に必要でね。最近買い集めたものを並べておいただけだ」

本当は、格子棚にボトルを並べるたびにハミングしていた。レアものをサイトで発見し、オークションで落としたりもした。望みのものを見つけて入手するのが、楽しくなっていた。届いたワインの梱包を解いて、ラベルに産地やヴィンテージを書きながら悦に入った。たまに本当にすごいワインにぶつかることがあり、意外にも生きていた自分の味覚に、満足感を覚えた。

そのくらい、回復していた。世界から拒まれたように感じていた、あの内向的な年月から。浴びるはずのない日光がちらりと見えた気がして、仕事も、珍しいくらいやる気になっていた。時間の歩みののろい水の町で、片手間で金になる仕事をし、友になってくれた少年に、彼の求めるものを与える。くそっ、なんてことだ。自分の腑甲斐ない生き方は棚に上げて、保護者気取りか？　あの子から与えてもらうことのほうが、ずっと多かったくせに……。

足がかりを急に失って放り出されたことで、埋もれていた不安感が頭をもたげはじめている。

ゴーディは、割れたワインボトルの山をさした。

「こっちも、有機栽培のワインばかり？」

ぼくは、答えるかわりにただ首を振った。

仕事上の興味から集めはじめたとはいえ、あらゆる国の特徴的なワインがあった。産地、葡萄の品種、特別なヴィンテージ、著名な畑。素人（しろうと）の舌をトレーニングし、知識の素地をつくるために、上澄みを掬（すく）うように広く浅く買った。初めは、ある女性の味覚の傾向を知っておきたくて。本数が増えるにつれて、しだいに面白くなり始め、ストックするようになっていた。半年ほどで、一万五千ドルは優に費やしたはずだ。

もう少し続けていれば、さらに月に千ドルかそこらずつ、注ぎ込むくらいの趣味になったかもしれない。ワインを片手に、オットマン付きのクラブ・チェアに座っている限り、以前のように未来に向かい合う気力が漲（みなぎ）ると思えた。鳴りやまぬ電話が、すべてぼく宛（あ）てのものだった頃のように。けして、あの頃のぼくに戻ることなどないだろう。けれど、ワインの力を借りて、気楽に生きられそうな感じにはなっていた。

ところが、このざまだ。ワインは燃えて、吐き気をもよおすような匂いの黒い淀みに変わった。ぼくを拒むかのように、一晩にしてこの場から去ったものたち。憩(いこ)いのための酒、平穏、希望、再生、アダム……。

「あなたは、翻訳家だとか」

ぼくが生計をたてている仕事のことを、ゴーディはいった。

本当は認めたくなかったけれど、そうだ。だが、いつも虚勢を張る。

「ああ。著述業をあれこれやってる」

「失礼。書くお仕事のなかで、翻訳を中心になさっておられる……と。で、どの国の言葉を専門に」

「日本語だ」

「日本人向けに？」

「そう。ぼくの母国語でね」

うんざりする話題だった。惰性のように、この国の言葉を日本語に移していく。需要があるので、仕事は途切れずにある。日本人は、この国の最先端の情報に遅れまいと、常に新しい本を求めている。アメリカかイギリスで出版された作品を、三か月かそこらの遅れで日本の市場に送り出す。

自慢ではないが、凄(すご)いスピードで訳せる。心がこもっていないからだ。それでも、おもに専門書の類なので、本は飛び抜けて高額だし、そこそこ部数が出る。日本にいるクライアントは、リサーチがうまい出版社の敏腕編集者だ。その指揮のもと、まとまった単行本の翻訳をするだけでなく、エグゼクティヴの読む雑誌用に、ぼくはお手軽な新しいスクープやコラムも訳す。少しばかりお堅い調子を加えて流すのは手慣れている。

そのあがりで、誰もが手に入れたことを誇らしく思うような家をウォルナット・コートに買い、シェーカー家具の机を据えた大作家なみの書斎を構えた。耳の垂れた毛足の長い猫を飼い、調度品や服に贅沢している。金に不自由はしていない。そこそこやっていけている。不足といえば、ぼくの頑なな心のどこかに、空洞があるだけだ。

ゴーディは、防水のバッグからカメラを出し、レンズをセットした。

「ワインの本でも訳したんですか？　それとも、これから訳す？」

酒の焦げ跡に、彼はレンズを向けた。

「昨日までは、そのつもりだった」

ひとしきりシャッターを切ってぼくに向き直ったゴーディの目には、少しばかり哀れみが宿っているかに見えた。仕事の資料を焼かれたぼくへの同情か、無残に焼けたワインへの同情か。

「お気の毒に。隣からの貰い火とはいっても、シングルトン家に損害賠償を求めるのは無理のようですね。隣で出た火は放火で、家族全員が焼かれたときたら……」

愕然とした。捜査官がふと洩らしたことは、ニュースでも流れていない新事実だ。

「放火——殺人？」

ぼくは問い返した。ただの失火でないことにも、一家の死亡原因にも、メディアはまだ触れていない。

「正確には、その順序はおそらく逆ですね。シングルトン一家は、まず殺されて——、焼かれた」

ゴーディは、すばやくレンズを拭いて、カメラをしまった。雨は、まだ降っている。

「なぜ」反射的に、考えが口をついた。「なぜ、殺してから焼くんだ？　もう死んでいる者を、なぜ、あらためて焼く必要がある？　しかも、子どもと乳児まで。——殺して、そのうえ焼いた……だって？」

「焼かれたとき、生きていなかったことは、確かでしょう。検視はまだですが、生きたまま焼かれれば、遺体は、ボクシングの守りのフォームのように、背が丸まって腕が顔を覆う姿勢になることが多い。それは、なかった。死体は、ひとところに集められて燃焼促進物をかけられ、火をつけられたようで、ひどく焦げていました。原形をとどめないほどに、ひどく」

ぼくは、死んだアダムが家族のうえに投げ捨てられるところを思い浮かべた。なまなましくて耐え難かった。アダムの哀(かな)しみが、怒りが、感じられた。

「くそっ、どうしてそんな……」

ただの物盗(ものと)りやなにかではなさそうだと、ゴーディはいった。おそらく、家族四人は首を折られているのではないか、と。

「死因はまだ調査中ですがね。そもそも、シングルトンの家から何かなくなったものがあるのかどうか。すべてが燃えかすと破片になっていましてね。強盗なら、あなたの家のほうを狙(ねら)うでしょう。しばらく家を空けていらしたようですし、盗み甲斐(がい)のある品がある。どうも、目的が金品にあるとは思えない」ゴーディは、控えめに頭を振ってみせた。「確かなことは、殺しは偶然ではないし、容赦ないものであるということ。犯人は、焼死に見せかけようとする小細工はしていない。隠すというより、残虐(ざんぎゃく)さをわざとちらつかせている」ゴーディは、ぐっと声を落とし、顔を寄せてきた。

「起こっているのはこんなことだという気がするんです。つまり――見せしめ」

「まさか」

「家まで焼きつくした。車さえもすっかり焼いた。本棟とは離れていた物置とガレージまで、見逃さずに」

　聞いているうちに、怒りが増幅してきた。

「お隣とはつきあいが？」ゴーディが聞いた。

「仲良しとはいえないな」

　アダムの親の仕事さえ、はっきりとは聞いたことがない。つき合っているのはアダムであって、彼の父ではなかった。シングルトンはボートを使う仕事だったか。いや、営業マンだったか。いずれにせよ、このコートに家を持つ典型的な郊外ファミリーと変わらないように見えた。

　覚えているシングルトンの姿も、ありきたりのものでしかない。よく芝生を念入りに刈っていた。手入れされた前庭で、バーベキューをするところも見た。ウォルナット・コートでは見かけない顔の客と家族とで、笑い興じながら。

「アダム・シングルトンの父親とは、挨拶(あいさつ)くらいしかしたことがないんだ。彼の母親とも。妹のメグは、まだ口をきけなかったと思う」

「アダムは、評判のいい子だったようですね。あなたと行動をともにする機会が多かったとか」ぼくを見据え、捜査官はいった。「ご存じの範囲で結構です。亡(な)くなられた一家のことをお話し願えますか。アダムのことから」

　話せるだろうか。このぼくに。アダムとのたわいない日々を話したからといって、はたして死んだ者の役に立つのか？　決めかねた。家のなかの濡(ぬ)れていない部屋に腰を落ちつけて、ゴーディと話す気になれるかどうか。

　ゴーディは、いつのまにかまたメモを取り出し、首から提げていた鎖つきのペン・ホルダーからボールペンをはずした。芯(しん)を出すカチリという音がしたとき、彼の背のほうから、放火捜査犬が、吠(ほ)えながらこっちへ走ってくるのが見えた。

　ゴーディも振り返って、犬に気づいた。犬の後ろから急ぎ足でやって来る、黒人のサマーズ刑事にも。

　何が起きたのか、わからなかった。ゴーディは、うっと小さく呻(うめ)いた。目にも止まらぬ速さでメモに走り書きし、紙をぼくに押しつけたかと思うと、途端に、さっと身を翻(ひるがえ)して、彼は走り出した。刑事と反対の方角へ。

「ゴーディ！」

　刑事が大声で呼ばわると、ゴーディは、走る速度を上げた。側溝(そっこう)を飛び越え、黄色いテープのハードルを飛び越え、ジャーナリストたちがたむろしている街路めがけて。

　十代の札付(ふだつ)きのようにすばしこい逃げ足だ。ぼくより十は年上だろうに。ゴーディの駆け行く先に、セダンが凄(すご)い勢いで飛び出して、待っていたように彼を拾い、泥を跳ね散らかし、走り去るのが見えた。

犬は、途中まで追っていったが、引き返してきた。

「人を追いつめるようには、訓練されていないのよ」息を切らしてやってきた刑事がいった。「そのラブラドル・レトリーバーは、燃焼促進物を嗅ぎ分けるのが専門だから」

サマーズ刑事は、ため息をついた。

「ひどい泥沼ね、あなたの庭」

ブーツが土にめり込むので、足をとられ、思うように進まない。彼女の下半身はすごいヴォリュームだから、よけいに。

「あいつ、ニンジャだわ、こんなひどい庭で、あの逃げ足……」

刑事は木片を拾い、片足ずつ、特大ブーツの泥をこそげ落とした。

「あなたは、私の話を聞いていなかったのね」

サマーズ刑事は憮然としている。

先刻、おもに昨晩の行動について訊ねられたとき、ぼくは、確かに上の空だった。

「もう一度きちんと事情聴取するまで、マスコミの相手はしないでって、あれだけいったのに」

「マスコミ？　彼……ゴーディが？」

「記者よ。『ノースイースト・デイリー』の」

「ＦＢＩじゃないのか」

「まったく、もう……。近頃じゃあ、現場にいろんな職種がやってくるから、混乱するのよ。消防署の調査官に、ＦＢＩのエージェント。これだけワインが燃えたら、ＡＴＦ（アルコール・タバコ・火器局）の公認放火特別捜査官までやってきかねないわ。あいつ、バッジを見せた？」

　ぼくは嘆息した。噂に聞く、玩具バッジ。はじめてまともに、フェイクに出くわしたわけだ。手のなかに残されたメモには新聞社名の連絡先がある。

「詐欺罪にならないのか」

「不作法な奴よ。規則を破るのが得意なの。立入禁止のテープは、あっても見えない目の持ち主らしいわ。胸くその悪くなることだけど」

　サマーズは、ぼくにではなく犬に向かって、ばつが悪そうにいった。あのゴーディのやることを、彼女はたいてい、見逃しているらしかった。

「いわゆる、良識派ぶった真面目なアホどもよりも、まあまともな仕事をすることがあるのよ」

「思慮深い男のような話し方をしていたが」

「とんでもない。涎（よだれ）が出そうなくらい汚い話が出て来るんじゃないかと、現場を嗅ぎまわるの。そのくせ、いろんな分野の訳知（わけし）りの男になりすます機転と悪知恵だけはあるの。考えてもみてよ。局のやつらが、彼ほど物識（ものし）りだと思う？」

「その辣腕（らつわん）記者が、なぜ、ぼくの話を聞きたがる？　出火元の隣人が偉大なるワイン（グラン・ヴァン）を燃やされたとかってコラム記事でも『ノースイースト・デイリー』に書くっていうのか」

「シングルトンの情報がないから、あなたに聞くしかなかったんだわ。この近くに、シングルトン夫妻と親しい人間がいないのよ。どこからも、彼らの話が聞けないの。お向かいとも、あなたとは反対側のお隣とも、つきあっていない。ひょっとすると、ウォルナット・コートには、彼らの情報がないかもしれないの。不思議なことに、このあたりの人間たちとシングルトン一家とは、深い交流がないのよ」

意外だった。

人付き合いが悪いのは、ぼくのほうだと思っていた。シングルトンと挨拶程度のつきあいしかできなかったのは、ぼくだけのせいではなかったのかもしれない。

「ぼくも、シングルトンのことは知らない」

「アダムとはつきあっていたでしょ」

アダムの名が出て、放火への怒りがまた戻ってきていた。

放火殺人は見せしめのためではないかと、ゴーディがいっていたのを、ぼくは思い返した。なぜ、アダムがそんな目にあわなければならないのだろうか。

「ゴーディは、アダムが首を折られて殺されたといった。殺されてから、家族もろとも、焼かれたと」

「あの男……！」サマーズ刑事は舌打ちし、目を忙（せわ）しなく動かした。「もう、そこまで拾ってるの？ ゴーディは、ネタをほじくり返すためなら、どんな手もつかうのよ。けど、簡単に周囲に洩らしていい話じゃないわ」深いため息をついて憤（いきどお）りをなだめると、話を先へ進めた。「ま、いいとしよう。どのみち、あなたには、話さなきゃならなかったから。遺体を見てもらわなきゃならないのよ」

「遺体を？」

ぼくは、ばかみたいに聞き直した。腹の力が、一気に抜けたようだった。しばらく、ただぽかんと口を開けて、つっ立っていた気がする。

そんな状態の人間を現場で見るのには、慣れているのだろう。サマーズは辛抱強かった。

「あの子は死んだのよ。身元不明のままじゃ浮かばれないわ」

「誰かいないのか。誰か……。ぼくは、親のほうのシングルトンの顔すらおぼつかないんだ」

「だったら、子どもだけでいいわ」

もっとも耐え難いひとときから、どうにか逃げる方法はないかと、あがいた。そうすべきだとは、わかっていた。だが、したくなかった。見てしまえば、アダムの死を受け入れざるを得ないだろう。

「誰からも連絡がないのよ。身内と名乗る人間も出てこない。あの家族の出身地や親族のことを聞いてる？」

どこか南のほうの海に面した町に住んだことがあると、アダムがいっていた。ボートがある土地だったことは確かだ。マイアミだったか。キーウエストだったか。地名は聞かなかったかもしれない。

「焼け残ったがらくたを調べて、事実の切れ端を見つけようにも時間がかかるし、一家の知り合いか身内がすぐ現れるというわけではない気がするの。とりあえず、できるところから手をつけておきたいのよ」サマーズは、硬い声でいった。「このままでは、検視のあと、遺体の引き取り手さえ見つかるかどうか。せめて、子どもの遺体に名前をつけてやりたいと思わない？」

痛ましさに、ぼくは呻き、言葉に窮して歩きはじめた。泥だらけの足をひきずりながら。これは現実のことではないと思いたかった。犬とサマーズについて懸命に歩こうとするのだが、足がもつれて、深く沈んだ。底なしの泥沼に引き込まれることを考えた。

どんな感じかが予測できないぶんだけ、底なし沼のほうがよかったかもしれない。アダムに会って、別れを告げるよりは。

2

どうやって翌日になったのか、覚えていなかった。

どうにか目をあけると、便器に抱きついていた。枕にしていた冷たい便座の蓋に、涎がこびりついている。がびがびの涎だ。尻から腿が冷たく、重い。尻の下に水がたまっていた。腰を上げようと手をつくと、手も濡れた。便座に、薄めたミルクのような液の垂れた跡がついていた。汚水が溢れだしたのだろうが、なぜそうなったのかまでは、理解力が及ばない。吐いたものがまじった水たまりにつかって寝、ボトムが悪臭を放っていることを認めたくなくて、またもやうずくまり、何もかもが次々とぼやけていくのを待った。そうして、チノ・パンツの汚水がからからに乾くまで眠った。

再び起きたときにも、重苦しい気分が直ったわけではなかった。が、とりあえず身を起こした。いつまでも便器とキスしていても仕方がなかった。かわりに、ブリーフまでひとまとめに脱ぎ捨てて用を足した。トラップがつまっているのだろう。壺に赤いあくのようなものが浮いている。ワインらしかった。いや、ワインだったらしかった。車に積んできた一ケースのうち、何本飲んだのだろう。立ち上がると吐き気が込みあげてくるところからみると、愚かといわれてもしかたがないほど飲んだらしい。

口をすすぎ、洟をすすると、喉に絡んでいた臭い唾液が胃に落ちてげっぷがでた。内臓が腐りだしているのか。嗅覚の敏感な女がいて、腐りだした男を口臭から見分けるというのは本当の話だろうか。男の屑は、残飯よりひどく臭うのかもしれない。

電話が鳴り続けているのを、シャワーの音でかき消した。つんとくる匂いが、凄い勢いで風呂の排水溝に流れていった。

ふと、小さな遺体袋が頭に浮かぶ。

サマーズ刑事は、袋のジッパーを下げる前に、ぼくの顔を見ていった。

「片腕がなくなってるの」

遺体の変化にあらかじめ触れておくことで、ぼくのショックを柔らげてくれようとしたのだろう。

「どの遺体もひどく焦げているけど、遺体の一部がなくなっているのは、この子だけなのよ。犯人はなぜ、彼の腕だけを切り離したのかしら。不気味だわ。猟奇的なマニアのしわざかもしれない」

ぼくは驚かなかった。はじめからだったことを、サマーズに教えてやった。誰かに切られたわけでも、焦げてもげたわけでもない——アダムは生まれつき右腕がなかった。

刑事はちょっと驚いた顔になり、目に同情の色を浮かべた。アダムが生きていたときの不自由さを思ってのことだろう。

が、アダムはそのことから自由だった。あいつには、人より器用なところがあった。ボートも釣竿も自在に操った。

アダムは、百年生きた男なみの敬意を払われていた。実際生きたのは、八年と少しだったが。

サマーズは横たえられている遺体袋のほうに身をかがめ、注意深く少しだけジッパーを下げた。

心臓が縮み上がった。逃げ出したかった。サマーズがぼくを促した。唇を嚙みしめ、ぼくは遺体袋のほうに目を向けた。

小さな頭の部分だけが目に入った。黒いマネキンの頭に、白い玩具の面がかぶされたように見える。あおむけになった顔の耳の付け根のあたりから背面は、焦げた棒切れのように黒い。顔の前面だけが、きれいだった。頸から頬のあたりがただれていたが、目鼻立ちははっきり、形のまま残っていた。

しばらく、ぼくは見つめていた。もう動かない目を、へらず口を叩かない唇を。脈が不規則になった。口のなかが、からからに乾いた。いろいろなことが、いっぺんに頭に浮かんだ。ぼくとあいつがやるはずだった、幾つものことが。

「父親の遺体の下に、うつ伏せになっていたおかげで、焼け残ってたの」サマーズがいった。

〝ああ〟と応じたかったが、喉がつまった。喉をこじ開けるためには、酒を流し込むしかなかった……。

ワインで酔いつぶれるなんてことは、大したことではない。少しふて腐れたくらいの人間でもやることだ。上司とやりあったとか、リストラされたとか。親しい友人の焼け死んだ姿を目にすれば、ごくあたりまえにつぶれる。彼の魂が手の届かない場所に行ってしまったことを知ったなら、なおさらだろう。

風呂に栓をして湯をはり、脱ぎ散らかした服をかき集めてバスタブに投げ込む。バスルームのフロアの汚れをシャワーでざっと流しただけで始末のための気力が潰え、あとは捨て置いて昨晩の寝床を出た。また飲むかもしれないじゃないか。また飲んで、また吐くかも。

火事を思い起こさせる煙の匂いが、まだあたりに強く残っている。煙の焦げくささは似通った煙で薄まることを体験的に知っていたので、線香を焚いた。焚いて、裸のままで手を合わせた。合掌で、ささくれ立った神経がほんの少し休まり、酔いがおさまる気がした。

また、電話が鳴り出していた。自動応答に切り替わるはずの回数を超えても、呼び出し音が鳴り続けている。留守番電話が作動していないことに気づいて表示を見ると、メッセージが連続して入り、テープがいっぱいになっていた。メディアだろうと気づいた。『ノースイースト・デイリー』に限らず、火事が放火殺人であることに気づいた媒体が、シングルトン家の事情を知りたくて、近所の住人に取材をかけまくっているのだろう。だが、サマーズ刑事かもしれないとも思い返し、ローブをはおって受話器をとった。

電話の相手が報道機関だったら、取材に応じて話す気はない。断るのは簡単なことだ。日本語で話せばいい。英語のわからない異邦人と思われるだろう。

黙って電話口に出ると、落ち着いた、声量豊かな声が呼びかけてきた。

「蓮尾（はすお）さん？」

東京からだった。

「どうなってるの、何度も電話したのよ」

声に、困惑があった。つきあいの古い三角乃梨（みすみのり）だ。ぼくの、ろくでもない仕事をコントロールし、確実に売れる本に仕立ててくれる、守護天使のような編集者。冷静で思慮深い。洒落（しゃれ）っ気もある。品がいい……ときもある。口が炎を吹くときもある。

東京の大手出版社にいて、英米のベストセラー作家の翻訳作品を何作も手掛け、日本でも相次いでベストセラー入りさせている。小説のほかに、専門色の濃い実用書も難なく手掛けて売る。やり手なのだろう。選ぶ作品がよかった。作品の内容が濃いとか人道主義的だとか、そんなことではない。売れ線かどうか見抜くのがうまい。

「ちょっとしたことに巻き込まれて……」

「約束を忘れたの？」三角はたたみかけてきた。「彼女、待ちぼうけをくわされたと電話してきたわ」

思い出した。いや、本当は知っていた。知っていて、パスした。その待ち合わせのために、新しいスーツさえ買ったのに。今回は楽しい仕事になると思っていた。三角が担当している女性作家が、イギリスからやってきている。彼女の本をぼくが日本向けに翻訳することになり、ニューヨークで会うはずだった。

「そりゃあ、あなたの専門分野ではないけど、興味を持ってくれてたから、うまくいくと思ってたのに……」

実際、その通りだった。ワインの実用書の翻訳は、ぼくの専門ではない。だが、シリル・ドランの新作と聞いて、心が動いた。

『ファイナンシャル・タイムズ』に連載中のコラムの調子に、ぼくは惹かれていた。シリルは、世界のワイン・マーケットを左右するワイン・ジャーナリストだ。ワインに興味がない人間でも、思わず読み進んでしまう文章の、軽妙な調子。ケンブリッジ卒のワインの碩学ヒュー・ジョンソンを思わせる、歴史、社会史、食物史と文学の素養。フランス生まれで、醸造家の家に育ち、ボルドー大学で学んだシリルならではの、葡萄栽培を見る妥協のない目。そればかりではない。ワイン・マーケットの実態とそれにまとわりつく政治や力学を鋭く指摘する気風のよさ、さらに、もちろん、ワインの魅力的な泉に読者を導く舌。エレガントで、官能的で、小生意気かつ頑固な彼女の味覚……。ワイン・スノッブを唸らせ、ワイン初心者の目を開かせるシリル。人を感化するには、心をつかむよりも、彼らの舌をつかむことのほうが、遥かに効率がいい。そのことを、彼女は知っているようだった。

いま、シリルは自信作を執筆している。大著だが、そろそろ脱稿の予定だ。その新作を、辣腕編集者の三角が日本向けに押さえた。

三角から翻訳の話があったとき、ぼくはためらった。ワインの専門書の翻訳は、ワイン通に任せるのがセオリーだ。特別な用語や独特のいいまわし、ワインの複雑な分類などを理解したうえでかかる必要がある。素人に等しい人間が訳すことは、ちょっとした冒険だ。

けれど、そのことは三角も承知のうえで、ワインの〝研究〟は楽しいわよ、と半ば押しつけた。訳す時間なら、たっぷりあるといった。訳稿にしてから、ワイン通の専門家に一通り見せる監修の手はずも整えている……。好条件を、三角はぼくの前に並べてみせた。

それで引き受けた。速筆のぼくには、ほかの仕事をこなしながら新作に取り組む余裕があった。そのうえ、何よりも、題材に食指が動くのを、久しぶりに感じていた。

訳の話が切り出されたのは一年くらい前で、シリル・ドランは、すでに書きためていたという原稿を、ひとまとめにして送ってきた。それからは、書き上げたぶんを毎月送ってきている。申し分ない本になるだろう。売れ筋という点でも、内容という点でも。

定期的に届く原稿につきあっていくうちに、ワインともつきあいはじめていた。舌を嚙みそうな銘柄の名前にも、珍妙かつ無類な味のいいまわしにも、慣れてきている。ソーヴィニヨン・ブランは猫のオシッコの匂いだとか、シラー種のエルミタージュは焼けたゴムみたいな後味だとか。

原著についての問い合わせに、シリルは懇切丁寧に答えてくれている。ファクシミリでだけれど。

そのシリル・ドランが、フード・ソサエティに招かれて、ニューヨークやボストンで講演をし、その合間を縫って、新著のために二、三のワイナリーを取材する。せっかくの機会だからと、三角のアレンジで、ぼくは著者に会うことになっていた。著者と翻訳者との交流を深めるというやつだ。

その約束が、今日だ。

ニューヨークへ飛び、昼食にアパー・イーストの『パークアヴェニュー・カフェ』でランチ。ぼくはテーブルを予約し、シリルの好きなアラン・ロベールのシャンパンを頼んであった。

シャンパン。そんなもので乾杯する気になれるだろうか？　思い出になってしまったばかりのアダムを引きずって。優雅なテーブルのランチで偲ぶ？　まさか。

「どうなってるの、シリルにも私にも、連絡もしないなんて」

「謝ってくれ、彼女に」

「自分でいうのね」ぼくの声に酔いが残っているのに気づいたのか、三角の声が尖った。「儲かりすぎて、もう仕事は足りてるってわけね。やる気を失った？　著者と会うなんて、面倒？」

三角の皮肉にも、無理はなかった。ぼくがペンネームで翻訳した作品のなかには、飛ぶように売れて、ミリオン・セラーになった作品もある。日本の出版の世界でいえばメガヒットで、そう望めることではない。それに加えて、中ヒットもけっこう、ある。

しかし、いずれのヒットもぼくの力ではない。パワフルかつ高名な著者たちの力だ。翻訳に自分のスタイルをもつ、人気の翻訳者たちと「こなし訳」のぼくとでは、比較にならない。でかでかと打たれる著者名の脇に、小さくぽつんと添えられた名前を、誰も気にしていない。それでも、翻訳者には、著者なみの印税が入ってくる。二千円程度の本が百万部出れば、一億以上の印税が入る。専門書には四千円近くする本もあり、部数が少なくても十分なペイがある。ハイペースで訳をこなすぼくには、ゆとりある生活ができた。

つい最近も、何年も前に訳した遺伝子工学の入門書の増刷分、三万ドルの印税が、三角の社から振り込まれたばかりだ。金があることに驕（おご）っていると、そのことを指して三角は責めたのだ。

「そうじゃない」思わず、苛立（いらだ）った声が出た。「アダムが死んだんだ」

「え」

三角は黙った。守護天使は、ショックを受けているようだった。少しの間を置いて、三角は悔やみをいった。

彼女は、アダムに会ったことはない。ただ、ぼくのつっかい棒としてのアダムを知っていた。彼との日々が、ぼくの仕事の励みになりだしていたことを、知っていた。

「あの子は、天才だった。一流の科学者になれた……」いわなくてもいい繰り言を、いいはじめていた。「彼の武器は、凄（すご）い機転なんだ。計算力、論理構成、表現力……。飛び級で、十代半ばでMITに入れただろう。いずれは、科学界の綺羅星（きらぼし）のひとつに数えられて……」

数分だまって、ぼくの愚痴を、三角は聞いていた。が、やがて、きっぱりと遮った。

「もう、やめて」心篤い女性だが、三角は厳しい口調になっていた。「あなたは、自分ができなかったことを、その子にさせたかっただけなのよ。自己中心的な考え方だわ。それも、人を見下した考え方。蓮尾さんの悪い癖よ」

　彼女は、腹立たしげにいってのけた。いや、本気で怒っているのだ。

「優秀な人間になる可能性に満ちた子の、パトロンになるつもりだったってことね。あなたが空虚な仕事で稼いだものを、その子につぎ込む。そうして、自分をごまかして……自尊心の拠り所をつくる」

「違うんだ」ぼくは、むきになっていった。「彼の腕がわりに……」

「何をいうの」三角は気色ばんだ。手厳しい言葉が、立て続けに出た。「片腕のなかった子の腕がわりに、なってやれると思ってたですって。それが狡いのよ。そんなの、あなたのいやらしい優越感でしかない。自分より弱者だから、押し上げてやれるですって？　それが生き甲斐？　思い上がりだわ」

　否定したかった。アダムの可能性を信じていただけだといいたかった。が、突っ張るエネルギーすら、切れている。

「結局は道楽でしょ。それがなくなってしまったから、嘆いているだけなんだわ」

ぼくは、呻いた。こめかみのあたりが強ばった。

「だいたい、息子さんを援助する気にだって、ならなかったんでしょう」

三角の名誉のためにいっておくならば、彼女は、仕事でかかわる人間の家庭の事情に、積極的に口をはさむタイプの編集者ではない。ぼくの脆さを、それだけ感じているからにほかならない。

「息子は、ぼくに金を出させてくれない」

奴は、栃木の山村で有機野菜をつくっている。合鴨を放した田で稲作をし、地鶏を飼い、二十代半ばにして、みごとに生計を立てている。おまけに、ぼくの親父の面倒まで見ている。たしか、親父は八十代にさしかかったはずだ。

「どうすればうまくいくのか、わからないんだ」

「何も考えないようにするのは、あなたにとって簡単なことなのよね」三角はさらに辛辣だった。「そんな男に頼る生き方をしなくてよかったのよ。その子は」

三角乃梨は、ぼくが本名で本を書いていた頃からの編集者だ。ぼくが、翻訳家ではなく、著者として脚光を浴びていた頃からの。大学を出たてのひよっ子、世間知らずの小娘だったが、彼女は時の人の担当となった。つまり、ぼく、蓮尾一生の担当に。

科学ジャーナリストとして、蓮尾一生は恵まれたスタートを切った。科学テクノロジー機器の販売会社と政治家のスキャンダルを暴いたルポルタージュが総合雑誌に連載されて評判を呼び、政治家の引責辞任を引き起こすと、ヒーローに祭り上げられた。東大の理学部卒、オクスフォードで修士号取得という学歴、新聞の科学部を三か月で辞めてフリーに転身……という経歴も、実物以上にものをいった。続いて発表した製薬会社の内幕もの『キングス・オブ・メディスン』がベストセラーになると、セレブリティになった。ジャーナリズムの旗手というフレーズが、名前の前についた。

青臭い正義感。生意気な語り口。荒っぽい記事をいくつも書いた。依頼はひきも切らずにあり、事務所を構えて秘書や弟子のような調査スタッフを雇った。名目上の編集長として、科学雑誌を立ち上げるようなことまでした。日本の頭脳たちとの座談会、対談、講演……。ぼくは、セレブリティであることを謳歌していた。輝ける名声に、溺れていた。

三角は、編集者として十年担当するうちに、ぼくが堕落していくのを見た。そして、あの事件だ。彼女だけでなく、識者たちのすべてが、男が失墜するところを見た。敬意とともに語られていたぼくの名前が、人々の唇のうえから消えた。ぼくを見るとき、巨人を見上げるようだった息子の目から、光が消えた。事務所は解散し、ぼくは家族を残してアメリカに逃げた。同時に、ぼくは著者ではなくなった。何も書く気が起こらなかった。

そんなぼくを拾い上げたのは、三角と、彼女の勤める出版社だ。彼女の思いつきらしい。

おどおどした少女のようだった三角は、ぼく以上に大人になっていた。こちらがダウンしていたあいだに、結婚し、離婚し、子どもを育て、マーク・ジェイコブスを着てワシントンに颯爽とあらわれ、昔担当をしていた男にペンネームでの翻訳業を勧めるついでに、カウンセリングの真似ごとをして、つかの間の情事を持ち、男に糊口を与えて帰り、知らん顔で仕事に励む剛腕になっていた。

いまは出版社で、〝三角の局〟と呼ばれるベテランになっている。その三角だから、まったく飾りのない口をきく。

「その子がいなくなったから、また、もとの無気力な男に戻るっていうの？」

そのせりふを、聞いたときだった。そう、まさに、そのときだった。

あまりにも唐突にやってきたので、それがそうだとは判らなかった。

遅ればせながら気づいた。ぼくは、前のように萎れきりはしないだろう。酔い潰れても、致命的なまでに深酒を続けるつもりはない。今日は約束をパスしても、明日はシリルに謝り、仕事を再開しようと努めるだろう。三角にいわれるまでもなく……。

そのことに急に気づいて、茫然（ぼうぜん）とした。認めるのに、勇気のいることだった。アダムだ。何年か過ごすうちに、彼が、知らぬ間に教えてくれていたのだ。片腕で風に向かっていく、小さなからだ。笑顔。アダムはタフだった。失敗を恐れなかった。ばね。なんと簡単なことなのだろう。要するに、やり直さねばならないということなのだ。一から。そのことに、今頃になってようやく思い至った。時間は無限ではない。あの八つのアダムにさえ、時間がなかったように。ぼくの頭がクリアである期間は、あとどのくらい残っているのだろう？

涙がこみ上げてきて、くそくだらない瑣末（さまつ）なことにとらわれていた数年を呪（のろ）った。同時に、自分の愚かさを嗤（わら）った。

三角が呼びかけていたが、口を動かすことができなかった。睫（まつげ）に水っぽいものがたまり、喉（のど）のあたりが圧迫されている。静かに横たわる小さな亡骸（なきがら）が頭をよぎった。

「ああ、何でもない」

かろうじてそれだけをいって、電話を切った。電話を切って、ぼくは、誰はばかることなく、泣いた。声を上げて。

3

ひとしきり、ぼくはアダムや息子の名を呼んで、泣いたり後悔したり、考えを形づけようとしたりした。それから、泣くのをやめた。本当は自分のために泣いていることがわかって、恥ずかしくなったからだ。

ひと晩経つと、進むべき道筋も見えていた。三つのことをしようと決めた。決めたからといって、三つのうち、どれか一つでもうまくいくとは限らなかった。だからといって、やらずにいる理由もない。しようと決めたことの、八割がたをなんとかこなせた時期もあったのだ。その時期の感覚を思い起こそうとしたが、頭も体も、すぐには機能していかない。動かすたびに、錆びついたギアがきしむ。若かった頃のように何もかもがスムースに進むはずもない。なのに、すると決めたことのひとつ目は、若かりし日にしようとしていたことの続きなのだから、始末が悪かった。

そのことを考えるのは、本当に久しぶりだった。だが、そのことがいったん頭を掠めると、年甲斐もなく胸が高鳴り、もう諦めることなどできないと思えるのだった。

心せくままに、書斎のあちこちをひっくり返し、資料をひっぱり出した。できるだけ見ないようにしていた記事が出てきた。あきれるほどに、大量の記事が。雑誌のルポルタージュを破り取り、新聞のコラムを捜し、評伝や評論を集めずにいられなかった。ろくに読みもしていない。そのくせ梗概だけは頭に染みついている。あるものは重くて厚い本の下敷きに捨て置き、あるものは雑多にものを詰めた箱の底に突っ込んであったのに、いざ出すとなると、手がその場所を心得ていた。それくらい、ちくちくと心を刺されていた。

色褪せて黄色くなった記事から、つい最近のものまで、日付を追って並べていくと、ある男の通史のようになっている。

ぼくには、その男に対する嫉妬があった。〝彼〟に魅了されるのが怖かった。心のどこかで男と張り合っていたからだ。ばかみたいな話だ。どう闘ったところで、世界の中心で責任を果たし、誇りある人生を生きている人間に、かなうはずもないのに。だいいち、向こうはこちらを知りもしないのだ。

ぼくが始めたひとつ目のことは、この男への負けを認めることだった。資料を並べ直してバインダーにファイルし、何本か電話をかけて集めた新しいデータを加えた。データを見ながら恐る恐る電話に手を伸ばしたが、心が萎えかけて手が止まった。

——いまさら、何だよ。

煮えきらない自分を嗤い、もう一度トライした。データどおりに番号を入力する指が震えた。

男のオフィスが出た。用件を話すと、電話口でしばらく待たされたものの、拍子抜けするほど簡単にアポイントが取れた。やわらかな声の秘書が、午後に面会の時間が取れると請け合ってくれた。こんな簡単なことを、長年、やらずにきた。

受話器を置くと、体の力が抜けた。僥倖のようなことだ。武者ぶるいしていた。

数時間後には、彼と向き合っているだろう自分の姿が、想像できなかった。取り急ぎ、手あたりしだいに服をかき集めてスーツケースに詰め、バインダーとラップトップを抱えて外へ出た。

シングルトン家の焼け跡は、無情な昼の光を浴びていた。放水で濡れそぼっていた梁や柱の残骸が半分乾き、妙に白けて見えた。焼け焦げた家具や、ごみ投棄場のようにごっちゃになって埋もれたもののすべてが、生乾きの泥にまみれている。家が見晴らせる場所で、ウォーキー・トーキーを手にした警官が一人、折り畳み椅子に腰掛けて見張りをしていた。火事の当日よりも数がぐんと減っているとはいうものの、ヘルメットに手袋、ブーツ姿のスタッフも何人か、黄色いテープの張り巡らされた残骸のなかで、まだ作業を続けている。

　メディアの車は見あたらない。

　車に荷を積んでいると、いつのまにか、サマーズ刑事がそばに来ていた。

「出かけるの」

「仕事でね」

「いつまで」

　スーツケースに目をとめたのか、彼女はぼくの予定をたずねた。

「三、四日」

「連絡先をいっておいて」

　DCとニューヨークのホテルを告げると、手帳にそれを書き留めたものの、サマーズは、ぼくが出かけるのを気にしている様子ではなかった。必要とあらば、アダムのためにできることは辞さないといってある。遺体の引き取りでも、葬儀でも、引き受けると。

「どうなってるのか……」サマーズは遠くを眺める。「この事件は奇妙だわ。やっぱり、シングルトン家の知人は誰ひとり名乗り出てこない。火事のニュースが報じられた後でも」

「まだ火事が起きて間もないだろう」

知己でも長いあいだ、友達の変事に気づかない場合がある。ひと月でも、一年でも。

「この家族と一緒にバーベキューをする仲間を見かけたといっていたわね。その仲間たちも現れないのよ」

シングルトンの家にたまに訪れていた男たちのことは、おぼろげにしか覚えていない。

シングルトンの友人か親戚だろうとだけ思い、注意を払って見たことはない。二人のときと、三人のときがあったと思う。シングルトンと同世代くらいに見えたから、三十代くらいか。ポロシャツにサングラス、デッキ・シューズ。寒くなれば、タートルかシェーカー・セーターにコーデュロイのパンツ。服装やものごしからすれば、アイヴィ・リーグ出のWASPかと見えた。

シングルトン家への訪問者たちは、リヴァーサイドのレストランで優雅にカニ料理のランチをとっていそうなタイプで、服装もそう悪くなかった。ふた月に一度くらい見かけたかどうか。際だった特徴があったかと思い返してみるが、浮かんでこない。

「エリック・シングルトンの仕事仲間は？」

「来ないわ。誰一人」

それは、考えられることだった。休日でない日にも、シングルトンが家にいるのをよく見かけた。勤めているようではなかった。ぼくのようなフリーランスだとすれば、上司も同僚もいない。

「どんな仕事をしていたんだろう」

刑事は答えなかった。口を噤んでいるのか、調べがついていないのか、ぼくには見当がつかなかった。

「あるいは、仕事はしていないのかもしれないな」

プライヴェートな桟橋つきの屋敷が並ぶクリーク沿いは、リタイア組の終の棲家や別荘用地でもある。ウォルナット・コートにも信託や遺産で食べている人間は少なくない。早い引退ということだって珍しくない。ウォール街の優秀なトレーダーなら、二十代で億単位を稼ぎ、三十代後半で悠々自適のリタイア、そんなご時世だ。

サマーズが黙っているので、別のことに話を向けた。

「記者はいなくなったんだな。世間の関心は、もう薄れたのか」

「――とは限らないけど」サマーズもメディアの陣取っていた方向を眺めた。「朝をいくつか重ねれば、ここには誰もいなくなるわ。特別なのは、衝撃的な事件だけ。小さなケースはどんどん忘れられていく。一家の命が奪われたといっても、彼らはスターじゃない。一家に関するスキャンダラスな話題、汚職とか近親相姦とか、連続性とか猟奇性、そんなものがない限り、一軒の家が焼失しただけのことへの関心は、即座に薄れる。メディアの騒ぎはおさまっていくわね。一般的には」

「記者の連中も散る？」

「現場に待機していて材料が掘り出せるような事件ではないと見きわめる場合もある……でしょうね」

「今度の場合は？ 放火なんだろう。ただの火事じゃない」

サマーズの返事はなかった。

そういえば、各メディアからぼくへの電話攻勢もすっかりおさまっている。英語に不案内なふりをして、答えずにいたからというだけではあるまい。ゴーディの姿も見えないことを思い合わせると、なにか特別な情報源がほかに出現したのだろうかとも思えた。

今日の朝刊を見た限りでは——熱心に読んだ『ノースイースト・デイリー』にも——放火殺人の続報はなかったが……。

『ノースイースト・デイリー』に書いていなかったことを、ひとつ思いだし、サマーズに付け入ろうとしてみた。

「ゴーディは、この事件は見せしめかもしれないといっていた。誰に対する見せしめなんだ？」

サマーズ刑事は、ぼくの問いに、また答えなかった。どうやら、捜査の詳細を素人（しろうと）にレクチャーするつもりはないようだ。

「出かけるんでしょう、あなたは」

サマーズは肩をすくめながら、ぼくの外出を、むしろ促した。ぼくに話したいことも聞きたいことも、いまはないのだろう。

「あなたが帰って来る頃には、検視が終わっていると思うわ。旅行中にでも、アダムのことで何か思い出したら電話して」

サマーズは、遺体の引き取り手になるかもしれないぼくに向かって必要なことだけをいい置き、巨大な尻（しり）を向け、現場のほうへ歩いていった。

わかっていた。

アダムと家族が死んだ理由を探るのは、専門の人間にしかできないことだ。警察は、近隣の人間には最小限の説明しかしない。この事件が警察やメディアにとって手応（てごた）えのあるものなのかどうかさえ、ぼくにはわからない。気にくわないが、つてを持たない素人にとって、それが現実だった。

アダムは戻ってこない。哀（かな）しみがぶり返したが、それも、少しずつ慣れるしかない現実なのだ。

懸命に放火殺人を頭のなかから締め出して、自分の進む道のことを考えようと努めた。アダムに花を供えるときに、ぼくは、自分の生き方について彼に申し開きできるようにしようと考えていた。

ショッピング・モールに立ち寄って、エンバシー・モービルでビュイックにガソリンを補給した。ペットショップにまわって、預けていた猫の延泊を頼んだ。耳の垂れた猫のポロには、アダムが死んだことをまだ教えていない。一週間以上構ってもらっていないポロは不機嫌で、ぼくのことなど忘れたように、ケージのなかでふて寝したきり、見向きもしなかった。

運河に面した小さなマリーナの脇（わき）のスタンドでは、いつもの通り、巨大なシーフード・サンドが売られていた。それを好んだ少年が一人、この世からいなくなったことなど知らぬげに。ドック越しに湾が眺められるリブの店も、リブの店のままだった。

ファストフードのドライブ・スルーでコーヒーをテイクアウトしたときに、花柄プリント・シャツにトルコブルーのショーツのサーファーがメッシュの椅子にかけているのが見えた。マリーナの管理をしているジョーイだ。フィンの店によく来るジョーイは、車のなかのぼくに気づいて、軽く手を上げた。
だが、ぼくはジョーイの前からすぐに消えた。
ジョーイにいわせれば、そのときは、そういうことだったらしいのだ。

4

その場所に足を運ぶのは、二度目のことだった。シャディグローヴの森を遠い背景に、小ぶりのオフィスが建っている。銀灰色の三階建て。塀はなかった。建物の裏手に二十エイカーほどの花圃(かほ)と農地が連なり、小径(こみち)の彼方(かなた)の鬱蒼(うっそう)とした木陰に、隠宅(いんたく)ふうの別棟の屋根が、埋もれるようにある。

同じ場所に立ったのは、遥(はる)か昔のことのように思えるが、本当はわずか六年前のことだ。そのときも、このオフィスを見ていた。夢想というようなものがぼくのなかにあるとしたら、ここそは、その象徴だ。建物はちょうどいまのように、陽を受けて輝いていた。昂然(こうぜん)と頭をもたげ、胸を張った若い英雄のように見えた。ぼくはあのとき、光に負けて踵(きびす)を返した。負(ひ)け目(め)を持った人間が触れれば、建物の鮮度さえも落ちてしまいそうな錯覚に慄(おのの)いた……。

しばらく、じっと立っていた。

意気が挫けそうになるのを、こらえた。ほかのことを考えるのをやめて、どう仕事を切り出そうかということだけを考えた。ぼくがアナポリスに住んだのは、偶然ではない。科学の情報が集中的に集まるワシントンの近郊に住まいたかったからだ。そして、レッド・ラインの北にあるこのオフィスにも。

ゆっくりと、ぼくは建物に近づいた。美しい望みがある場所に。

近寄ると、オフィスは水のように光る石でできていた。アーチ型の正面玄関は、中世の修道院を思わせた。黒く錆びた鍛鉄の帯金がついた木製扉は、オクスフォードの古いカレッジからでも持ってきたもののようだ。

チャイムを鳴らすと、幅広の重い扉が内側から軋りながら開き、人ひとりが通れるかどうかという程の隙間ができた。扉はそこで止まり、あとは、いくら待ってもそれ以上開かなかった。

ぼくは、体を斜めにして身を投じた。彼のエリアへ。

なかに入ってすぐ気づいたことは、ロビーがとても暗いことだった。外界の光は、扉が開いてひとたび導き入れられたものの、ぼくの背の方でしだいに細くなり、あっという間に表へのがれていった。

薄暗さに目が慣れてくると、受付のブースが見えた。五人は座れそうな楕円（だえん）のデスクには、誰もいない。吹き抜けのロビーを見回す。窓という窓にスクリーンがかかり、人気（ひとけ）のないしじまがあった。

インターフォンらしいものが目に入り、ブースに近づいてはじめて、うっすらと、受付のデスクに埃（ほこり）がたまっているのに気づいた。インターフォンに手を伸ばすと、突然、警報が鳴り響き、ぼくは飛び上がった。

凄（すご）い音量の怒りに突き刺されたかのようで、立ち竦（すく）んだ。

と、甲高（かんだか）い音は止（や）み、さっと天井から光が降ってきた。ふり仰げば、らせん階段の上に人影があらわれていた。

階上からぼくを覗（のぞ）き込む男の顔は、逆光で見えなかった。

いかにも投げやりな声だけが、まず降ってきた。

「ばかに大袈裟（おおげさ）な音でごめん」

警報の音について申し訳をいいながら、細身の男は、羽のように軽い身ぶりで階段を降りてきた。

影がだんだんと輪郭や色にかわって、顔かたちが見えるほどに距離が縮まり、ぼくは息を呑（の）んだ。

「君が――?」

「そう。レックス」

彼は、手を差し出した。

あなたが、といわなければならない場面だった。ビジネスのマニュアルならば。射るような目でこちらを見ているのは、ポートレイトで見るよりもさらに若い男で、ぼくは失言したのだった。

男の名は、レックス・ウォルシュといった。

あの有名なレックス・ウォルシュだと、識者ならいうだろう。

ぼくはため息をつき、彼の手をとった。きれいな手だった。この華奢な手が、タイプライターであの強烈な文句をたたき出すとは思えなかった。

レックスは、一九六四年の生まれのはずだ。プロフィールには、そうある。にしても、圧倒されるような若さだった。若木にある、春をうながす勢い、梢の不逞なまでのたくましさ、激しさ。

生まれた年のせいもあって、トップ・クラスの科学ジャーナリストといわれる代りに、レイチェル・カーソンの再来という輝かしいことばが、彼のために使われている。レイチェル・カーソンがガンで死亡した年にうぶ声をあげたということで。二十世紀の危機をカーソンが『沈黙の春』で知らしめたのと同様、二十一世紀の科学的倫理は、レックスが彼の著書で啓蒙(けいもう)するといわれている。ぼくよりも十歳以上若く、ずば抜けた知力と広い展望を持つ才能が、論理を組み立て、カーソンを語り継ぐ。

濃いアンティーク・インディゴのデニム・ジャケットに、ストレートのリーヴァイス。藁(わら)がついていれば、世事にうぶな牧童かと思ってしまいそうないでたちだ。が、V字に深く襟の刳(く)られた、薄手の上質なカシミアが、彼が最前線にいることを思い出させる。

現実を変革させる本を書く気分というのは、どんなものなのだろう？　人間が生命を操作することにつきまとうリスクを説き、産業活動としての科学を見つめる冷徹な眼。レックスの問いかけには重みがあった。卓越したストーリー・テラーでもあって、ともすれば専門的になりやすい題材を、いともたやすく描いてみせる。ねじ伏せる能力をふりかざす者たちに対して黙りこくっている自然が、彼にだけこっそりと耳打ちをしているかのようなのだ。

二十代の半ばに、レックス・ウォルシュは『見えない禍(わざわい)』を著した。遺伝子組み換え技術の応用がもたらす、社会の根本的な変容と、倫理的な規制の緩さとを指摘し、バイオ事業を駆使して得られる巨額の企業利益に焦点をあてたルポルタージュだ。

生命を改変する神のような力が人間に投げ与えられたことに戸惑い、魔力にも似た杖(つえ)を振った行く末を、薄氷のように脆(もろ)く感じている一般市民の心を射抜いた『見えない禍』は、世紀末のロング・セラーになった。似たようなパワーと虚構の世界で道徳律に迷い、現実が大きなシステムの産物だと気づかずに苛々(いらいら)しているウォール街の人間たちをも虜(とりこ)にした。欲望の奴隷(どれい)になることの恐ろしさを、レックスはシミュレーションしてみせ、ペン・メダルを受賞した……。

「秘書は、ここにはいないんだ」

気がつくと、受付の人間がおらず、警報が鳴ったことについて、彼が説明していた。

「マネジメントをしてくれるだけの電話秘書を使ってる」

彼の後をついて、らせん階段を上がった。DNAの二重らせんのパロディのようなデザインは、新進アーティストの作品なのか、手摺(てす)りに名前を刻んだプレートがついている。階段をリズミカルに上がるレックスの、明るいブロンドが揺れた。

二階は、広く開けた図書室になっていた。レックス・ウォルシュの頭脳部分の一部というところだろう。蔵書は膨大な量だった。書棚と書棚の間隔を広々ととって、カウチがあちこちに置いてある。カウチの足もとには、きまってラグがある。寝そべって仕事をするためだろうか。フロアライトとデスクライトの数も並ではない。一人の人間のためというには、贅沢な空間だ。移動する梯子が二脚あり、本はきちんと整理され、分類されて、収まるべきところへ収まっている。規模こそ違うが、東京の一室に資料庫を持ったことのあるぼくを唸らせるほどの整頓ぶりだ。

図書室も、静まり返っていた。スタッフの姿はない。

「大学院生に二人、働いてもらっているんだけど、いまは休みでね」

「リサーチ・アシスタント?」

「おもには資料整理だね。インデックス作りとか、そんな類。人を使うのが苦手なんだ」

気ままな男だということだろうか。それとも秘密主義なのか。この業種の人間なら、どちらもあり得る。

セコイアのような大木の根に巨大なガラスを乗せた、三十人は座れそうなテーブルの端に、ラップトップが置かれ、その周囲に、本が広げられたまま重ねられている。背もたれのついた回転椅子が彼の定位置らしく、キャスターつきのサイドテーブルが左右に一台ずつあり、そのそれぞれにも本が積み重ねられていた。必要なページを開いたままにしておくのが、レックス流のようだ。

レックスは、テーブルの資料の乗っていない側に回り、手近にあった椅子を引き寄せてぼくにすすめると、自分も腰掛けた。

この向き合いかたは、気さくな感じで、少し気がらくになった。信頼している教授の前で、悩みごとを話す学生の気分――さもなくば、カウンセラーに相談ごとを持ちかける寸前――、そんなところだ。いずれにしても、ぼくは相手にすでに呑まれている。彼の原稿をひとたび目にし、そのガッツに頬を張り倒されて以来、ずっと。

レックス・ウォルシュの『見えない禍』は、はじめ、レポートとして雑誌『ニューヨーカー』に寄せられた。第一章で、バイオテクノロジーの誕生への科学界の熱狂と天才科学者たちの〝倫理にもとる〟野望をすっぱ抜き、バイオ市場の熱狂を危惧した。四十年前にレイチェル・カーソンを見出し、農薬産業の過ちを警告した『ニューヨーカー』は、レックスを得たことで、その見識の高さを再び見せつけた。

『見えない禍』は、出版されてもう十年になるというのに、いまだに版を重ねている。現実に、この十年のあいだで、バイオテクノロジーは予想を遥かに超えた速度で進展している。

『ビジネスウィーク』は今後百年を〝バイオの世紀〟と命名し、バイオ産業に寄せるアナリストの関心も、インターネット産業へのそれをしのぐほどになった。情報技術の次に、加速度的に押し寄せているバイオ技術革命のビッグ・ウェーヴ。その熱気のなかで薄れようとしている不安を、レックスの指摘は常に思い出させる。

　農務長官やバイオテクノロジー信奉者の元大統領とレックスとの新聞紙上での論争は、利益を求めて企業と共闘する政治家の汚さを浮き彫りにした。その顚末（てんまつ）は、レックスが二冊目に上梓（じょうし）した『征服の寓話（ぐうわ）』に詳しい。その『征服の寓話』に長文の序文を寄せた上院議員が大統領に選出された。いまの大統領、ウォーレン・ローガンだ。

　環境保護運動家やナチュラリストにも、レックスはもてはやされたが、彼はバイオテクノロジーに反対する攻撃的なキャンペーンに同調しているわけではなかった。技術のすばらしい可能性を歪（ゆが）めかねないのは、人や団体に潜む欲望であるという点から主張した。それを見抜き、あからさまに著すことが、彼にはできた。

「ひどく無口だね」レックスは、笑みを浮かべた。「いい話だと聞いたから、期待しているんだけど」

「上がっているんだ」

「まさか」聡明（そうめい）な鋭さを持った目が、悪戯（いたずら）っぽくなった。「ビジネスライクで有名な日本人がかい」

　笑みを浮かべようとしたが、頬がこわばっていた。つい、いうはずもないことが口にでた。

ぼくが口にしたのは、素人が憧れの著名人にいうような、陳腐な賞賛のせりふだった。「ぼくの息子なんかからいわせれば、君は〝すさまじい影響力の持ち主〟なんだ。息子は君を崇めている」

「息子さん？」

「日本で有機農業をやってる」

「ああ」彼は、口を尖らした。「夢のまた夢の農法よ」歌うようにレックスは呟き、喉を鳴らした。

彼のいいたいことは、わかっていた。有機農法への回帰を主張するグループは、産業界のなかでは、アウトロー扱いされている。有機栽培は、もっとも環境によいとされながらも、生産量が上がらず、コストがかかるという弱点がある。そのため、有機栽培の食物は、先進国では恵まれた層のための嗜好品の代名詞のようになっている。付加価値は高いけれども、安定供給には至らない。金があればこそできる農法なのだと、レックスは皮肉まじりでいったのだ。彼の周囲には〝贅沢気分〟で有機にこだわるフリークも多いのだろう。

ぼくの息子も、有機農法がすべての問題を解決するものではないことはわきまえている。ただ、レックスがあげる声の大切さを知っていた。アグリビジネスを掘り下げていくレックスのあり方に、奴は感銘していた。

——アグリビジネス。

それこそ、レックス・ウォルシュのフィールドだった。

一九八〇年代の後半から、バイオ規制が徐々に緩和されたために、全米には千二百を超えるバイオテクノロジー関連企業が生まれ、一千億ドル産業になった。なかで、農業関連産業は、バイオプログラムをさかんに取り入れることで、一九九五年ごろから医療分野をしのぐ注目を急に浴びはじめている。

食糧の生産と流通をもとから寡占している大手アグリビジネスに、遺伝子操作技術を駆使して食い込む新手企業もあらわれた。それに応じて、多国籍アグリビジネスが農業バイオ分野を強化する傾向が強くなっている。遺伝子組み換え型の農作物の導入をめぐって、世界貿易機関（WTO）で各国の規制がぶつかる——そんなことまで起こっている。ひと握りの企業が世界の食物史を塗りかえかねない。

レックスは、バイオプログラムを多用している企業に目を向け、かつての穀物メジャー以上にパワフルになろうとしているアグリビジネス企業の実情を追跡取材している。生命力のファクターである食生活の周辺に何が起きようとしているか、掘り起こそうとしている。政治に対しても敢然と刃向かい、熱心でしぶとい。デニム・ジャケットにジーンズの、少年みたいなこの男が。

「いってみて、いい話」

レックスが促した。

チャーミングないい方だった。突然、胸がつまった。レックスの横顔が、アダム・シングルトンの面影と重なって見えたから。

アダムもレックスも、長い睫の持ち主だ。力のある目をしている。エネルギーが溢れて、ひとを快活にする目だ。もしかすると、ぼくも……という気にさせられる。

アダムは、他人の魂のために、かるがるとものごとをしてのけた。ぼくを疎外しなかった。ぼくに調子を合わせてはくれたが、ぼくにスポイルされることはなかった。

レックスも同じに違いないという考えは、ボルドーのグラン・ヴァンを飲んだときと同じくらいぼくを酔わせて、奇妙なことに思われようが、用件をいってしまおうと思った。説得は、受け容れられそうに思えた。息を深く吸い込み、平静を保とうとしていると、レックスが先に口をきった。

「君がいわないなら、電話秘書がぼくに伝えてきたことを話そうか」

「いや」ぼくは喘いだ。「君に申し入れをしたくて、やってきた。君の、いま書いている新しい本のことで……」

「だろうね」

おそらく、いくつも同じような申し出があるのだろう。全世界から、繰り返し。二度くらい、レックスは頷いた。

――構わない。いっちまえ。

「新しい本の――本の――ほ……ん」

壊れたディスクじゃあるまいし。なんでこんなにたどたどしいんだ。

呆れた、じれったい……という表情にもならず、レックスはじっと耳を澄まし、ぼくの申し出が終わるのを待っている。

「君の最新作の日本語版の権利を、ぼくは獲得するつもりで、きた」

「だろうね」

レックスには、とうにそこまでは判っているのだ。伝えてあることを、ぼくは思い切って繰り返しているだけで、それを、ある種のやさしさで、彼は迎えているだけだった。

誇張なしにいうが、ぼくの足はふるえ、額には汗が流れていた。

レックス・ウォルシュの目下手がけている原稿は、一大センセーションを巻き起こすだろうと噂されていた。

雑誌か新聞にレポートを発表していくという従来の彼の方式と異なり、新作は完全な書き下ろしということが知られている。

無論、まだ一行たりとも発表されていない。どのくらい書き上げているのか、いつ仕上がるのかすら、明かされていない。レックスには、出版エージェントがついている。ポール・フェイガンという男だ。いままでレックスものを手がけてきたこのエージェントさえ、読んでいないという評判だった。

「日本からも、山のようなオファーがあるだろうけれど……」

ぼくが知っているだけでも、数社の大手出版社が彼にアプローチしている。とりわけ、『見えない禍』と『征服の寓話』の日本語版を獲得し、数十万部ずつ売った社は、熱心に動いているらしい。

「そうでもないいんだ」

レックスは、日本の出版社の出方に関して、意外なことをいった。

「エージェントに任せているから、詳しくは聞いていないけど、ぼくが取材のターゲットを一社に絞っていることに、臆病（おくびょう）になっているらしいんだ。日本の出版社って、企業に弱い体質なのかな？　訴訟になりやしないかと」

ありそうなことだ。自由な表現が、法でなく金によって縛られる。主題を無視して、安全地帯に逃げ込もうとする報道機関が、ただのかげろうのように見えるとき、実在するはずの確かなものまで、おぼろげな輪郭だけを残して消え去り、あの国がますます遠くなっていく。

そうはいっても、アメリカで出版されて話題を呼べば、日本の出版社も、さらなる攻勢をかけることは明らかだ。いまでさえ、科学ジャーナリズムの世界では心待ちにされている本なのだから。取材活動のなかから、題材がもれ聞こえてきている。取材の対象は言明されてはいないものの、隠しても隠しきれるものではない。何人もの関係者へのインタヴューに、彼はすでに二年半くらいは費やしているはずだ。準備期間は、もっと長いのかもしれない。

彼のしていることは、〝レックスの挑戦〟と呼ばれていた。

標的は、怪物のようなアグリビジネス企業だ。『ジェネアグリ』というその社の収益は、年に六百億ドルを超える。世界四十か国に事業部門をもち、総資産百七十億ドル。社員は五万人をゆうに超えている。

『ジェネアグリ』の名には馴染(なじ)みがなくても、毎日のように、誰もが『ジェネアグリ』の手になるものを手に取り、口に放り込んでいる。サラダオイルや小麦、コーン。日常生活に欠かせない穀物と油糧は、彼らのメイン・ビジネスだ。ビジネスといったって、そこらのビジネスではない。各国で食糧を司る省庁に、直接売ることもしているほどの大規模取引である。食糧政策という言葉が絡んでくるレベルで商う。モーニング・ブレッドも、つい手が伸びるスナック菓子も、ランチのファストフードも、夜あおるビールの原料も『ジェネアグリ』製かもしれない。ドレッシングのオイルも、豆腐や味噌の大豆も、家畜たちが食べている飼料も、キャット・フードさえも。

すべては、まず農場から始まっている。各国の農家に――おもに北アメリカとラテンアメリカで――小麦や大豆、トウモロコシなどの農作物を育てさせる。綿花も砂糖もコーヒーもつくらせる。

農作物をつくるといえば、ひどくのんびりした光景が浮かぶが、とんでもなかった。荘園制の現代版みたいなものだ。徹底して農家を支配し、彼らから搾り取る。『ジェネアグリ』は、大地から生まれるすべてをコントロールしたがっている。

『ジェネアグリ』の作物への関与は、タネからはじまる。バイオ技術で、生産性が著しく上がる高収量種子をつくり、農家にそれを売りつける。そのうえ、タネの特許をもっていて、農家から技術使用料をとる。

問題は、その先だ。その種子で育つ作物と相性ぴったりの除草剤や農薬も作っている。タネと抱き合わせで除草剤や農薬を売る。

『ジェネアグリ』製のタネを買えば、作物はたくさんつくが、セットで薬も必要になる。抜け目なく、『ジェネアグリ』は農家に融資もしている。そうして、作物ができれば、それを買うのも加工するのも売るのも『ジェネアグリ』。製粉し、搾油し、製油する。飼料にする。ストックする。運搬のための子会社が、製品を大消費市場へと運ぶ。

左手で穀物類を生産管理している一方で、右手には金融部門を持ち、穀物取引で儲けている。両手のあいだのチャイニーズ・ウォールは、どこまで信じられるものなのか。

謎めいているのは、それだけではなかった。世界でも指折りの種子部門、農産物部門と医薬品部門、金融部門を持ち、命と食物に関するあらゆる段階をコントロールすることのできる企業が、株式非公開会社なのだ。市場にむけて、年次報告書も、株式や社債のための情報開示も必要としないから、企業の全体像が見えてこない。

そもそも、彼らは何者なのだろう。どうやってパワーを保ち続けているのか。どんな経営手法が取られているのか。巨大コングロマリットの〝持ち主〟はどんな人物なのか。

レックスは、ヴェールに包まれている大企業『ジェネアグリ』を解剖しようとしていた。〝世界中の食糧生産事情の改善〟とかいう大仰な信条をれいれいしく掲げながら、〝科学は貨幣である〟というせりふを、経営者の誰かが述べたとの類の噂がある。アグリビジネスのこの巨人が、一九九〇年代、バイオテクノロジー分野のベンチャービジネスを何社も買収して、バイオで強化された生産をはじめた。遺伝子技術を駆使した農産物がテーブルにどうやって出てくるか、口にいれても安全なものか否か。専門家の間でも、遺伝子ビジネスへの考え方は揺れている。食物に関係する遺伝子操作に関しては、とくに。

レックスなら明かしてくれる。野放しにしてはならない企業なのか、不安が杞憂なのかを書いてくれる。

期待が渦巻いていた。それに対して、レックス本人は、新しい著作に関するコメントすらも避けている。

著者として、出版するまで原稿の内容を明らかにしたくないのは、当然のことだと思えた。企業がどんな対策をこうじてくるか、わからない。

その、秘匿されている原稿に対して、ぼくの申し出はなんと図々しく、また、途方もない提案なのだろう。

レックスは落ちつき払って、ぼくのオファーを待っている。

大きく息を吸い、ぼくは告げるべきことを吐き出すしかなかった。

「——君の最新作の日本語版の権利に、実売部数にかかわらず、前金で百五十万ドル出す」

思い切って切り出した。

レックスの表情は、穏やかなままだった。この条件は、おそらく日本のどの出版社よりもいいはずだ。ほぼ、百万部売れた場合入る印税の額だ。科学の本にそれだけの部数を想定して著者にギャラを支払うことは、大出版社でも相当な冒険なのだが、レックスは、どこ吹く風といったふうだった。

「部数が八十万部を上回った場合には、相応の印税を追加する」

彼はぼくを見据えていた。相変わらず、表情は動かない。

続けて、ぼくは咳払いをし、レックスにまだ伝えていなかった条件をいった。踏み込むのだ。できるところまで。

「ただし、英語版の出る日に、日本語版も出版したいんだ」

はじめて、レックスの片方の眉が動いた。目に懸念のようなものが一瞬浮かんだ。すぐに消えたけれど。

本が並ぶってこと？」


「それは、同時刊行ということ？」

「そう。一日のずれもなく」

「ワシントンやニューヨークで最初の本が書店に並ぶのと同じ日に、日本の書店にも本が並ぶってこと？」

「まったく同じ日に」

「レックス・ウォルシュの本が、パソコンのOSみたいに同時発売になる？」

「時差は別として、日本でも同時に」

レックスは目をつぶり、そのまま数分間、瞑想しているみたいに動かなかった。

ぼくは彼を眺めていた。何度見ても、目の前にレックスが存在することが不思議でたまらない。彼が消えてしまわないことを念じ、この訪問が無意味に終わってしまわないことを祈った。

彼は目をあけた。しきりに首を振っている。気のせいか、さきほどより顔が紅潮しているかに見えた。それから、確認するかのごとくいった。

「同時に出すためには、日本語に直さなければならないよね？」

「英語のままというふうにはいかないね」

「訳さなければいけない」

「そうだね」

「ぼくは、訳者を雇っていないんだ」

「そうらしいね」

「一晩で翻訳が済むような分量じゃないよ」

「心得てる」

「自動翻訳機にかけるのか」

「そんなことするもんか。ぼくが訳す。ぼくは、翻訳を職業にしているんだ」

レックスは、両手を組合わせ、前に乗り出してきて、しげしげとぼくを見直した。

「君が翻訳することは、条件のひとつ？」

ぼくは頷（うなず）いた。彼の新作をぼくが翻訳する。彼の訳者となる。そのことこそが目的なのだ。

「そうだよ。そうだとも。まさしく、その通りなんだろう。君が訳すってことなんだろうな」と彼は他人事（ひとごと）のようにいった。「ぼくは、君を褒めるべきなんだろうか？それとも、いいかげんにしろというべきなんだろうか」

驚いたことに、続いて、声を上げて笑い出した。実に嬉（うれ）しそうにひとしきり笑うと、また尋ねた。

「ぼくのこと、とんまだと思ってる?」

「まさか」

「これは知略なのか、それともジョークか」レックスはいった。「つまり、こういうことになる。当然、君は機械じゃないから、一か月だか、二か月だか知らないが、翻訳する期間を必要とする。日本の出版社が、どんなに高速処理しようとも、最低でもそのくらいはかかるはずだ。とすれば、原稿を前もって渡さなければならないだろう。日本語に訳すために、君は、どこの国の誰よりも早く、ぼくの原稿を入手することができる。入手して——目を通す。君は、ぼくの原稿の最初の読者になる」

「順番は問題じゃないんだ。出版エージェントを通してからでも構わない」

「結局、二番目でもオーケーってわけかい」彼は、くすくす笑った。「相当のフリークなの? 妙な話だね。日本の金持ちはいろんなものを蒐集(しゅうしゅう)するって聞いてるけど、君はノンフィクションの熱心なコレクターか」

「異様な執着に見えるかもしれないが」

「この種の話を、秘書のほうに電話してくるのは珍しいことだ。普通は、エージェントに連絡が来るからね。あの番号は、一般には……」

——公開していないから、と探るような目を、レックスはこちらに向けた。

昔のつてというやつで、『サイエンス』の編集委員にコネがあって……。

ぼくは説明しかけたが、レックスは聞いていなかった。

「なかなか趣味がいい。百五十万ドル使う価値はある。印象派の傑作(マスターピース)を一枚買うよりも、お得かも」皮肉混じりの口調だった。

「費用が十分でないことは、わかってる。でも、ぼくには……」

「ちょっと待ってくれ」彼は遮った。「君の料簡(りょうけん)が知りたいんだ。何のために、そんなことをするの？　きみは錬金術師か何かなのか」

予測していたことではあったが、この言葉は、ぐさりときた。ぼくは身震いした。レックスは、ぼくがインサイダー情報に類したものを求めてきたのではないかといっているのだ。未発表の原稿を、いちはやく入手したいと申し出てきた男に、尋ねてしかるべきことだ。

科学ジャーナリズムと錬金術は、表裏一体のようなものだ。数学がとてつもない金を生むのと同様に、科学分野の新情報も金になる。レックス・ウォルシュの書くアグリビジネスのレポートは、その意味でも宝の山だ。巨大企業『ジェネアグリ』がターゲットであるからには、なおさらだ。レポートの内容を出版の前に知ることができれば、ひと財産築くことさえ、できるかもしれない。

個人で出版権を買いにきて、出版社より高額の指し値をする男に対して、レックスが疑いを抱くのは当然のことだ。

誤解だといえばいいのだ。ぼくはそんな男ではないと反駁すればいいだけのことなのだが、ぼくには前科があった。

そんなことがあるはずがないのに、レックスがぼくの過去を見通して口にしたかのように構えてしまう。

傷口がぱっくりと開いて、疼いた。いくら年月が経ったところで、遠い土地へ逃れたところで、古傷は消えはしない。

レックスが遠のく。かわりに、暗澹とした過去が立ちはだかる。目の前で光を放っているヒーローが、懸け隔てられてゆく。

できるだけさりげなく、額の汗を拭った。しっかりと踏ん張らなくてはならない。先手をうつのだ。

用意してきたファイルを、ぼくはフォルダーから取り出して、彼のほうへ押しやった。

「これを読んで欲しいんだ」

ファイルには、昔のぼくの仕事と、プロフィールが入っている。できごとを報じた新聞記事のスクラップ。日本で起きた醜い事件のエピソードに過ぎないのだが、日本で発行している英字紙にも要約が出た。要約であっても明確に、包み隠さず、記事は物語っている。ぼくがモラルを窓から放り捨て、かわりに金を得ていた経緯を。

レックスの視線が、問題の事件を追っていく。

ぼくの心は波立った。

椅子の背にもたれかかり、読んでいくレックスの唇からは、静かな笑みが消えている。

ファイルを閉じ、向き直ったレックスの顔には、はっきりと驚きがあった。

「君が、このイッセイ・ハスオ？　このジャーナリスト？」

「以前は、記事の通りの男だった」

「どうして、こんな告白を」

「フェアでありたくて」

注がれる彼の目を避けることを、ぼくはしなかった。記事のなかに屍のように横たわっている男が、気力をふり絞って彼の前に立っていることを見せたくて。

長い沈黙があった。

「失礼」

いったかと思うと、彼はいきなり立ち上がって背を向け、まっすぐ図書室の奥に消えた。扉の閉まる音がした。

一人テーブルにとり残されたぼくは、所在なく、自分の深い傷を眺め、レックスの行ってしまった方向を眺めた。

半ば恐ろしくなった。

――このうえ、何をいえばいいのだろう。レックスに納得してもらうには、何を。

説得の言葉も方法も、浮かばなかった。

彼が強烈な魅力の持ち主であることを、いえばいいのか？ 脈絡のないように見える事象が、彼の手にかかると、急にはっきりと姿をあらわす。主題があまりにも複雑で、力量のある作家でさえ到底扱うことのできないものでも、彼はあらわにしてしまう。彫刻のようにくっきりと。ジャーナリストなら、僅かたりとも持っていなくてはならない資質だが、レックスの場合は、類ないまでに顕著だ。

レックスは書くために闘っている。彼の書くものは、頑なな思考の方向を変えるチャンスをぼくたちに与える。誰しも無関心ではいられなくなる。

――だから……。

ああ、できることならぼくは、自分がそれをしたかったのだ――！ この手で。昔のぼくには、それができる能力があった。ぼくには見えていた——自分の声があった——ガッツがあり、泣きごともいわず、労を厭わなかった。

どうして、もっと前に気づかなかったのだろう。力の及ぶ限り書けなくなることが、こんなにも苦しいなんて。

だが、多くの日々を無駄にして、ぼくの季節は終わった。雑誌に記事のひとつも書けない。

——だから……。

内部の力があまって、輝きが目に溢れているレックス・ウォルシュの、ぼくを三人束にしたとしてもかなわない切れる筆のうねりを、一刻もはやく、わかりやすく伝えることに尽力し、まともに生きるための手がかりにして、何が悪い？　自分勝手でささやかな夢だ。幻への酩酊といわれるかもしれない。だが、結局、人間はなにかに酔わずにはいられないじゃないか。

レックスが近づいてくるのに気づかなかったら、ぼくは髪をかきむしっていたかもしれない。

彼は戻ってきた。湯気の立ったマグ・カップを持っている。

「飲む？　ブラックだけど」

コーヒーを受け取る手の震えを、押さえようとした。いくつもの質問を根ほり葉ほりされることを覚悟した。事情を話せば話すほど、ぼくの身勝手な論理に彼があきれ返ってしまうような気がした。

「君と契約しよう」

あっさりと、レックスはいった。

「え」

ぼくは、口をつけかけたカップをあわててテーブルに戻し、唇をぬぐった。

レックスは、思いがけないことに、ぼくの申し出を承諾したのだ。

「君に任せるよ。新作の日本語版を」

本当に彼がそういったとは、信じられなかった。

「ポールにいったら、はり倒されるだろうな。馬鹿(ばか)なことをするなと」

ぼくがポールなら、そうするだろう。ポール・フェイガンは、レックスと二人三脚のようにやってきたエージェントだ。

いや、ぼくなら、はり倒すのはレックスではなく、話を持ってきた図々(ずうずう)しい奴(やつ)のほうだ。

「どう」

「どうって……」荒い息を継いだ。「願ってもないことだ」

「儲けるための材料を君に提供するわけじゃないよ」

彼は釘をさした。

「もちろん」

せき込んで、ぼくは請け合った。

「ただし、条件がある」ともにことを謀る同志であるかのように、彼はぼくのほうに膝を乗り出して、顔を近づける。「契約書なしで進めよう」

予期せぬことばに意表をつかれて、戸惑っているぼくに、彼は噛んで含めるようにいい直した。

「君はまず、ぼくに支払う。契約金を満額、契約書なしで。――できる？」

「契約書――なし？」

「日本では、著者と出版社の契約が、口約束で済んでるって聞いたことがある。どんなシステムでことが運んでるんだか、よくは知らないけど……。珍しいことじゃないんだそうだね。君の国の習慣を考えると、ぼくは、けして無理をいっているわけではないんじゃないかな」

もっと明快に、レックスはいった。「君からの百五十万ドルの入金を確認したら、最初の原稿を送る。それからポールにいって、君との契約書を作らせるよ」こともなげにいうと、くだけた口調で大事なことに触れた。「こういうことでどうだろう。信義と信義の問題ってことで」

少し、はにかみが感じられた。こんなことを持ち出すなんて……と、照れたような若い顔だった。

——そうか。そういうことか。

ある種の納得があった。

ぼくがレックスを信じれば、彼もぼくを信じる。彼が設けたハードルは、いちどモラルを捨てたぼくへの試金石らしかった。

「問題ないさ——むろん」ぼくは、かすれた声を出す。

「じゃ、決まった。ぼくも助かるよ。知っての通り、ルポは儲かる仕事じゃない。台所は、見かけほど楽ではないんだ。日本語版の支払いがいま入れば、いまかかっている取材にも弾みがつく」

天の声を聞いた思いだった。

願ってもない話が決まったことに、ぼくは有頂天になっていた。

「いつ、契約金を支払えばいい」

「一週間以内でどうだろう」

レックスが指定した支払いの期日に、異存はなかった。ぼくと仕事をしてくれるという、レックス・ウォルシュの神々しいご託宣を聞いた興奮が、誓わせた。

「ぼくは、君のレポートを個人的に利用したりはしない。それだけは念を押しておく」そのうえ、調子に乗ったぼくは、こんなことまでいい足した。「もし、君がぼくに危惧をもっているなら、いい手がある。『サイエンス』や『ネイチャー』に研究者が論文を投稿するときのようにふるまえばいいじゃないか」

レックスは、青い目をくりっとさせて面白そうに笑い、打てば響くという感じで乗ってきた。

「思ってもみなかったけど、それ、いいね。考えてみる」

科学者が新しい研究の成果を発表するときには、『サイエンス』や『ネイチャー』をはじめとした一流ジャーナルに論文を投稿する。が、論文の投稿には、あるリスクがあった。ジャーナルの審査員は、研究者の新しいアイデアを出版前に知ることになる。論文の審査にあたる編集委員は、当然、論文の内容を外部にもらしてはならないことになっているが、一流誌といっても、倫理的にも完璧な審査員ばかりが揃うわけではない。データ盗用もあり得ないわけではない。

そのことを熟知している用心深い科学者は、わざと少し微細なデータを間違えて投稿する。審査員も、論文の成果を確認する実験まではしないから、誤りに気づかずに論文を受理するケースは少なくない。で、論文が受理されたら、最終校正のときにはじめて、正確なデータに直す。

研究のプライオリティを守るために、よく取られる手法である。ちょっとしたテクニックで、アイデアが守られる。その方法を寸借してはと、ぼくはレックスに勧めたのだ。

「君がぎりぎりまで隠しておきたいと思っている部分は、最終ゲラのときに指示してくれればいいんだ。最後に書き加えるか、修正すればいい。そうすれば、『ジェネアグリ』に関するレックス・ウォルシュの新情報は、出版寸前まで隠しておけるさ」

ふっと首を傾げて、レックスは頷き、明るい微笑みを見せた。ふたりだけの企み。ぼくの機転に一目置いたかのような微笑み。

それは、ずっとあとになってわかったことだが、このときには気づかなかった。ぼくは有頂天になっていた。満足感にひたり、生涯を照らす仄かなあかりが見えたということに、舞い上がっていた。いろいろな意味で、ぼくは、この方法を提案するべきではなかったのだ。

5

圧倒的に甘い実をつけるトマトのことを、聞いたことがあるだろうか。

甘さの秘訣は、育て方の違いにある。荒れ地に植え、水をかつかつにしか与えない。天からの雨水を絶ち、従来の数十分の一しか水やりをせず、肥料も十分の一にする。

極端に水を控えると、花の頃には茎や葉が乾いて、見る影もなく萎れる。ところが、実のつく頃になると、枯れて縮んでいた葉や茎に柔らかく細かい毛が生えてき、空気に含まれている水を取り込むようになる。トマトの隠された能力が極限のときに引き出され、栄養分が実に集まって、糖度が高い実になる。

厳しい水分ストレスに打ち勝つことができるのは、トマトがアンデス原産であるためらしい。アンデス高地の過酷な自然環境に耐える本能が、トマトの遺伝子のなかに眠っており、不思議にもいざというときに目覚めて、厳しい環境に打ち勝ち、甘く結実する。

愚かにも、甘いトマトと自分とを、ぼくはひき較べて考え、楽天的になっていた。

わが身から金の贅肉をそぎ落とすという考えは、いいことに思えた。レックスと約束した百五十万ドルは、ぼくにとっても決して少ない額ではない。レックスに金を払ってしまえば、しばらくは、かつかつのやり繰りで生きていくことになる。なのに、負荷を考えるだけで、金のあくをさっぱり洗い流したように思え、タフになれた気がしていた。タフとはいっても、トマト並みのだが。そんなこともあって、ハンプティ・インのラウンジでアール・カッツと向きあっているときにも、気前がよかった。

アールはよく笑う男で、好感がもてた。電話のときからだ。ひとのなにげない一言に、ジョークの真骨頂でも聞いたように反応する訓練を、日頃からしているかのようだ。自身のせりふにも、よく笑う。

再会して握手をかわした途端、北米のガイドブックをぼくの目前で広げて、ジョークをいった。

「アナポリスって、どこにあるんだ?」

「それを、君が調べるんだ」

ぼくの応酬に、彼は実に楽しげに笑い出した。笑いのなかに、ぼくへの親しみのようなものが僅かながらあって、彼の笑いが天性のものなのか、営業用のショーマン・

シップのなせる技なのか、判断がつきかねた。

「で、基本料金は」

「必要経費は別にして一時間五十ドル。アナポリスの事件だとすると、ある程度の期間、向こうに滞在することになる」

アールのフィールド・コートは、革製の襟部分だけがてかてかに光り、汗じみで黒ずんでいる。バナナの皮のようにへたった黒ずみを気にもかけていないどころか、気に入ってさえいそうなあたりが、なんというか……磊落で、探偵らしい。

アール・カッツは、ワシントンで少なくとも五年は探偵事務所をやっている男だ。およそ五年前、ぼくはアール・カッツに捜し出されたことがあった。三角乃梨に頼まれて、アールは日本から北米に消えた男の所在を捜し、つきとめた。

彼の探偵としての力はよく知らない。ただ、そんなことがあって、アールはぼくのローロデックスに名刺がある唯一の探偵だった。電話番号は変わっていなかった。五年間、ワシントンのダウンタウンにある事務所が持ちこたえていたのなら、一応、業として成り立っているのだろう。

「日程のことは、かかってみないと何ともいえないな。アナポリスは昔関わった男がいる場所なんで、その男の家に住み込んでもいい。けっこう広い家で〝以後、幸せに暮らし……〟ていたらしいんでね。もっとも、先日、火事に遭(あ)ったとか聞くが」

「シティ・ドックにいいB&B(ベッド・アンド・ブレックファスト)があるさ。その男は、探偵が住み込むなら、猫の守(も)りをさせる気だぞ」

「そりゃ、考えもんだな」

アールの顎(あご)は、鍛えられた太い首に埋まっている。銀色めいた薄い眉(まゆ)が、どこかゲルマン系を思わせる。同じ色の髭(ひげ)——いかにも昨晩は外泊したという感じの、構わない髭——が、頬から顎まで、うっすらと覆(おお)っていて、笑うたびに光る。

「で……、その男は、飼い猫の世話のほかに、俺にさせたいことがあるらしいな。隣の家の住人たちについて、何を知りたい」

「隣の家の、殺された住人たちについて」

「オーケイ。そうだった。気の毒に」

「本当に知りたいのは、たったふたつきりだ。シングルトンの家族が殺されて、焼かれなければならなかった理由と……犯人」

「犯人たちかも」

「ああ。確かに」

アダムのために、調査を頼む。それが、ぼくがやると決めた三つのことのうち、ふたつ目のことだ。

「警察以上のことをしろと、望んでるのか。つまり、犯人たちの早急な逮捕とか」

「そうしてくれ――といえば、君は請け合うだろうな。セールストークで。けれど、ぼくは結果よりも経過を重視したい。大事なのは経緯なんだ」

「いきさつ?」アールは不思議そうだった。

「もしかすると、警察がどんどん事件を調べて、先に犯人に辿りつくかもしれない。ぼくがここにこうしているあいだにも、片付いているのかも」

「優秀な警察ならな」

「たとえばの話だ。マスコミも、すぐに真相に迫るかもしれない」

「ほかにいいネタがなければな」

「すべてが順調にいったとしてのことだ。優秀な警察と熱心なマスコミが動いて、結果が出たとしたら……、そのとき、このぼくに事件のすべてが知らされるかい」

彼は肩をすくめ、即座に断言した。

「知らされないな」

警察やメディアが、事件の当事者の近所に住んでいるというだけの人間に、懇切丁寧にことの経過を説いて回ることなど、まず、ないだろう。

部外者がことを知るには、専門家が必要だと考えて、探偵を雇う気になった。ぼくは、アールにそう告げた。

「確かにな。だがな、事件が解決すれば、ニュースで読めるぜ」

「読めるとしても、情報の要約にすぎないだろう」

「あんたは、日本でジャーナリストだったたってな」アールは、ぼくの眼をのぞき込んだ。「事件を取材したことがあるのか?」

「ある……。といっても、ぼくの専門は学究畑でね」

「なるほど」アールは口元をほころばせた。「殺人は埒外か。でも、研究や分析はお好きってわけだ。材料を蒐めて、その頭でこねくりまわす」

「そんな面はあったね。その昔」

声を上げて彼は笑い、ガイドブックを平手でぽん、と叩いた。

「そう……経緯ね。調べてみるよ。まかせとけ。悪いようにはしないさ。ただ、ひとつ聞いておきたいんだ。あんたの目的さ。大切なことだろう。何のために調べるかってこと」

「隣に友達が住んでいた。親しくしていた。それだけのことだ。利害関係のようなものがあるわけじゃない」

フィールド・コートの大きなポケットをさぐり、アールは四つに折り畳んだ紙片を取り出した。シングルトン家の火事を報じた記事のコピーのようだった。アールは記事を眺め、ぼくの顔に視線を戻した。

「エリック・シングルトンと？」

「いや」

「では、もしかして……友達って……この人妻、キャシー？」

ぼくは、首を振った。

アールは眼を細めて記事を追った。しばらくして、彼の片眉が吊(つ)り上がった。大きなため息が洩(も)れた。

「――八つか……」

ぼくは、胸が詰まって、ぎこちなく座り直し、先を急いだ。こういうのは苦手だった。

「できるだけ、多くのことがわかればいい。警察の捜査の進展具合でもいい。たとえ、未解決事件に終わるとしても、そこに至るまでの状況を知りたい」

「あんたの気持ちが鎮(しず)まるまで、調べろということか」

そうかもしれなかった。途中まで読んだ気になっていたアダムの短い物語の続き。

作者が途中で投げ出してしまった未完の原稿のような彼の一生の、結末を読むつもりかも。

「鎮まらない気持ちのケアなのか」

アールは呟いた。

「よしてくれ。そんなにデリケートな男じゃない。情報を整理したいだけだ」

虚勢半分、事実が半分だった。

レックス・ウォルシュへのアプローチが成功したこともあって、逝ってしまったアダムのことは、少しずつ心の底へとしまい込まれはじめていた。けれど、アール・カッツに依頼し、少しでも調査の進展があれば、アダムへの線香がわりにはなるだろう。同時に、強くなるために、金という名の真綿を、体から一枚、引き剝がそうと思っていた。新しい目的に魅了されはじめた利己的な男にできることは、金で人を雇って、気休めに事件を調べることくらいなのだ。むろん、探偵のファイン・プレーを願ってはいたけれども。

「そうか。ほっとしたよ」

アールは、ぼくがアダムへの綿々とした気持ちを否定すると、情感物語をひっこめて、さっと快活な男に戻った。

「いつから調べにかかれる」

「せっかちだな。いきなり、こんなところまで人を呼び出しておいて。ま、明日じゅうにはアナポリスに向けて出発できるようにするよ」

「ぼくが街に帰るのは、もう少し先になる。ニューヨークで仕事なんだ。最初のレポートは、帰ったときでいい」

「ああ。ひと足先に街に入ってるよ」アールはソファに寄り掛かり、くつろいだ様子になっていった。「ところで、あのひとはどうしてる」

ぼくもソファに沈み込んだ。沈没したこちらに気づかぬように、アールは追い打ちをかけてくる。

「あんたの追っかけさ。大した女だよ。諦(あきら)めない。国境なんか何のそのだ」

「仕事が追いかけてきただけさ」

「あんたを見つけたがっていた彼女と、一緒に暮らしてるんじゃないのか」

「彼女は東京だ」

「あんたを見るあの眼……。凄(すご)かったぜ」

「怖い編集者なんだ」

確かに、あのとき、三角のヴォリュームは凄かった。勢いがあった。ぼくは上の空だった。彼女のぬくもりに顔を埋めもした。だが、急に小娘からマザーシップに変貌(へんぼう)した女を、どう扱えというのか？

次に就きたい仕事など、四十過ぎて見つかるはずもなく、蓄えが底をつきそうだったときに、蜘蛛(くも)の糸よりもずっと太い縄のようなものが母船からおろされて、ぼくは意気地なく飛びついた。

すでにとっくに地に墜(お)ちていたくせに、いまさら別の仕事に就くことは、自分のレベルを落とすことだと考えるイヤな奴(やつ)だった。体を酷使して働き、思い上がりを打ちのめされるハード・ランディングのほうがよかったのかもしれないと、いまでも頭を掠(かす)めたりする。そんなぼくに、女との新しい関係など持てるわけがない。

だが、三角のほうはタフで、どんな関係もとても易(やさ)しいと思っているようだった。彼女は、ぼくの殻を感じとるやいなや、からっと別れた。

三角乃梨が期待しているものがどういう種類のものなのか、ぼくにはわからない。いまでも、三角はリーダーシップを取れる自分の立場を楽しんでいるだけではないかと、ふと思ったりする。いずれにせよ、ぼくには、これまで、考える時間もなかったのだ。

「そうか。彼女とはご無沙汰(ぶさた)なんだ。惜しいな」

三角は、ぼくと一緒にいたいなどとは、間違っても口にしたことがない。こちらがあと一歩踏み込んでも同じことだっただろうし、ぼくにはその一歩がなかった。

「ま、いいか。終わった仕事には関わらないほうが」

アールは深追いしてこなかった。彼は意味もなく笑い声を上げたので、ぼくも、らしきものをあげておいた。この男は、つきあいやすい。この男を真似することができたら、この先の人生がどれほど陽気になるだろう。

アナポリス警察のサマーズ刑事の連絡先をアールに告げた。ぼくの家の留守電のテープのコピーも渡した。ご丁寧にも、各報道機関の、あの事件の取材担当者ご本人が、社名、姓名、電話番号を吹き込んでいる。インタヴューを申し込んできた取材攻勢の留守電が、そのままメディアのデータ・ソースになっていた。

「要領がいいな、あんた」

「昔とった杵柄ってやつでね。かなり、腕はなまっているが」それから、追加した。「なかでも目先が利くのは、『ノースイースト・デイリー』のゴーディって男らしい」

「ゴーディ？」アールの声のトーンが上がった。「背が高くて、ちょっと紳士面したゴーディ……？」

「面識、あるのか」

「FBIの局員になりすましたりするゴーディ……か」歌うようにいいながら、アールは吹き出した。「それじゃ、話は簡単だ」

「どういうことだ?」

体を折ってひとしきり笑ってから、ひと息入れるように背を伸ばして、彼はいった。

「奴は、俺のニュース・ソースなのさ。ちょっとしたかかわりがあるんでね」

ぼくはそのかかわりについてもう少し知識を深めたいと思ったが、アールは思わせぶりにいっただけだった。

「そのうちわかるさ」

彼はまた笑った。

軽口で笑顔の男が、むしょうに頼もしかった。アールの唇は、もっと笑おうと構えていて、ぼくにエンジンをかけてくれるように思えた。おそらく、久しぶりに接する人間たちに対して、ぼくは必要以上の幻想を抱くようになっていたのかもしれない。探偵に調査を頼んだだけで、ひと仕事終えたようにさえ、思っていたのだから。

6

次の日の早い便で、ぼくはニューヨークに向かった。

目先の仕事を修復するためだ。与えられている仕事にギブアップせずに取り組むことは、課題の三つ目だ。がっしり造った船がなければ、大海に漕ぎ出せない。

夢にまで見たレックス・ウォルシュの第一稿が上がってくる前に、まずは目下の翻訳の仕事に精を出し、次の印税を稼ぐ。ともかくも、作家シリル・ドランと仕切り直さなくてはならなかった。

シリルのワインの大著『葡萄園』は、日本でも売れ行きが期待できる望みの綱で、分厚く高価な本になるはずだ。装丁も、もったいぶって重厚にするときいている。一万円の大台に乗るかもしれない。書籍の値段にしてはかなり高いが、専門家の書棚には、なくてはならない専門書になる。そんなことから、ある程度の販売数が見込めているらしい。

けっこうなことだ。そのぶんの印税を、すでに当てにしていた。

実のところ、格好をつけるゆとりはなくなっている。金になる仕事がもっと欲しい。

ルーティンワークで取り分を確保し、金を気にせずにレックス・ウォルシュの新作に集中したかった。くそいまいましい「こなし訳」の仕事を山のように貰(もら)いたいくらいだ。三角に頼み込んでもいい。本の売れ行きも気になった。翻訳者になってはじめて、おそらく著者たち以上に切実に販売数が気にかかる。

シリルの『葡萄園』も、派手に売れてくれると助かるのだが。日本で出る『葡萄園』には、ワイン界の名士の賛辞ふう解説と並んで、ぼくの訳者あとがきがつく。そのあとがきで、著者をあますところなく――あるいは実際以上に魅力的に――描いてみせ、少しでも本の売上げに結びつけたいと柄にもなく考え、フライトのあいだ、シリルの資料に釘付(くぎづ)けになった。シリル・ドランは、まだニューヨークに滞在している。

キャビン・アテンダントがぼくのほうを横目で見やった。通路側の空席に積み上げた資料に目をとめたのだろうか。『ワイン・スペクテイター』、『ワイン・アドヴォケイト』、『ワイン』など、ワイン・フリークが手にする専門誌から、飲食情報誌『ボナペ』、さらには『ファイナンシャル・タイムズ』の特集記事……。

羽振りのいい人間は、ストック・オプションか株かサイバー・ビジネスで一夜にして巨万の資産をつくり、クラブやレストランで、急に有名になった彗星(すいせい)ワインや流行中のブティック・ワイン、あるいは知る人ぞ知るスーパーカルト・ワインを飲む。メディアに新しい情報が出ると、アメリカのコレクターは、めぼしいワインをすべて吸い上げていく。アテンダントは、『21クラブ』や『リュテス』に出入りする人間を連想したのかもしれない。さもなくば、ワイン通か酒販業界の人間を。

ワイン通は、昔みたいにロマンティックには語られない。ライフスタイルと財布の中身のバロメーターとして、いまでも女の子の興味をちょっと惹くくらいの価値はあるだろうけれど。

通が賢者を意味しない時代だ。マイナーなワインのデータも、ネットですぐに見つけられる。ワインに添えられた記号を記憶していることに、投機かカルト以外、何ほどのことがあるというのか？

ワインについて、ぼくが知っていることといえば、翻訳のためにざっと浚った程度のことでしかないが、それでも、ここ三十年ほどのあいだに、驚くようなスピードでワイン・マーケットが変貌を遂げていくありさまが見て取れる。

一九七〇年代なら、クリスティーズのオークションで一流ワインを買うのは、皆が互いによく知り合っている特権的階級の顧客ばかりだった。いまは、ワインに金を注ぎ込む層の中心は、若い世代の、小金のある普通の消費者になっている。とんでもなく高いワインの栓を気楽にぽんぽん開けることは、さすがに、羽振りのよい人間にしかできないが、ビールのように〝とりあえず〟シャンパンかスパークリング・ワインを飲み、コート・デュ・ローヌかジンファンデルをボトルでもらい、クレーム・ブリュレを食べ、締めはカプチーノなんてのは、ごく中流的なメニューだ。

小説のなかの探偵たちの好みさえ、マティーニからワインにすっかり変わりはじめている。ケイ・スカーペッタだって、安酒のブラックブッシュやブッシュミルズも飲むが、シャルドネやなんかも飲んでいる。ひとがどんなにあっけなくライフスタイルの新しい情報に陶然とし、すぐに慣れていくものか、これはもう、唖然とするばかりだ。

ある評論家は、ヨーロッパで女性が酒をおおっぴらに飲み始めたから、ワインが国際的商品に急成長したのだと主張する。重要な地位につきはじめた女たちが連れだって飲めるワイン・バーがロンドンにできはじめ、八〇年代にはマンハッタンでヤッピーを魅了する「大都会的」な酒になっていた……と。

思いがけなく、女たちが酒をも変えていた。どうりで、男は彼女たちについていけないはずだ。まして、ぼくなど。

ワインが国際的商品に？　そうなのだ。ばかにできない。驚くことに、カリフォルニアでは、二十一世紀になる少し前から、ワイン産業の経済効果が、ハリウッドの映画産業を抜いている。映画以上にポピュラーな酒になったということか。そのうち、映画以上に通俗的な酒といわれる日だって、来ないとはいえないだろう。

まだ読んでなかった『ワインブローカー・ジャーナル』をバッグに突っ込んできたのを思い出し、ぼくは最新号を取り出した。

ちょっと驚くようなハイライトが、この号にはあった。

『ワインブローカー・ジャーナル』は、ワイン販売業者の専門誌だ。ワインブローカーは、世界じゅうのワイン・コレクターが欲しがるトップ・クラスのヴィンテージものやレアものを探し、DMやウェブサイトで注文を取り、売り手と買い手を仲介する。価格に敏感なこの商売のバックヤードで読まれている『ワインブローカー・ジャーナル』には、シャトーの持ち主の交代劇や、買収情報、醸造長の異動といった、市販の雑誌にはあらわれない現場のニュースも取り上げられていた。ときには、飛ばしぎみの記事もあって、けっこう面白く読める。

この号にも、ゴシップめいたタイトルがあった。〝本当にワインの値を決めていた男――〟!

ワイン・フリークなら、記事の題材になっている男、世界的なワイン鑑定家デイヴィッド・エヴァンスを、すぐに思い起こすことができるだろう。エヴァンスは、世界とでもいおうか。時代が生んだ寵児、のワイン界に強烈な影響力を持つスターだ。

彼は、伝統的な等級や定評に一切こだわらないワイン通信簿、〝エヴァンス・レイティング〟の生みの親だ。富裕なヨーロッパ社会が長いあいだワイン選びの目安としてきた物差しを、彼は捨て、自分の舌が感じたままに、独自のレートをつけた。

個人の味覚が核になった通信簿にもかかわらず、〝エヴァンス・レイティング〟は、わかりやすい評価情報としてアメリカで支持され、瞬く間に世界中に敷衍している。

名を伏せて用意された銘柄ワインをエヴァンスが試飲し、味わって判断した最高ランクがトリプルA、次がダブルAプラス、ダブルA、ダブルAマイナス……。シングルAのランク、トリプルBのランク、ダブルB、シングルBのランク……。ムーディーズやスタンダード&プアーズの企業格付けを連想させる。レイティングで味を表現することの是非はさて置いて、独自のスタイルと、彼の忌憚ない評価は受け入れられた。これまで一流とされてきたワインにも厳しい評価をくだし、陽の目を見ていなかったワインに光をあてた〝エヴァンス・レイティング〟は、この十数年、無名のワインを有名にし、一流どころの売れ行きを決めてきた。デイヴィッド・エヴァンスの舌がワインの値を左右するとまでいわれはじめている。

それればかりか、ワイン・マーケットの方がエヴァンスの味覚に追随し始めている。

高い格付けを望むあまりに、酒を彼好みの味わいに調製するワイナリーがあらわれた。そんなことができるかと不思議に思われるかもしれないが、生産者が人為的な味づくりをしようと思えば、技術的にはある程度できる時代だ。おもねるワインが、そうやって取り沙汰されるくらいの実力者に、エヴァンスはなっている。

『ワインブローカー・ジャーナル』のスクープした新事実とやらによれば、その〃偉大なる〃鑑定家デイヴィッド・エヴァンスに、ワインの真の価値をこっそり耳打ちしていた影の男がいるらしい。

記事が事実だとすれば、センセーショナルな話だった。ブラインドテイスティングが売りもので、自らの味覚だけを頼りに格付けをしていくのが建て前のエヴァンスに、ワインの何たるかを囁いた人間がいるとすれば、エヴァンスのカリスマ性に疑問が出てくる。

ヨーロッパ人でもなく、富裕階級の出身でもないエヴァンスは、鑑定家になる寸前まで、ワインと縁がなかったと聞く。内輪だけの保守的な小宇宙だったワイン市場に変革をもたらし、ごく普通の愛好者から、独自のスタイルで頂点にのし上がった人間だ。いわばぽっと出の彼に、この種の憶測がいままでなかったのが不思議なくらいだが、記事は、成功者につきもののゴシップとも思えた。

が、ある部分まで読み進んで、ぼくは思わず呻(うめ)いた。エヴァンスに知恵をつけていた男として名指しされていたのが、ティエリだったからだ。

――ティエリ・ドラン。

聞き逃せる名ではなかった。ティエリは、著名なワイン醸造コンサルタントで、ワイン界のセレブリティだ。そう――、妻のシリルと同様に。

ワインビジネスの花形になっている醸造コンサルタントのなかでも、ティエリ・ドランは栽培業者に抜群の人気がある。素人(しろうと)がはじめて手掛けたワイナリーが、ティエリのアドヴァイスで彗星のように頭角をあらわし、旧来の五大シャトーを凌(しの)ぐ高値を呼んだ。休眠畑だったところをティエリが杖(つえ)のひと振りで理想的な収穫地にした……。彼には伝説がいくつもある。それも、フランスのみならず、世界各国で。

かのシャトー・マルゴーが酒の品質を落として斜陽になりかけたときに、ワインの味を持ち直させて名を上げたエミール・ペイノーをも凌ぐ手腕といわれている。ペイノーやティエリが導いたワイナリーが見る間に洗練され、名をなしていく現実に、伝統的なサジ加減でワインをつくってきた生産者は衝撃を受け、革新的な醸造技術によって畑や設備をブラッシュアップしようとするワイナリーが相次いだ。醸造コンサルタントの名声が、人気の高いシェフと同じくらいにものをいう。

なかでも、ティエリが助言したワインは、銘柄や生産者にかかわらず、ティエリブランドとしてプレミアムがつくありさまだ。彼は奇跡を起こす男のように盲信され、世界のワイン産地を息つく暇もなく飛び回っている。

とくに、南米産地のドラン信仰はすさまじい。アウグスト・ピノチェト将軍がワインの生産振興を掲げ、わずか十年あまりで葡萄栽培のパラダイスになったチリで、ティエリは主要なワイナリーを軌道に乗せるために一役買った。チリの成功で、気候や土壌に現実的な可能性(フィージビリティ)を持つほかの南米諸国も、葡萄栽培に熱を入れ始め、ティエリにラヴ・コールを送っている。

一国の経済をも大きく変え、時々刻々、十指に余る産地をジェットで行き来するフライング・ワインメーカー。それがティエリだ。そして――彼とシリル・ドランとは、ベスト・カップルといわれている。日焼けしてがっしりした、畑の匂(にお)いがしてきそうな野生児ティエリと、知性派で論理的なシリルと。

そのティエリがデイヴィッド・エヴァンスに、格付けを〝アドヴァイス〟していたとは、何とも穏やかでない。

記事を補っているデータも、まことしやかに見えた。

〝エヴァンス・レイティング〟が始まって以来、ティエリが関係したワインのすべてに、エヴァンスは高い評価をつけている。ティエリが関わったワインに、ダブルA以下のランクはひとつもなかった。あらためて表にして見せつけられると、データは二人の関係を率直に物語っているようにも見える。

このスキャンダルを真にうけるワインブローカーが二割としても、客への波及効果は大きいだろう。重要な顧客の多くは、ブローカーが握っている。『ワインブローカー・ジャーナル』発の情報はインターネットで、あっという間に世界に広まる。いずれにせよ、ワイン界にはひと波乱ありそうだった。

ぼくはといえば、自分自身が関わっている仕事のほうが心配だった。夫のゴシップの渦中（かちゅう）にある作家の機嫌を考えて、ため息をついた。風評の渦中にあるとき、ワイン愛好者の集まる試飲会やランチを、たて続けにいくつもこなさなければいけない女性評論家が、上機嫌でいられるわけがないだろう。

ラガーディア空港でキャブを拾い、バックシートに身を沈めると、ラジオでニュースが流れていた。高校で乱射事件があって、少女が胸を撃たれた。メキシコとの国境で、南米からの移民が百人以上、不自然な形で行方不明になっている。上院議員が麻薬所持で逮捕される寸前に、ライフルで自分の喉元（のどもと）を吹っ飛ばした。不幸の連続ばかりだ。アナポリスの片隅で起きたシングルトン一家の事件の続報はなかった。マンハッタンは、やはり都会なのだ。大事な友を失ったばかりのぼくは、物騒なニュースを聞き流してお互いに知らん顔をしている人間たちの、冷たくて華やかな渦のなかに巻き込まれていった。

　いまにも雪の降り出しそうな空の下を脈々と流れる車の列のどこかには、もちろんリムジンもいる。カシミアのコート、ブルーフォックス、お抱え運転手。木枯らしのなかでもぬくぬくと過ごせる道具立てを世間に見せつけたがる人間たちを乗せている。そのうちの何台かは、シリル・ドランを主賓にしたエレガントなレセプションに向かっているはずだ。シリルは名士で、集まるのは彼女の魅力とワインの魔力に惹きつけられた多彩な上流人士だ。スポットライトに照らされたソサエティが、大都市の一隅に眩しくある。いつかこんな場所が、ぼくにもあったなと思える、頭ひとつ抽んでた場所が……。

　が、いまのぼくは、すっかりそんな輪の外だった。そのことを、心得ているつもりだ。シリル・ドランに面会できるのは、レセプションが終わり、シリルと招待客との優雅なランチが済んでからだ。そんな扱いでも、三角乃梨に感謝すべきだろう。渋りながらも、三角は多忙なシリルとのアレンジをし直してくれた。一度は約束を反古にした、東洋の一翻訳者との時間を、著者につくってもらった。偉いやつだ。おかげで、どうやらこうやら、仕事は前に進んでいく。

ホテルに届いていたメッセージに、会場のアドレスがあった。雪が降り始めていた。荷物を解いて、ケネス・コールのスーツを着、どうにもそぐわないオーヴァー・コートをはおった。自慢のコートは、火事のとばっちりでクローゼットが半分濡れたせいで、用をなさなかった。サイズも合っていない、そこらの誰もが着ているようなチェスターフィールド・コートで、ホテルに近いブルーミングデールズで買った。クレジット・カードで八百ドルした。

パワー・スーツに似合わない、出来合いの野暮なデザインに八百ドル。わかっていた。見栄の値段なのだ。偽物の自分を隠すため？ イエス。コートを買う金くらいある男だということの証明？ その通りだ。

誰も自分を知らないパーティに出向くのに、選り抜きのコートを着たからといって、写真に撮られるわけでもなく、インタヴューされるわけでもない。まして、たとえばマンハッタンを制する者でなど、あるはずもない。そのくせ、皆と同様のコートくらいなければ、負け犬じみた気分になる。こういう愚劣なことの連続が、金の力に取り込まれはじめる端緒なのだ。

かつてはインタヴューされる側だったぼくは、そのことをよく知っているはずなのに、そうではなかった。プロフィールがあらゆる媒体に紹介され、ジャーナリストとしての成功を当然と受けとめているときでも、ぼくはもっと洗練されようと、必死だった。着るものに金をかけた。持ちものに気をつかった。ぼくは焦っていた。世界でいちばん意味のある人間になれると、心のどこかで信じていたせいだ。自意識が、値打ちの感覚を麻痺させていった。

人間はあやまちを繰り返す。降りはじめの雪は、金のようにちらりと輝いてから、新しいオーヴァー・コートに吸い込まれて、すぐに消えるだろう……。

八百ドルのコートが、ぼくが捕われた罠への道を思い起こさせた。いまにも過去の繰り返しがはじまるのではないかとの恐れから、ぼくは買ったばかりのコートを慌てて放り投げ、着古したみすぼらしいハーフ・コートをひっつかんで着た。鏡を見ると、サイズだけは合っていた。なかなかいいじゃないか。装いを捨ててやり直すのだ。はじめから。

グラマシー・パークの西側にキャブで乗りつけてみると、それが間違いだったことがわかった。目的の屋敷には、世間ではとくに有用だと思われている、押し出しというやつがあった。格調の高さで富を誇示するテラスハウスは、社会の中枢にある誰かの私邸なのだろう。花模様の鉄細工がみごとなフェンスの脇に、ドアマンが立っていた。招待状を持っていない、ぼろコートの男を、ドアマンは当然のように誰何した。十ドル渡した。ドアマンは肩をすくめた。コートを脱いでパワー・スーツを見せ、もう十ドル渡すと、ようやく金を胸ポケットに滑り込ませて、ウォーキー・トーキーで行事担当者を呼び出してくれた。

ドアマンよりも大柄で無骨な男が、いかにも面倒くさそうにやってきた。一応はタキシードを着ているが、パーティに紛れ込んだシークレット・サーヴィスみたいだ。

冬のさなかなのに、アーティストの手でセッティングされたらしい色とりどりの飾り花とブーケの並ぶエントランスを抜け、年代物のカウンターがあるウェイティング・バーを通りすぎ、ミニ・バーと布張りのソファがある小部屋に通された。放り出されたといってもよかった。バーテンダーはいない。壁面にはディエゴ・ヴェラスケスが架かっていた。控室のような役割につかっている二つ目のバーなのだろう。ゲストたちはもっと奥まったダイニング・ルームかラウンジにいるらしく、かすかに、さざめきと笑い声が流れてくる。

銀のトレイに、給仕がシャンパンとカードを乗せてきてぼくに押しつけ、さっと戻っていった。

印刷されたカードは、レセプションのプログラムである。

午前十一時から、ワイン・テイスティング。エキスパート向きというよりは、社交の楽しみのための試飲会らしく、十種類のワインの銘柄とヴィンテージが記してあった。圧倒されるようなラインナップだ。最低でも一流のオークションで一本が七、八十万円はする。こんなワインを試飲するグループは、どんなものなのか。百年以上前のヴィンテージもの、ボルドーのグラン・ヴァンばかりだ。

かなりの散財を覚悟せねばなるまい。パーティでなく、会費制の集まりだとすればだが。

シリル・ドランはパーティの主賓になっている。

十二時から、テイスティングに関するシリル・ドランのスピーチ。十二時半から、四つ星レストランのシェフによる軽いランチ。ランチに合わせた飲み物について、シリルのスピーチ……。

彼女の予定はびっしりで、一時半に着いたこちらは、覚悟していたとはいえ、長いこと待たされた。喉がひどく渇いていた。勝手にカウンターに入ってミネラル・ウォーターを捜した。

冷蔵庫はカウンターのシンク下にあった。スライド式のドアを開け、覗(のぞ)き込むと、奥にペットボトルが見えた。手探りで取り出した拍子に、ケイパーの小瓶が転がり落ちた。はずみで床を転がりだした瓶を追って、体が地面につくほど低く身を屈め、手を伸ばした。

と、ぼくは、ぎくっとして首をすくめ、とっさに、さらに身を屈めた。凄い勢いで口論しながら、誰かが部屋に入ってき、荒々しくドアを閉めたからだ。身を起こして誰かのいざこざを見てしまうことは不作法だという気がしたのだ。そのままの姿勢で争いを聞き続けるほうがずっと失礼であることに気づいたときには、遅かった。

どさりと、ソファに腰を落とす人間の気配がした。

「何もわかっていないんだ。お前は、なにもわかっちゃいない！」

吐き出すような、男の唸り声だった。声を殺して、低く鋭く。

「あの女ね。あの女が、あなたを変えたんだわ……」女の甲高い声が呼応した。

「関係ない。これはビジネスなんだ」

「嘘！」

男と女の、痴話喧嘩のようだった。刺々しい口調で、女はいった。

「なんとかいったらどうなの。逃げるの！」

「不愉快だね。お前にはうんざりだ。変わったのは、お前のほうじゃないか」男のほうも、語気を強めた。「お前は、俺の夢を潰そうとして必死なんだ」

「しかも、ダグラスの事業ですって？　どういうことなの？　あの人の畑を見るなんて。ダグラスの事業のやり方を知ってるの？　どういう人間だか知ってるの？」

「チャンスだといったたろ？　意義のある大事業なんだ。こいつは、極めつきのプロジェクトなんだ。お前のお好きな、人のためになる仕事で……」

「ばからしい。たわごとだわ」

「お前は、もとから俺の力を侮っているんだ。そうだ、お前は偉い学者だよ。みんなお前のおかげさ。俺のいまの地位も……」

「そう仕向けてるのは、あなたじゃないの。あたしは大切にしてるわ。あなたの名を……」

「名か。そうさ。お前は納得ずくだったじゃないか。だが、もう指図は受けない。いまでは俺自身が俺の主人さ」

　男女のいい合いは続いていた。

「俺の名声は俺のものなんだ。ダグラスも、俺の名が欲しいのさ。いってみれば、奴に名を貸すようなもんなんだよ。お前と俺の関係と同じようなものだ」

「あんな企業とかかわったら、あなたはだめになる。あの国の畑もだめになる」

「どこに、そんな根拠があるんだ。お前は得々と演説していたじゃないか。〝以前〟

のワインがどんなにクラシックな味わいだか」

「あの女と行くのね。南米の女と」

「そうじゃない。意義のある仕事なんだ」

「あたしには、わからないわ。わからない……」

ぼくはカウンターの蔭で聞いていた。いまさら、のこのこと出て行けるわけがなかった。

「行かせないわよ!」

出し抜けに女が絶叫して、何かが割れる音がした。続いて、物をひっくり返したような音が。喘ぎとも呻きともつかないやり合いがあり、男が押し殺した声でぴしゃりといった。

「やめろ！　やめるんだ！　いい加減にしろ！」

その声を最後にドアを開け、人が出ていく足音がし、部屋は、元の通り、ひっそり静まりかえった。

しばらく待って、ぼくはそろそろと身を起こした。小競り合いは終わったろうと、見極めて。だが、早すぎた。風波はまだ去っていなかった。女がこちらに顔を向けて、力なく立ちすくんでいた。

彼女は、はっとして息を呑み、目を見開いた。が、一瞬まじまじとぼくを見た瞳は、すぐに驚きを失って空洞のような目になり、女はふらふらとソファにくずおれ、しゃくりあげはじめた。

俯いて泣いている女から目をそらすと、壁にヒステリーの残骸があるのが目に入った。ヴェラスケスのすぐ脇に、茶褐色の染みが飛び散り、真下に小ぶりのグラスが――おそらく、ポートワイン用だろう――粉々になって落ちている。サイドテーブルが倒れ、磁器の灰皿も割れていた。

ぼくは、驚いていた。デザートワインのものらしい壁の染みから彼女に目を戻し、あらためて、じっと眺めた。黒いドレスは胸が大きく刳られていて、深いスリットからのぞく足が、妙に生々しかった。

そう――、実物のシリル・ドランの第一印象は、著作で読む彼女と、あまりにもかけ離れていた。

写真通りなのは、たっぷりと艶やかな赤みがかった髪だけで、豊かなはずの頬は、げっそりとこけ落ちている。緑の目にあるはずの澄んだ輝きはなく、目尻に皺が深かった。彼女は泣いていた。それだけではない。目のまわりが真っ赤になっているのは、涙だけのせいではないようだった。唇に澱のかすが黒く溜まっているのが、拭わずにそのままになっていた。ワインの澱だろう。

シリルは、目を上げた。ぼくは自己紹介をしようとして口を開いた。だが、結局、何もいえなかった。彼女のプライドを考えると、どう切り出していいかわからなかった。それに、シリルはぼくの存在など意に介していないようだったからだ。すぐに彼女はぎゅっと目を瞑（つぶ）り、片手で額を押さえ、二、三度ソファを叩（たた）いて何事か呟（つぶや）き、呻いた。

なんといったのか聞き取れないが、おそらく悪態らしい呪文（じゅもん）を唱え終えると、再び、シリルは顔を上げた。長いこと空（くう）に据えていた視線が、動いてしばらくあたりをさまよい、ぼくの手に向けられて止まった。

——酔っている？

目を瞬（しばたた）いた。

——まさか、シリルが？　酒の熟練者が、酔う……？

試飲会では、プロのテイスターは吐器（スピトーン）をつかう。口蓋（こうがい）洗浄で酒気を払って、味覚を保つためだ。どんなに高価なワインが供されたとしても、自分が主賓のレセプションで、グラスに注がれたすべてを飲み干すということはしなかっただろう。とすれば、ランチのあとで強化ワイン（フォーティファイド）を相当飲んだのか。

ふと思い直した。かつてのぼくも、名声とは関わりなく、二日酔いの臭い息をしょっちゅう吐いていた。シリルのことを考えた。どんな事情にせよ、酒を体に練り込まなければならないくらい、辛(つら)いのだろうと。

「水、ちょうだい」

ぼくは、ミネラル・ウォーターを手にしたままだったことに気づいた。ひとしきり空咳(からせき)をしてから、水を差し出した。彼女は片手を伸ばしてペットボトルをつかみ取り、飲み口を唇にあて、ごくごくと喉(のど)を鳴らした。水を飲み終えると、何度も大きく息をついた。ついでに、げっぷまでつけ加えた。

床に落ちているストールを拾い、彼女の脇にそっと置いた。もう一度、名乗ろうと試みた。何と、間の悪いことに、ドアがノックされるのと同時だった。

途方に暮れた。ノックは続いている。シリルも口を開かない。返事をためらっているうちに、容赦なく扉が開いた。

ダークスーツをスマートに着こなした、でかい男が立っていた。気まずい空気が漂った。彼は、ぼくとシリルを交互に見やり、バーの調度の乱れを見てとって、眉(まゆ)をつり上げ、静かにいった。

「なんてことだ」

上品な奴に見えた。気取ったイントネーションのせいか。知性も持ち合わせているように見えた。そう、彼の目がぼくの動きを追ってすばやく走り、巨大な拳が急にこちらに飛んでくるのに気づくまでは。

「ダーグラース?!」

シリルは声を上げたが、ぼくのほうは、喉の奥で、かすれた音が出ただけだった。一撃をくらい、暴力的な男の顔が霞んで、ノック・アウトされた。すべてが消えた。

7

気がつくと、顎を右手で押さえていた。尻餅をついていた。痛みで、口が動かない。男に見おろされていた。百九十センチはありそうな奴だが、よく見ると、ぼくより遥かに年配だ。そのわりには、ばかに血の気が多いじゃないか。そして、短絡的だ。わけも聞かず、状況を深く考察することもせず、このざまだ。

「ダグラス、違うわ。その人じゃない。あたしがやったのよ」

声に振り返ると、いつのまに態勢を整えたのか、シリルが凜と立ち上がっていた。冷静な、しらふの作家に見えた。シリル・ドランは、自分の性能を急に思い出したかのようだった。

「ごめんなさい。この何日か、突然の衝動に苦しめられてるの。きっと時差のせいだわ。もう少しで、あなたのヴェラスケスを台無しにしてしまうところだった……」

彼女は落ち着き払っている。気丈だった。優雅さも、ふいに戻っていた。

「突然の——衝動……?」

「世にいうところの、ヒステリーよ。一八七三年のサンデマンを壁に投げつけたの。許しがたいことに」

笑みを浮かべて、シリルは男に歩み寄った。ドレスの柔らかな裾が、脚にまといつく藻のように揺らめいた。意識的にそうしたのかもしれない。男らしさを誇示したがる手合いを落ち着かない心持ちにさせる、女のかよわさがあからさまになり、男は戸惑っておとなしくなった。

「いいんだ。絵には保険がたっぷりかけてある。ただ」

「ただ、何?」

「この男が……」ぼくのほうに顎をしゃくった。「君に暴力をふるったのかと」

「邪推だわ。ダグ。私をなだめてくれていたのよ。彼は」

シリルが、こちらを見た。ぼくは、身分証明をしたくて、口をもごもごいわせた。

焦って、口のなかを舌でぬぐった。この酸味は……どう表現すべきだろう？ 獣臭くて、粘着性があり、とてもメタリックだ。喉越しはビロードのようだが、飲み込みたくもない。シリルは、血を舐めて歪んだぼくの表情をちらと見て、彼のほうに向き直った。

「彼は……大事な人なのよ。私にとっては。日本の市場——といえば、あなたにもわかるでしょ？『葡萄園』を日本でも出すことになって、彼に日本語に訳してもらうの。私の話を聞いてもらうことになっていて、ここで落ち合う約束をしてたの」

驚くことに、説明は正しかった。しかも、簡潔で滑らかだ。顎の痛みのせいでぼくのいえなかったことのすべてを代弁してくれている。

男は鼻を鳴らした。

彼女の話を咀嚼しているようでもあり、まったく聞いていないようでもあった。彼はばかでかい肩をすくめた。

結局、ぼくを殴った男は、シリルにだけ優しさを示した。

「きみの時差の苦しみに効くメラトニンがある。持ってこさせよう」

奴は彼女にいい、ぼくを無視したまま出ていった。

「大丈夫？」シリルがいった。「あまり具合が良さそうには見えないわね」

よろめきながら立ち上がった。顎がずきずき痛んだ。口がうまく動かず、掠(かす)れ声を絞り出した。

「あいつは、謝りもしないのか」

「ダグ？　そうね。謝ったことがないのかもしれないわね」

「いったい、どうしてそんなことがあるのかね」

「さあ。生まれたときからじゃないかしら。甘やかされて育ったとしても、不思議じゃないわね」

「だから、考えずにすぐ殴るのか。金持ちの坊(ぼっ)ちゃんから金持ちのおじさまになられた方だから」

返事をするかわりに、彼女は笑った。

「お金にものをいわせるばかりでなく、素手でも相手をやっつけることができるってとこを、見せつけたいのよ」

「金持ちの心理は複雑だな」

「一世紀以上前のヴィンテージ・ワインを大勢に、それもふんだんにふるまうことができることは確かね。ワイン・スノッブだけど、〝相当の〟がつくの」

「ヴェラスケスも本物？」

「大したものよね」

「高名なワイン評論家の本物も招聘(しょうへい)できるわけだ」

「皮肉なの？　排他的な会に見えるんでしょうね。ダグのプライヴェートな集まりだし、ゲストたちは、彼の関係者ばかりだから」

「メンバーは見ていないんだ。ワイン愛好家の集まりなのか」

「たぶんね。けど、この会はワインの香気やバランスを楽しむのが目的じゃないらしいわ」ぽつっと、シリルはいった。

「え」

「……ビジネスライクって気がしただけ」

よけいなことを口にしたと思ったのだろう、彼女は話題を変えた。

「それよりも、はじめまして、といわなきゃならないわけね。ハスオさん……だったわよね」

「判(わか)っていたのか」

「ごめんなさい。うっかりしてたのよ。日本からの来客があることを失念しそうになって」

彼女は、ぼくがいざこざの一部始終を聞いていたことを思い出したらしく、はにかみを顔に浮かべた。

　思いがけなくも、彼女の私的なやりとりを聞いてしまったことについて、ぼくは謝罪した。重ねて、勝手な都合で前回の約束をすっぽかしたことを詫びた。

「いいから、行きましょうか」

　シリルは呟いて、ぼくの答えを待たずにドアのほうへ足を早めた。人前にすんなり出るための正気を奮い起こそうと努めているようだった。傷ついた自分をかばって、皆が知っているシリル・ドランを装うさまが、けなげに見えた。

　痛む顎をさすりながら、ぼくは彼女に従った。女に易々と従う癖がついているのだと、ふと気がついた。論理と演技とを武器に、相手を簡単に溺れさせることのできる女性には、とくに従順に。

　玄関ホールは、帰り支度で名残りの会話としゃれこむゲストたちの社交場と化していた。思ったよりも小人数で、ごく内輪といった雰囲気だ。ざっと見渡して、十四、五名ほどだろうか。

　中心で立ち話に興じているグループに、あの男が――ダグラスとやらが――ふんぞり返っていた。

「のさばってるな」

「また、ひと騒ぎする？」

「そんな暇はないようだね」

そういったのは、部屋の隅々で目を光らせている男たちに気づいたからだ。巨漢ばかり三人。ぼくをミニ・バーに置き去りにした男の複製みたいだ。

「行事担当者が多いね。物々しいんだな」

「護衛官(SP)よ」

「ダグラスの？」

「アメリカ政府のだって」

「要人のお成りなのか」

彼女はごく自然にほほえみ続けていた。穏やかな瞳(ひとみ)を見ていると、ぼくのほうが彼女に気遣われている気になる。

「あの人」シリルは、それとなくゲストをさした。「ＣＩＡの副長官とか何とか、いってたわね。公務の合間を縫って寄ったときいたわ」

ダグラスを取りまくグループに、新聞や『タトラー』で見る顔ぶれに混じって、いかつい体つきの年配の男がいた。

「彼？」

シリルは面白がりながら否定した。

「彼女よ」

逞しい男の隣に、控えめな彼の秘書といった見かけの、三十そこそこの小柄な女が、よく見ると存在していた。それくらい目立たない。政治家の妻が着るような保守的なスーツ。身長は日本女性の標準くらいか。意識的に気配を消しているのかと見直したが、そんな様子は読みとれなかった。ただし、ぼく以外の招待客は、彼女の地位をすでに熟知しているのだろうが。

「ワインに関しては目利きね。一世紀前のヴィンテージものの産地を、七割くらい当てたわ。ひょっとしたら情報漏れかもね」言葉の鋭さに、ぼくは彼女の顔をうかがった。

「ダグの集まりに政府関係者がいるのは、別に珍しいことじゃないわ。ダグラスは、大統領とも面識があるらしいから」

「ウォーレン・ローガンと?」

「偉大なるワインの集まりは、特別なのよ。ワインは甘い蜜なの。名を成したひとが、蜂のように群がる……」

彼女が囁き終わらないうちに、その華奢なCIA副長官が、ついっとぼくたちに寄り添ってきた。

「素晴らしいじゃないですか。ミスター・ドランがダグラスに力を貸すのなら、大成功ですよ。ボリヴィアとペルーのワイン産業も、チリ同様に成功するでしょう。ティエリ・ドランの新たなプレミア・ワインの誕生も近い」

丁寧な口調だが、聞き取りにくい話し方だ。速度が早く、単語のところどころが喉の奥に消えていく。じっと集中して聞いていないと、話の行方さえわからなくなりそうだった。

「ええ……たぶん、そうね」

シリルは気のない受け答えをしたが、CIA副長官は、ちっとも動じずに続けた。

「南米がアグロ・インダストリーに取り組みはじめたら、世界の食糧供給の地図は激変しますよ。アンデス諸国で葡萄栽培の可能性を追求するのは、実に理に叶った行動ですね。あちらの土壌は、すでに十六世紀にイエズス会がペルーの南部高地でワインを造っていたほど肥沃だとか。わが国からの経済協力資金も有効に使われることになりそうですし……」

皆までいわせず、シリルは遮った。

「もっと拝聴していたいのに残念ですけど、今後の予定が押してますので、そろそろ失礼したいの」

「あら」

はっきりと撥ねつけられて、彼女はさすがに、やや鼻白んだ。

「この方は？」

「私の本を翻訳して下さる方」

シリルは、顎の腫れたぼくを彼女に引き合わせた。レーシー・ローウェル副長官に。すぐにそこで別れたが、ローウェルがぼくを見据えたときの猜疑的な目と、蛇のような身のこなしが印象に残った。この若さで、国家安全保障問題にかかわっているローウェル嬢は、他国から見れば、高性能の戦艦か戦闘機のようなものなのだろう。国の戦略が、少なからず彼女の頭脳に埋められているはずだが、ぼくには知るよしもなく、知る必要もなかった。

シリルは時差の緩和薬を持ってきたダグラスに、帰ると告げた。スタッフがぼくたちのコートを持ってきた。ダグラスが声を上げてゲストたちの注意を惹き、シリルの辞去を告げたので、主賓を送り出す拍手が湧いた。ぼくは、シリルをエスコートして、金とパワーに満ちた邸宅から、吹きつける雪のなかへ踏み出した。激しい吹き降りになっている。雪は美しかった。けれど、冷たかった。ぬくぬくした古巣からいきなり追い出された小動物のように、ぼくは身を震わせた。

8

シリル・ドランも、顔をこわばらせていた。雪のせいではない。ぼくと同じく、何かから閉め出されたような顔だった。リムジンに乗り込もうとしているひと組の男女に出くわして、彼女は顔をそむけた。

ミス・ユニヴァースの栄冠に輝かんばかりの肢体を、ぴったりと仕立てたフォックスでくるんだ、ラティノらしい甘い顔立ちの女が、長身を折り、腰から先に車に押し込むところだった。一度見かけたら、忘れないだろう。眉(まゆ)が迫力のあるアーチを描き、ふくよかな唇が誘う。虜(とりこ)になる男もわんさか、いるだろう。二十四、五というところか。浮かした腰を座席に落とすときに、ダイナマイトのようなものすごい体がしなり、弾んで、おさまった。

女がまわりのすべてを霞(かす)ませていたが、ふと見ると、続いて乗り込んだ男の横顔に見覚えがあった。

今朝のフライトでも、この顔に出会った。『ワインブローカー・ジャーナル』で。

雑誌のポートレイトはモノクロで、澄ました顔つきだったが、雪のなかのティエリ・ドランは、頬を少年のように赤くしていた。目に勢いがあった。雪をも歓迎する野生児、そう見えた。仕事に野望を抱く男が、前に進もうとするときの顔だ。いや、夢を抱かせる女に相対したときの、壮年の男の顔か。そのどちらにも見えた。女にも、男にも、オーラがあった。

ぼくたちの前にも、車が回ってきていた。シリルは唇を引き結び、先行車を視界に入れないようにして、運転手に行き先を告げると、さっと先に乗り込んだ。シートに沈み込むと、彼女は消耗しきってしまったように、目頭を揉みしだいた。

酔いとの戦いに疲れたのだろう。あるいは、夫ティエリの行状との戦いに。

しばらく、ぼくたちは黙ってサイド・ウインドーを見ていた。溶けた雪の滴が流れていく。

「聞いていなかったのよ、私は……」

唐突に、シリルがいい出した。ぎゅっと目を瞑って、まばたきをした。酔いがまた、まわり出したのか。

「……炎の輝き、か」

つい、不用意なことばが口をついた。

「え」

「君のご亭主さ。新しい事業に燃えて、雪さえ溶かすような熱い目をしている」

シリルの気持ちを刺激しかねない触れかたとはわかっていた。が、対象が何にせよ、夢中になっている男の覇気が羨ましかった。感懐が、正直にそういわせた。そこに戻ろうと、ぼくも足掻いている最中だったから。

「そう見えた？　そう――、そうよね。尋常ではないのよ」

「彼の意気込みが？」

かすかに眉をひそめ、シリルは唇を噛んだ。装った穏やかさは彼女の目から消え、ゆっくりと吐き出す息に、心の傷がにじんでいた。

「私は、聞かされていなかったの。南米での新しい事業の計画を……」

シリルは、酔いのせいか、空に訴えかけるような話しぶりをした。

「私のスピーチのあとに、ダグラスがホストとして挨拶したの。南米でのダグとティエリの事業計画は、そのときに、発表されたのよ。ペルーとボリヴィアにワイン産業を輸出するプランが」

「ローウェル嬢の話しぶりからすると、彼らが造るプレミア・ワインの前途は、相当、期待されているらしいね。君は反対のようだが」

「納得いくわけがないわ。ダグラスは葡萄を駄目にするわ。彼なりの強引なやり方で、きっと」

愛好家の趣味が高じれば〝わたしのシャトーで〟と気取りたくなるものなんだろう。ペトリュスのムエックス一家並みに、自分の名をボトルにサインしてみたくもなる。ぼくだって、ワインが焼失さえしなければ、そのうち、どこかのシャトーを買った投資グループの株くらいなら、ちょっとは買ってみようと思ったかもしれない。

「けれど、強引といったって、ぼくにいきなりパンチをくらわせたみたいに、老舗のシャトーを力ずくで買収するってわけではないんだろう？　新しい未開の土地で、ティエリの指導でワインをつくりたいというのなら、問題は何もなさそうだが」

「それが不思議なのよ。ダグは、これぞと思ったものは、平気で買うひとよ。美術品でも企業でも。もとの持ち主の意向なんか、気にしたことがない。ただ個人的にシャトーを所有したいのなら、トップ・クラスのワイナリーを買うのも不可能じゃないわ。歴史的な物語がたっぷりついている、指折りの醸造長がいるシャトーを……そっくりそのまま、居抜きで買える。彼が始めたがっているのは、小さなシャトーじゃない気がするの。おそらく、大規模のワインビジネスよ。私の、け……懸念は、彼が、いままでやってきたことを踏……襲するのではないかということなの。例えば、彼が……

の産業戦略でやってきた、ふ……、不自然な作物を……」

シリルの呂律が回りにくくなったのと、車が止まったせいで、彼女が口にした名称が聞き取りにくい。

傘を手にした運転手が、彼女の側のドアを開けた。走ったルートからすれば、イースト・ヴィレッジのどこかだ。雪に鎮まった街区にぽつぽつとあるアンティークの店には、古い明かりがいくつも温かく瞬いて、マンハッタンで難破した遭難者の道標のようだった。

古書店の前で、シリルは降りた。こぢんまりした建物の正面に、陳列窓がある。小さな窓に並べられた彩色豊かな絵本は、稀覯本らしい。隣り合わせているフォークロア調のガーデニング・ショップは、系列の店のようで、似たたたずまいの古めかしい窓に花色が豊かだ。

雪のためだろう。花木の類は店に引き入れられて、玄関は閉ざされている。シリルは、店に入ろうとして扉を開けながら振り返り、運転手に何かいった。運転手がゆっくりと戻ってきて、降りるよう、ぼくを促した。

「あちらでお待ちですよ」

「鉢植えを買うのか」

「目的地に着いた、ということのようで。私がお送りするのは、ここまでだそうです」

リムジンは、主賓のためにダグラスが仕立てた送迎車なのか。戸惑いながら、ぼくは車を降り、ふらふらと千鳥足で店に入っていったシリルの後を追った。

店に足を踏み入れ、扉が背後で閉まってしまうと、瞬間的に季節がずれた。温かく管理された室内に植物の色が氾濫し、むせかえるほどの、春の匂いがした。

花のなかに、彼女はいた。細かく物芽の吹き出した若枝や、とりどりの切り花が大量に冷やされているガラスのブースのなかに。フラワーアレンジメントに忙しい店員は、花の冷蔵ブースに客が入っていっても、咎めるでもなく立ち働いており、シリルは、奥のほうへと花をかきわけて入り込んでいった。店員は、シリルに続いてガラスのドアを開けるぼくをも、気にとめていない。

体は温まる間もなく、また冷気にさらされた。霧を吹かれて濡れそぼった植物のあいだを抜けて、奥に進んだが、シリルの姿は花のどこかにかき消えていた。

見回すと、通路のつきあたりの壺に投げ込まれた大枝の蔭に、子どもの背丈ほどの目立たない扉があるのに気づいた。何が目的なのか、彼女はこの扉に吸い込まれたに違いない。

迷わず、扉を開けた。なかは、くぐり穴のようで、暗い。頭を低くしたまま手探りで歩くと、冷たい石の側壁が手にふれた。道なりに中腰で進み、ほのかに明るくなったと思ったら、広々とした空間に出ていた。

頭を上げて、見回し、一瞬、立ち尽くした。見事なワイン・セラーのなかにいた。格子棚(こうし)が連なり、ボトルがぎっしり詰まっている。鎖と鉄の門で閉じられた一角があり、そちらには埃(ほこり)の積もった古いタイプのボトルが何百本と山積みになっていた。

――これは〝スピーク・イージー〟だ……。

ようやく、店の趣向に思いいたった。禁酒法時代に酒類密売業者がつくった隠れ家を、模した店だろう。七十年ほど前には、ニューヨークに三万軒以上あったという非合法酒場(スピーク・イージー)を模して、特権階級向けの装いでサロン風につくったレストランらしい。

ストックが何万本もありそうな石造りのセラーを抜け、らせん階段を上がると、レセプションのデスクが見えた。シリルは、そこでけたたましいくらいの笑い声をあげていた。給仕長らしい男は、酒場のプロらしく、さすがに、シリルの高揚から酔い加減に気づいたらしい。

給仕長は、酔いどれとなった最高の客に戸惑ったものの、連れのぼくを見て安堵(あんど)の表情になった。いうまでもなく、ぼくたちは――正確にいうと、らしくなく酔った高名なワイン評論家、シリル・ドランとそのお守り役であろうしらふの連れは――、最高の個室に案内された。

すぐにソムリエがパンを持ってきて、注文も聞かず、赤ワインを、ボトルでなくジャグからグラスに注いだ。テイスティングの儀式もなしで、ぼくのグラスにも、なみなみと。ボトルで持ってこないのが不思議だった。

「い、一杯目は、これを飲むことにしているの」シリルがいった。

「ブリックでございます」ソムリエがいった。

「飲んだことは?」シリルが、からかう口調で尋ねた。ぼくは首を振った。ソムリエが口にした〝ブリック〟がシャトーの名にせよ、葡萄の品種にせよ、聞いたことすらなかった。促されて口に含んでみる。妙に甘ったるくて、日向くさい。濃縮された葡萄果汁のようだが、ちっとも旨くない。正直、ひどい味だ。銘柄など、見当もつかなかった。地中海の南のほうの地ワインだろうかと、あてずっぽうをいった。

彼女は酔っているせいもあってか大笑し〝説明して〟というように、ソムリエに手を振った。

「ワイン・ブリックです。干し葡萄を圧縮して、煉瓦のように固めたのを、砂糖水に一週間ほど、浸けたものでして……。禁酒法時代にわが国で工夫された、不法な飲みものですよ」

いって、ソムリエはすっと引き下がっていった。

「ここは本当にスピーク・イージーだったのよ。昔も。ただし、表向きの職種は葬儀屋だったらしいけど……」

シリルは、おしゃべりになっていた。テンションが上がってきていた。これは、いい兆候だろうか？　そうでないにしても、彼女の酔いたい気持ちはよくわかった。ワインがいるのだ。自分を元気づけるために。

「二杯目はどうする？　は……話の種になる珍しいものがあるわよ。たとえば、密造酒時代にマフィアが好んだアリカンテ・ブーシェ種の赤……」

「もらおう。君は、まだ飲めるのか」

やんわり案じた問いを、酩酊（めいてい）に対する皮肉ととったのか、彼女はきっとぼくを睨（にら）み、身じろぎして態勢を立て直した。

「そんなにやわじゃないわ。いったでしょ。時差のせいよ。フライトのあと、何日かにわたって、自分が自分でなくなるようなの。少しばかりアルコールにも弱くなるけど、いつものことよ。バランスがとれなくなるの。それだけのこと」ぽつりと、シリルはつけ加えた。「飲まずにはいられないわ。……が乗り出す、ワインビジネスの行方を考えると」

「いま、何て？」ぼくは聞き咎めた。

シリルが口にした企業の名が、よく聞こえなかった。

「ダグラスの一族の事業の話をしているの」

「いいや、よく聞こえなかった。何といった？」

「『ジェネアグリ』が、ワインビジネスに乗り出す目算らしい……のよ。じぇ、ねぇ、あぐり」

空耳かと思った。聞き違えたのかと思った。『ジェネアグリ』だって？　彼女は、そういったのか？

ぼくを殴り飛ばした奴が、ダグラス・タイラーだって。まさか。

レックス・ウォルシュが、新刊で解明しようとしている怪物企業。ヴェールに包まれた、農産物の王国。世界の食をコントロールする巨大コングロマリット。遺伝子組み換え技術の先駆者。どう呼んでもいい。にわかに、まったく違った興味が湧いてきた。

無意識のうちに、殴られた顎を撫でていたらしい。見とがめて、シリルがいった。

「まだ痛むの」

「タイラー会長のパンチか」

公式の『ジェネアグリ』社史――王朝の史記のように、一族の都合を優先したごまかしがたっぷり盛り込まれている同社唯一の史料――によれば、アグリビジネス『ジェネアグリ』の創業者は、ロバート・タイラーという男だ。彼がコーンや小麦、大麦など穀物の取引で頭角を顕し、家族の結束で財をなしたのは、百五十年ばかり前のことだ。

社史では、タイラー一族について、ほんのお義理のようにしか触れていないが、『フォーチュン』誌などが伝えるところでは、巨大企業と化したいまでも、タイラーの姓を持つ何十人かが、企業中枢部の役職を歴任しているらしい。持ち株は経営に携わる姻戚の十家族がおもに所有していて、実際的には一族が事業を支配しているといってよかった。この国の富豪ランキングには、十家族すべてが名を連ねている。その集権的な一族の中心にいるのは、創始者の直系にして実質的な経営者――会長を父のアーサーから譲られたばかりの、ダグラス・タイラーだ。

ダグラス・タイラーのプライヴェートに関する報道を、メディアで見かけることは圧倒的に少ない。ビジネスの実務は上級幹部が取り仕切っており、会長の発言はなかった。話さなくても差し支えない。メディアにおもねる必要もない。

いまや、ぼくは、その彼の個人的な一面を知っていた。一世紀前のヴィンテージをふんだんに客に振る舞える、俗物のばかでかい男で、誤って人を殴っても、詫(わ)びのひとつもいわない。一瞬の印象だが――、もちろん、嫌な奴だ。

「あの企業は、搾取(さくしゅ)が得意なの。心配なの。ダグがその手法を、葡萄づくりにも持ち込むんじゃないかと」

彼女は憂鬱(ゆううつ)そうにいった。

シリルは、おそらくタイラーの私的な面を知っているのだろう。ダグと呼んでいるところからすると、想像し得る範囲では、近しい友人というところか。酔いを深めながら続くシリルの話を、一瞬たりとも聞き逃したくない気持ちになっていた。

フェアでないとはわかっているが、酔わせて話の先を促したいくらいだ。レックス・ウォルシュが解きあかしてくれるはずの『ジェネアグリ』に関する材料が、じかに得られるならば。

なぜって？　当然だろう。ぼくが有り金をはたき、精魂こめて翻訳するレックス新著の、核心の一部じゃないか。

ソムリエが新しいボトルを持って戻ってき、グラスを替えてサーヴィスし、オードブルを置いていった。カジキマグロのスモーク、カポナータ、カリフラワーのスカッチャータ。これも昔のマフィアの好みなのか。アリカンテ・ブーシェのワインは、濃く赤い色で、イタリアの南部地方のワインを思わせた。なるほど、家庭的(ファミリア)な味だ……。いや、そんな感想などどうでもいい。ぼくの精神は貧しく、卑(いや)しいのだろう。関心は、ワイン評論家と過ごす至福のひとときより、巨大企業経営者の内輪話にある。南米でダグラス・タイラーとティエリが始める、新しいワイン生産に。

「さっき、君は不自然な作物のことをいおうとしたね」話をそちらに向けてみた。「心配っていうのは、そのことと関わりがあるのか」

さっきまで、一人の金持ちの道楽としか考えていなかったワインづくりが、にわかに意味ありげに思えてきていた。

「か、確証があって、いう……わけじゃないけど。私の勘ぐり過ぎかもしれない。だって……、少なくとも、ワインを心から好んでいる人間なら、しないことだと思うから。でも、ダグラスは利益を求めるわ。彼らは〝ＧＭＯ〟の葡萄(ぶどう)を創(つく)ろうとしているんじゃないかって、そういう気がしているの」

世間をにぎわし始めている略語を、彼女はつかった。

遺伝子組み換え作物(ＧＭＯ)（ＧＭＯ＝Genetically Modified Organisms、あるいはＬＭＯ＝Living Modified Organisms ともいう）。科学畑の人間には、すでに耳慣れた言

葉になっている。メディアでも、ちょくちょく見かけるようになってきた。それもそのはずだ。情報技術と並んで、アメリカの二十一世紀の重要な〝兵器〟とみることもできるのだから。

人間は、いまでは神を真似て、新しい生物をも創っている。自然には存在しないはずだった生物が、品種改良の域を越えて、次々と創られている。遺伝子操作技術を用いて、生物に、自然では交配できない種の遺伝子が組み込めるようになった。バクテリアから植物へ、植物から動物へ、遺伝子を移すことが、理論的に可能になった。人間からヤギへ。人間からバクテリアへ……。

あらゆる種の交雑が、試される可能性が出てきた。

魚の持つ遺伝子を植物に導入することも、可能になった。カレイの遺伝子を持つジャガイモが創られた。

他の生物種に由来する外来遺伝子を、植物細胞に持ち込む方法が、一九九〇年代に開発され、遺伝子組み換え作物が次々に誕生するようになった。

なぜ、ジャガイモカレイを創るのかって？　カレイには、体内の水分が凍らないようにするタンパク質があって、極寒の海域でも生きていられる。そこで、あるエンジニアが思いついたのだ。カレイの遺伝子をジャガイモに組み込んで、凍らないジャガイモができたら、寒い地方でも作付けできるだろう、と。

ジャガイモカレイは、うまく育ったらしい。が、これは植物なのか、魚なのか？　種はさだかではない。が、とにかく作物だ。ある地方、ある国には夢のような作物だ。いままで不毛だった土地で、作物が穫れるのだから。特別の性能を付加された機能性食品を、遺伝子技術は生み出す。どうあがいても叶わなかった夢が、ときには、一足飛びに現実のものとなる。それが——遺伝子組み換え作物だ。倫理的な問題から、ジャガイモカレイはいまのところ実現されていない。だが、アグリビジネスは、遺伝子組み換え作物の金脈を見逃さなかった。

ついには、害虫を殺す機能を持つ作物を創ろうというアイデアが出され、実現に至った。害虫の天敵から殺虫機能を持つ遺伝子を取り出して、ジャガイモや大豆に導入するのは、わけないことだった。かくして、害虫抵抗性作物という新しい植物が生まれた。虫に食われない作物を歓迎し、おおいに利用すべきとする人々と、虫も食わない作物を畏怖する人々とのあいだで、論調が分かれた……。同じ頃、除草剤耐性作物というものも誕生した。農場では、作物にとって邪魔になる雑草を、できれば薬剤で排除したい。けれど、除草剤を撒けば、肝心の作物も枯れてしまう。そこで、遺伝子組み換えだ。薬に耐えるバクテリアの菌から遺伝子を作物に移した。除草剤を撒いても、ＧＭ作物だけは枯れなくなった……。

アメリカの食品医薬品局・ＦＤＡは、人間にとって安全であるとしてこれらの作物を認可し、遺伝子組み換え作物が国際市場に登場した。一九九六年のことだ。それからわずか数年のうちに、五十種を超えるＧＭＯが認可されている。害虫抵抗性作物も、除草剤耐性作物も、どんどん創られるようになり、売れた。そして――最も儲かったのは、『ジェネアグリ』だった。『ジェネアグリ』こそ、このＧＭＯに先鞭をつけた企業だ。ロビー活動で、穀物や食品の公的政策に関わる重要ポストの有力筋を動かし、認可のために積極的に働きかけたといわれている。

逆に、ＧＭＯにノーという国々も出てきた。とくに、ヨーロッパの国々の、遺伝子組み換え食品へのアレルギーたるや、凄い。

欧州連合は、遺伝子組み換え作物の栽培を許可していない。食品としての未知なるリスクを恐れてだが、アメリカの「武器」となりそうな、安価な作物を警戒してのことでもある。

いっぽう、アメリカ国内の、ＧＭＯの作物畑は、九千八百万エイカーを超えている。作物は、トウモロコシ、大豆、そして、綿だ。アメリカ産大豆の七十パーセント以上が、遺伝子組み換え作物になった。アルゼンチンとカナダが、アメリカに追随して積極的にGMO栽培をすすめ、ラテンアメリカの諸国にも、GMO旋風は吹き始めている。

ぼくは、GMOそのものにも、もっと慎重であるべきだと思っているが、『ジェネアグリ』の問題は、そことは少しずれたところにあると考えている。GMOを利用した、企業の独占思想が鼻につくのだ。

たとえば、種子支配がある。

『ジェネアグリ』による、えげつない、強引な種子支配の手法は、あの企業の体質を物語っている。

食糧ビジネスのメイン作物のひとつ、大豆生産で、それは始まった。『ジェネアグリ』は、害虫抵抗性のGM大豆を創った。農家は、この大豆に飛びついた。とくに、増産が死活問題の、発展途上国の農家にとっては、害虫に強いGM大豆の誕生が、福音のように思えた。どこの畑も、隅から隅まで『ジェネアグリ』製のGM大豆一色に塗り替えられた……。

新しい大豆に喜んだ農家は、この大豆のタネを大切に保存し、普段のように近所と交換したり、分け合ったりしはじめた。来年撒いて、育て、お互いに、少しでもましな生活をするために。――こんなふうにことが進めば、『ジェネアグリ』は理想的な作物を作った食糧の神だったただろう。

ところが――、そうはいかなかった。この巨大アグリビジネスは、農家が知り合いにそのタネを分けたり売ったりすることを嫌った。タネの利益を独占するために、『ジェネアグリ』は簡単に曲げてみせた――自然の法則を。

巨大企業は、タネが実らないGM大豆を開発したのだ。種子不稔技術という悪夢を、大豆につけ加えた。

もちろん、農家は驚愕した。自分の畑でなった作物から、タネが採れないのだから。だが、驚いてばかりはいられなかった。自然の摂理を変える〝神〟を、呪ってはみたものの、結局、農家は、『ジェネアグリ』製GM大豆を使う限り、永遠に、毎年、タネを大量に買いつけなければならないはめになったのだ。

その大豆の生命は、実質的に『ジェネアグリ』に〝所有〟されている。その種の「GM生物」が、企業の手で次々に誕生している……。

たとえば、明らかに秀でたイネに、種子不稔技術が導入されたらと考えると、ぼくは背筋が寒くなる。コメの生命は、一企業に左右されてしまうだろう。

大手アグリビジネスは、『ジェネアグリ』に倣って、同種のビジネスを研究中だ。アグリビジネスによる種子支配は、そこまできている。種子不稔技術の導入で、モミが発芽しなかったら、コメづくりはどうなるか。小麦だったら。トウモロコシだったら。諸国の主食が一企業の支配下に置かれることになりかねない。

シリルの故国、農業王国のフランスは、この種の種子支配を拒否している。GMO種子の輸入や、栽培を禁じている。そのせいもあって、シリルは遺伝子組み換え作物に敏感なのだろう。が、遺伝子組み換え技術を葡萄に応用するとは、どういうことなのだろう？

彼女は、ワインをいつの間にか飲んでいた。目立たぬように、しかし、恐ろしく早く。オードブルも減っていた。シリルの皿は、きれいだった。酔っているくせにスマートな飲食の方法についても詳しく聞き出したかったが、我慢して、彼女の推測について問い質した。

「彼らは、南米で、遺伝子組み換えの葡萄を創ろうとしているのか」

「かもしれないというだけよ。南米は、いまやアグリビジネスの実験場だから。ことにGM技術の」

ふと、ぼくは思いいたった。ジャガイモカレイの実験は、どこで行われたんだったか？ ボリヴィアだ。

ダグラス・タイラーとティエリは、葡萄作りに、南米のどこの国を選んだのか？

ペルーとボリヴィア。偶然だろうが、珍しい一致といえた。ボリヴィアという国自体が、人の口の端にのぼる機会がどれだけあるだろう。しかも、お題はGMOだ。

ラテンアメリカでは、食糧の輸出ビジネスがメインビジネスとなり、米国系多国籍アグリビジネスが主導して、農業の再編成が進んでいる。その推進力の一翼がGMOなのだ。政権も不安定で経済的な基盤が弱いためか、遺伝子組み換え作物への規制が緩い国々で、巨大アグリビジネスが野外実験を行おうとしても、不思議ではない。

「何か……理由があるのかい。君がそう思わされる、兆候のようなものが」

シリルは答えずに、少しのあいだ、心配ごとにとらわれているかのように遠くを眺めていた。かすかに表情に翳りが見られたかと思った。

「ああ……。そうね、ちょっと待っていて」

バッグを摑み、彼女は化粧室へ行くといって、部屋を出ていった。

彼女の話の続きを推し測る手がかりはなかった。ただ、ぼんやり考えていた。GM葡萄を創るとしても、狙いは種子支配ではないだろう。跡継ぎのタネができない葡萄。葡萄に関してそんな作物を作っても、種子ビジネスは成り立たないだろう。従来の交配でもタネなし葡萄が作られているし、だいいち、葡萄はタネがなくとも、さし木で増えるじゃないか。

ソムリエがやってきて、空になったグラスに、ワインを注いでいった。

シリルは、すぐに戻ってきた。ほんの短いあいだの離席だったが、帰ってくると、彼女のテンションは、さらに上がっていて、即座に、機関銃のように話し出した。ぼくならば、洗面所で吐いてゲン直しをしたいところだ。彼女もそうしてきたのだろうかと、健康色の増したシリルの顔を見直したくらいだ。

「カナダのオンタリオ州に、遺伝子組み換え葡萄の研究を行っているシャトーがあるのよ。耐寒性の葡萄の研究をしているって、ティエリがいっていたわ。寒くてもすくすく育つブロッコリーの遺伝子を、葡萄に組み込むんですってさ。何でもかんでも、ごちゃ混ぜにする気なのかしら。生き物のすべてを、手当たりしだいに組み合わせて……」

「じゃ、彼らも、不毛の地で収穫できるGM葡萄を創る気なのか」

先回りして、ぼくはいった。シリルは、酒を口に含み、すっと喉に落とした。うっとりするような飲み方だ。喉が微かにふくらんで、液がほんのり赤らんだ鎖骨の方に落ちていく、その速度がいい。つい男の目で見てしまいそうになる。

「そうじゃないと思うわ。葡萄の害虫のことに関係するんじゃないかと思う。つまり……」

「害虫抵抗性作物？」

「あなた、詳しいのね」

「もともとは、科学の分野で飯を食っていたんだ」

酒を飲んでいても、仕事に虚心に打ち込んでいたその頃のことを考えると、心が澄みかえってくるんだ。その感覚を取り戻したいんだ。ぼくの心中の呟き(つぶや)は、シリルには聞こえなかった。もっとも、口に出しても、彼女はまったく気にとめないだろうが。

「ワイナリーは、十九世紀から、ぞっとするような病気と害虫の思い出を持ち続けているわ。ウドンコ病、ベト病……。かろうじて退治に成功したかと思うと、また、別の病虫害が出現する。いま、ボルドーでは、ウーティピオズというカビ病が、しつこくはびこってるの。ウイルスが、葡萄(ぶどう)の樹液が通る管を塞(ふさ)いで、木が血栓を起こしたようになってしまう病気よ。虫のほうは、アカグモ、オトシブミ、オオヨコバイ。防除に大わらわよ。人手とお金とを、やたらと費やしているのが現状なの。ここ十年ばかりは、ますます深刻。新しい病気と害虫のオンパレード。だから、手っ取り早い対策があれば、飛びつきかねないもの」

「害虫を殺す葡萄を作るなら、ＧＭＯも許されるってか」

返事をするかわりに、シリルは唐突にワインの銘柄を羅列し始めた。

「シャトー・ラフィット・ロートシルト一八一一年もの、シャトー・ラトゥール一八六四年もの、シャトー・マルゴー一八六五年もの、シャトー・ラフィット一八七〇年もののマグナム……」

ひとつひとつ確認するように、シリルは十のシャトーとヴィンテージを並べた。

シリルの列挙したワインの名には覚えがあった。今日のレセプションのプログラムに並べられていたものと同じだ。

「このリストから、テイスティングのテーマが判る?」

一世紀以上前の、ボルドーのグラン・ヴァンだということしか、ぼくには判らなかった。「テーマは『プリ・フィロキセラ』だったの。さっきゲストに供されたのは、すべて、フィロキセラに侵される前のボルドー・ワイン。そういう趣向だったの。ダグは、フィロキセラに興味を持っているらしいの」

――フィロキセラ。

その虫のことは、聞き及んでいた。ワインの歴史に少しでも触れたことのあるものなら、一度は耳にしたことがあるだろう。フィロキセラ・ヴァスタトリクス。葡萄につく虫のなかでも、とりわけたちの悪い虫だ。〝葉を枯らす略奪者〟という学名を持つ。根や葉に瘤を作り、木を枯らすブドウネアブラムシのことだ。すさまじいまでの増殖力で猛威をふるい、葡萄畑を軒並み駄目にしていったらしい。

「フィロキセラは、アメリカから、ヨーロッパに持ち込まれた疫病神よ。蒸気船に乗ってやってきたの。昔のことで——一世紀以上前だけど。一八五〇年代には、フランスに上陸していたんじゃないかしら。マルセイユあたりに。この虫のせいで、元気だった葡萄がまず南仏で枯れ始めて、一八六〇年代後半には、ボルドーのワイナリーにも影響が出てきたわ。虫の被害はじわじわと広がったの。容赦なく、ね。皆、恐れた。わずか一ミリほどの虫がワイナリーを震え上がらせた。効果的な薬もなかったし……、増殖力が凄かったから、葡萄畑は壊滅寸前になった。フィロキセラは葡萄の味をなくし、やがて枯死させるから……」

「だけど、フィロキセラの被害がひどかったのは、ずいぶん昔のことだろう。いまは、あまり聞かない気がするんだが」

「確かに、二十世紀になってからは、なりをひそめたわ。対抗手段が見つかったからなの」

「薬が作られて？」

「結局、特効薬はできなかったの。虫の増殖のスピードのほうが、薬を超えてしまっていて、効果が上がらなかった。フィロキセラに強いアメリカ系の葡萄が見つかって、その品種を台木にすることを、学者が思いついたというわけ」

なるほどと思った。アメリカ系の葡萄のなかには、同じ国生まれの虫に、免疫を持っていたものがあったのだろう。ヨーロッパ系の葡萄は、免疫を持たなかったために、次々に枯れたということになる。

「アメリカ系の木を台木にすることには、凄く抵抗があったのよ。接ぎ木すると、ワインの風味が変わるといわれていてね。でも、背に腹は替えられず、仕方なく、その方法を取らずにはいられなかったの。長く古い木が持ちこたえていたロマネ・コンティも、二十世紀半ばには、台木系の木ばかりになったわ」

名醸ワインをもねじ伏せたフィロキセラの話を、シリルは続けた。

「今日のスピーチでは、そのことを話したの。ダグラスが、フィロキセラに侵される前のワインばかりを集めた試飲会をするというから、皮肉のつもりで、接ぎ木以前のワインを褒めたわ。一世紀も経たワインとは思えない若々しい姿。壮大な緋色。複雑なストラクチャーの完全な均衡、豊かな果実味さえ感じる、完璧なワイン……！　なんてね。でも、その後で、南米でダグラスとティエリの始めるワイン事業のことを聞いたときに、なんとなく、ひっかかるものを感じたの。ティエリもフィロキセラの話をしていたから。最近になって、バイオタイプBという強烈なフィロキセラが、カリフォルニアで現れたっていうの。アメリカ系の免疫のある木さえも、太刀打ちできないらしいって。彼は、そのバイオタイプBにひどく侵されたカリフォルニアのワイナリーを視察したらしいの」

　ひと息いれて、くいっとグラスを傾けると、シリルは長い息を吐き、ほのかに色づいた目を真っ直ぐにぼくに向け、声をひそめて囁いた。

「どう？　ぴんと来ると思わない。遺伝子組み換え作物の得意な『ジェネアグリ』とフィロキセラ。彼らが欲しがっている作物は――フィロキセラを殺す機能を組み込んだGM葡萄」

　酔いが増せば増すほど、凄い勢いで彼女の頭脳が回転していることがわかった。不思議だった。アルコールは、脳の働きをダウンさせるはずじゃないのか。見返しながら、ぼくはぼくなりに、その先に考えをめぐらせていた。

　シリルの推測は、あながち読みすぎだとはいえない気がしていた。聞けば聞くほど、このプロジェクトの、政治的な匂いが鼻についてくる。仮に、殺虫機能を持った葡萄を創ることができたとすれば、フランスに、その葡萄を持ち込めるかもしれない。頑固にGMOを拒否しているフランスにも、ワイン造りのための作物ならば、上陸できる可能性はある。

世界中から上がっているGMOへの反発の声に対処することこそ、『ジェネアグリ』の目下の課題のはずだ。GMOに格別否定的な欧州各国と折り合うための足がかりは、もっとも欲しいもののひとつだ。

ワイン愛好者の会長、ダグラス・タイラーの道楽とも思えるワイン造りが、ヨーロッパに『ジェネアグリ』が上陸するための戦略だとすれば、南米でGM葡萄を実験することも、あり得るだろう。

万が一、特効薬が皆無といっていいフィロキセラの〝バイオタイプB〟が、アメリカからフランスに持ち込まれて、増殖し出したとしたら……？

枯死していく葡萄に指をくわえているわけにもいかず、ヨーロッパの葡萄農家も、いまは拒否しているGM葡萄に頼らざるを得ないのではないか。

シリルは、ぼくの疑いを見抜いたようなことをいった。

「幸い、フランスには、いまのところ、バイオタイプBは飛び火してないの。でも、検疫(けんえき)は万能じゃないから。誰かがこっそりフィロキセラつきの苗木でも持ち込んだら、大変なことになるわ。それに、今日の集まりも、何かしら非公式なお披露目みたいなものだったから、気になったの。南米の要人らしいゲストも何人か来ていた。それで、ティエリに問いただしたのよ。彼らの意図を。まさか、神の真似(まね)をして、新しい葡萄を創ろうとしていないでしょうね、って……」

彼女とティエリがいい争っていたわけが、少しずつわかってきた。ダグラス・タイラーが始めようとしている事業をめぐるやりとりだったのだ。そして、思い出した。ミニ・バーで争っているさなか、ティエリは、シリルに対して、確かこういった。

(お前は得々と演説していたじゃないか。〝以前〟のワインがどんなにクラシックな味わいだか……)

「以前のワイン」とは、「フィロキセラ以前のワイン(プリ・フィロキセラ)」を指していたのだろう。

ティエリは、始めようとしている事業について、こんなふうにもいっていた。

(意義のある大事業なんだ。こいつは、極めつきのプロジェクトなんだ。お前のお好きな、人のためになる仕事で……)

最初のいい分は、わかる。大きな仕事ということだろう。が、ティエリが口にした「人のためになる」というのが、わからない。フランス人のワイン醸造コンサルタントが、GM葡萄についていったこととは思えなかった。ヨーロッパの人間には、GMOに対する嫌悪感(けんおかん)が根強い。まして、フランス人の名声ある醸造コンサルタントが、GM組み換えワインを推進したがるだろうか?

ぼくには、明確に摑みきれていない。ダグラス・タイラーは、はたしてGM葡萄を中心とした事業計画を進めようとしているのか。そうとばかり決めつけるわけにはいかない気がする。もっとも、知り合ったばかりのシリル・ドランの口からぽつりぽつりと洩れてくる情報や推測だけで、こちらは論を組み立てようとしているから、ことがおぼろなままでも、当然のことだった。

もうひとつ、頭のなかを走ったことがあった。女だ。ティエリとリムジンに乗って去った女。ラティノらしい、夢のような女。ワイン事業と――あるいは、ティエリ・ドランと――どう関わっているのか。南米の要人なのか、ワイン関係者なのか。彼の愛人なのか。ほかにも、何かありそうに思える。そう思わせる女だ。シリルとティエリは、彼女のことについても争っていた。

女が何者なのか、こちらから問うのははばかられると知りながら、あの若い女のことを、意識的に口にしてみたくなる。その種の魔力を、あの女は持っている。ティエリと行動をともにしていた女の姿を目に浮かべると、何かしら異様なことをしでかしたくなるのが不思議だった。麻薬のような女だ。頭から離れないのは、切れ込んだ目だ。男にぐっと迫って、現実を振り捨てさせる。この際、彼女の素性をシリルに聞いてしまおうかと思った。著者に相対する翻訳者でなく、ジャーナリストの頃のぼくなら、ためらわずに聞いていただろう。迷いながら、幻想のなかの女からシリルに目を移した。

　が、一瞬目を離したすきに、シリルは、眠っていた。ぜんまい仕掛けの人形のように、ふっつりと動力を失い、萎(しお)れて頬杖(ほおづえ)をつき、軽い寝息をたてていた。彼女なりの鋭さで、質問を予期しての、眠ったふりだったのかもしれない。頬から腕へ、腕からクロスへ、涙がひと筋、伝わったから。

　ワインをもう一本あけて、ぼくとソムリエは、シリルのお目覚めをうっとりと待った。なめらかな額から後ろにとかしつけた髪が、身じろぎのたびに額にかかるのを、眺めながら。

　店の支配人から、彼女の常宿を聞き出し、プラザホテルまで送り届けた。雪が煙のように空中に舞っていて、恐ろしく寒かったけれど、彼女は寒さにも醒(さ)めなかった。複雑な頭脳はもはや動かず、会話らしき会話にはならないまま、シリルはスウィートに吸い込まれていった。

　これが、ぼくがマンハッタンで、じかにベストセラーの著者に会い、とってもらった予定の時間内に見聞したことである。翻訳者失格だ。インタヴューという当初の目的がまるで達せられていないことに、ぼくは気づいた。解説どころではなかった。ワイン評論家シリル・ドランの、わずか一部分だけしかわかっていない。肝心の仕事は、穴だらけだ。シリルの脱稿がいつになるのかさえ聞いていない。ただ、やられていた。彼女の寝顔と、やわらかい寝息に。眠っているときだけは、シリルはまさしく——メディアで見る端正な彼女で、すべてに控えめで、ちょっと面白みに欠ける賢女らしかった。装いをといたシリルとの落差に、ふいをつかれた気分になっていた。よろめく足に。うわずる声に。震える肩に……。

いっぽう、ぼくは、しばらくぶりに志気を新たにしていた。ダグラス・タイラーにパンチをお返しするために、いよいよ腹を据えた。高揚感と少しばかりの酔いとを武器に、銀行へ電話を入れ、約束の契約料、百五十万ドルを、レックス・ウォルシュの口座へ送った。レックスが見事に解きあかしてくれるであろう『ジェネアグリ』の内情を読むために。

何とかして、ぼくは自分の人生を勝ち取ろうとしていた。一気に貧しくなった。あっけなかった。それでも、構わなかった。明らかにしなければならないことがあると思っていたからだ。同時に、自分の価値を再び証明したかったのだ。

ウォルナット・コートは、静かになっていた。

シングルトンの家は、陽光に焦げた腹をさらけだしていた。木枯らしに、虚ろさがさらわれていく。

捜査は済んだのだろうか、警官もいなかった。

ひとはこの家を振り向かなくなった。ひとつのトピックが去って、アダムは確実に過去になりつつあり、ぼくは、一人取り残されていた。

実母を亡くしたときに、葬儀を終えて一週間も経ってから、高校に向かう山手線の車両で、急に女々しくなって、涙腺が抑えられず、人目について苦労したことがある。そのときのように、怯えていたし、心細くもあった。なんと情けない男なのだろう。

昔の男は、子どもや女を守ったときく。友は友を守ったともきく。

——お前はどうなんだ。自分を守るのに懸命で、しかも、精いっぱいじゃないか。

虚栄心を満たしてくれる類の、並外れた満足感に取り憑かれていた。いや、終わったことではない。いまも欲望だらけだ。そのことを、何度も認めて改めようとする。

自分にはっぱをかけて、善(よ)いと信じることに突き進む気分をかりたてようとしているつもりだ。が、常に虚無と近い科学の世界になじんだものにとって、善悪の境目をつけようとすることは、とても難しい。

——だったら、もっと楽にやればいいって？　そうはいかない。ぼくのどこかに組み込まれている、うっとうしい針のようなものが、発揮する効果たるや。

車を家の脇(わき)に駐(と)めた。おやっと思ったからだ。いつもと、何かが違う。三日かそこらのうちに、ぼくの家は、こざっぱりとした感じになっていた。降りて前庭をざっと見た。火事のどさくさで足跡だらけになっていたポーチから、泥が消えている。燃えた物置小屋のほうに回ると、燃えたものの屑(くず)と木片が、麻袋にまとめて始末されている。

ワインボトルのかけらもきれいに掃かれて、ひとまとめになっていた。

——こんなサーヴィスはあったっけな？　火事のあとのハウス・クリーニング……。加入している火災保険のオプションか。ここを検証していったＡＴＦ(アルコール・タバコ・火器局)のサーヴィス？　まさか。

居間のほうで、子どもの笑い声がしていた。ぼくは立ちすくんだ。空耳かと思えたのだ。木製の門から庭に出、菩提樹越しに、窓に目をやった。

大きな窓のスクリーンが巻き上がっていた。陽射しがたっぷりはいっている。テラスに面したソファに、ゆったり構えたアール・カッツと、銃を持った少年がいた。少年というより、子どもか。

ぼくが目に入ったのだろう。小さい子は反射的に銃を握りなおして、銃口をこちらに向けた。

子どもは、目を丸くしている。

ほんの一刹那のことだが、ぼくの顔はこわばったかもしれない。それが、すぐに子どもに伝染したので、アールもぼくの存在に気づいた。あわてることもなく、軽く子どもをいなし、彼はのんびりと窓を開け、テラスに出てきた。

「弾は抜いてある」

「だろうな」

「探偵の持ち物を見せていた。それから……、ちょこっと、事情聴取を」

少しおどおど近づいてきた子どもを、アールはそれとなく懐で囲うようなしぐさをした。雛を抱く親鳥のように。

——ぼくとアダムは、あんなだっただろうか？　あるいは、ぼくと息子は。

自信がなかった。彼らのほうがずっと毅然としていると思えた。

ぼくは子どもと目を合わせ、家の持ち主だと先に名乗って、尋ねた。アダムとのつきあいから、礼儀を心得ていた。

「名前を聞いていいかな」

「スティーヴ・プラット」

びっくりしたときの角度がそのままになった眉と、尖った耳とが、小さなピエロのようだ。本人がその気になれば、広告代理店からマスコットの仕事のオファーがあるだろう。髪を短く刈り込んで、両肩にパッドのついたスモーキートーンのフリースと、カーゴ・パンツ。ジャストサイズだ。成長に合わせて、子どもの着るものを買い替える、裕福な家の子だろうか。

アールがつけ加えた。

「あんたの親友の友達だ」

「あなたのことは、よく聞いてました。アダムから」スティーヴは、澄まして、いった。

「何ていってたか、いってやれ」

「〝少なくとも、あいつはアホじゃない〟って」

舌を出した。やんちゃな感じだった。

自分でけしかけておいて、アールは、笑った。

太陽が雲の蔭に入り、ひときわ風が冷たくなって、ぼくらは首をすくめ、部屋に避難した。

暖炉に火が入っている。薪も積んである。毛玉のような塊が飛んできた。ペットショップに預けておいた猫だ。家庭というものの、ほんのさわりの部分があった。

が、間髪を入れず、スティーヴはバックパックをさっと拾って、いった。

「じゃ、ぼく帰るよ」

「ああ。またな」アールは、軽く手をあげた。

「待ってくれ」

声が、勝手に出ていた。

「何？」スティーヴは振り返り、きょとんと、ぼくを見上げた。

ぼくは、アダムに関する百もの質問をスティーヴに浴びせかけようとしていた。切り出す前にアールが制さなければ、子どもをもう半日、足止めしていただろう。

「いいんだ。もう時間だろ。俺に話したこと、ハスオに直接話すなよ。俺の取り分が少なくなるからな。話を聞き回って、依頼人に必要なとこだけ話す。それが、探偵って仕事なんだ」

アールがいい含めた。ぼくは呻いた。ぼくがいい聞かされているようだったからだ。

「うん」

わかってるさ、といわんばかりに、小さな首がこくりと振れた。

「それからな。――特製のターキーサンドを忘れてるぞ」

スティーヴは、走って出ようとしていたが、ブーメランみたいに戻ってきて、サンドイッチをつかんで出ていった。これ幸いと、逃げ出すみたいに。

「頭のいい子だよ。自分の取り分を心得てる。それに……」

「それに？」

「アダムが好きだったらしい。ずいぶん、淋しがってた」

「何か聞けたのか」

「あんたは、いいんだ。俺にまかせとけばいい。〝経緯〟は、整理してから報告する。でないと、昔培ったジャーナリスト魂、聞きたがり病ってやつが動き出しかねないだろう。そんなのは、こっちの仕事の足手まといになるんだよ。あんたは自分の仕事に専念していりゃいいんだ」

ぼくは、頷いた。

「シティ・ドックの方に泊まる予定じゃなかったのか」

「B&Bの朝飯が、あまりにうまくてね。午後は午後で、カニを食わせる店が、そこらじゅうにある。ついつい食いすぎるんだ。太るし、経費のムダだろ？　港の市で魚を見てたら、キッチンのついた別の宿のことを思いついたのさ」

「ターキーサンドは、もうないのか」

「あんたには、ストーン・クラブのスープをつくっといた」

「ロブスターより高いじゃないか」

「市で買えば、半値さ」

「蟹ばさみがない」

「揃えといたさ」

彼の自慢の場所に案内された。ぼくの家のはずなのに、客みたいに。

キッチンは、整頓されていた。レードルやナイフ、ホイッパーが、武器なみに光り、整然と装備されている。布巾さえ、要塞の旗のように干されている。

食べ物のいい匂いがしていた。

取るに足らないこと？　とんでもない。アダム以外の誰かが、この家に来てぼくのために何かをしてくれるなんてことは、はじめてのことだった。

人生をやっていく上で当然、人がすること。年を重ねるにしたがって身にしみること。ぼくがしなくなって長いこと。アールは楽々と、それをこなしていた。

「安心してくれ。料理の経費は、探偵としてのギャラには計上してない。猫の守りの分も」と、アール。「あんたの仕事のほうは、順調だったのか」

「まあ……まあね」

「ふうん」

彼は、追ってこなかった。今度は、なぜかちょっとばかり聞いてほしかったのだが。

そして、ぼくのほうは、聞きたかった。なるほど。アールのいう通り、〝聞きたがり病〟なのか。

「進展具合ぐらい教えてくれないか」

「オーケイ。ウーピーに似た刑事が来た。でか尻の。あんたのくれた、メディアのリストから調べ始めて、記者の何人かにアポが取れた。ゴーディとは話がついた。明日会う。そんなところだ。正直いって、なあ、まだ着いて二日だ。ふつう、依頼人への報告は一週間おきくらいだぜ。まあ、俺は俺なりにやってるからさ」

アールは、あっさり話を切り上げた。しかし、おせっかいな奴だ。

主婦にとっての粗大ゴミ旦那のように、書斎に追いやられて、ぼくは、たまっていた分の、地元の新聞に目を通した。シングルトン家の火事にふれた記事は、なかった。アールがコーヒーを持ってきてくれた。前言撤回。親切な奴だ。郵便物も運んでくれた。親切なうえに、秘書みたいに役に立つ男だ。

郵便物の束のいちばんうえに速達があった。胸が高鳴った。レックス・ウォルシュのサインがあった。

チャーミングな科学ジャーナリストの、鳴り物入りの新著との格闘が、始まろうとしていた。

デスクにつき、深呼吸をして、封を切った。『略奪の咎(とが)』。

一枚目の用箋(ようせん)に、大きいイタリックの書体で、そうタイプしてあった。新著のタイトルだろう。二枚目は——これは、献辞。刊行にあたって、取材先や協力者に感謝の意をあらわすものだ。何人かの名前と肩書きが並んでいる。かなり広範囲な取材が行われたようで、人数は多かった。三枚目と四枚目は——目次。以上、終わり。

——これだけか。

拍子抜けした。フロッピーディスクか何かが紛れていないかと、封筒を振った。分量が少ないので、すぐ訳し終わってしまいそうだ。

——かかって小一時間というところか。

壁の時計に目がいった。腹が減ってきていた。シャワーを浴びて、スープで腹ごしらえをして、仕事の環境を整えなくては。

——まだまだやるぞ……。

意気込んで、ぼくは翻訳にとりかかった。

考えてみれば、暖炉の前でストーン・クラブのディナーを食べ、アールとバカ話に興じ、新しい仕事の予定表を睨んだり、資料を揃えたりしていたわずかな数時間が、いちばん幸せだったのかもしれない。

本格的な訳にとりかかってすぐに、レックス・ウォルシュから電話が入るまでの、ほんの数時間が。

柔らかな、若い声で、レックスはその夜、切りだしたのだ。

彼は、ため息をついた。

「悪いが……」

ぼくはたじろいだ。いやな予感がした。

「悪いが、この話はなかったことにしたいんだ」

「え」

沈黙があった。

レックスが、それを破った。忙しい口調だった。

「急に事情ができたんだ。わかってくれるよね」

「事情？　どんな？　君の出版エージェントが渋っているのか」

著者が直接結んでしまった契約を、エージェントが快く思わない。そんなことだったら、覆す自信があった。

「とにかく、残りの原稿は送らない。送ったのも、送り返してほしいんだ。破棄してくれてもいいけど」

「考え直してくれないか。日本でも絶対、売る。訳稿だって、全力で……」

「決めたんだ。取り消しだ」

ああ、まさか……。

「稿料の問題か」

「ぼくのほうの都合だ。ほかに方法がないんだ。違約金を払うよ。返金と一緒に、君の口座に送る。ごめん」

レックスは早口でそれだけをいって、電話を切った。

慌てて、直通電話にかけなおしたが、留守番電話になっていた。受話器を置く手が震えた。気落ちした。夢は終わってしまった。一週間も持たずに……。奈落の底だ。

どうすりゃいいんだ?

戸口をぱたりと閉じられて、まともな人生から締め出されたような気がした。送られてきた四枚の用箋を、眺めては、気落ちした。がっくりと落ち込んだ。何もしないで、ただ座っていたいと思った。

ワインボトルをつかんだ。やけくそになっていた。グラスが右手に貼りついて、離れなくなっていた。

そのことに気づいたのは、二、三日してからだ。

ラジオニュースでさかんに流れている、死んだ男の名が、レックスから渡された献辞のなかにあった。そして、レックスからの返金は、待っても待っても、なかった。

連絡もふっつり途絶え、彼はぼくの銀行口座を問い合わせてもこなかった。

第2章

1

ポール・フェイガンの業界での評判は、非常に高い。彼の手掛けた本は、どの家庭でも、書棚のいちばん目につきやすいところに、さりげなく置かれている。ソローやエマーソンの著書がそうであるように、それらの本を手にしていると、記憶のなかでだけ出会ってきた美しい星の復活を、ぼくでさえ夢想することができた。

出版エージェントとして、フェイガンは、環境や生態学に強い有能な若手を見出してきては、思いきり書かせてきた。無名の著者を一流の書き手に育てるとともに、生命に対する畏敬をかきたてる良書を生み出した。自然保護を訴える著者発掘の手腕はそのまま、フェイガン自身の地球環境への関心の深さを示している。一部の人間から熱狂的に支持されてきたナチュラリストの一人で、年齢を重ねているぶん、伝説的な存在でもある。

その男の前で、ぼくは額に汗を浮かべていた。

小さな窓を背にして、フェイガンは座っている。窓の向こうから瞬く木洩れ日が、ときに眩しい。

フェイガンの書斎は木立に囲まれている。そう大きくはないが、家屋からは独立しており、ロッジといった雰囲気だ。正直いって、居心地のいい空間だった。あからさまな光からのがれて、彼は木陰に守られている。緑はサーヴァントのように、彼にかしずいていた。

くたっと柔らかくなった木綿のシャツには、年月の重みがあった。そのなかにうずくまっている老人は、何かの記念像のようにも思える。こういう静かな老後を理想としながらも、成し遂げられない人間は山ほどいる。

それだけに、ひどく場違いなところに来てしまった気がした。

フェイガンは一線を退き、いまは仕事を限っている。彼が扱っているクライアントは、レックス・ウォルシュだけだ。

フェイガンの背後の壁には、額に入った写真が飾られている。いまよりも遥かに若いレックスのポートレイト。森を背にたたずむフェイガンとレックス。肩を組む二人は、爺さんと孫を連想させる。

レックスは、老いゆくフェイガンの前にあらわれ、彼の宝になった。フェイガンは、レックスを最後の収穫と思い定めたかのように、ほかの作家をみな手放し、彼に打ち込んだ。レックスが大成すると、彼はリタイアに近い暮らしをしながら、彼の著作だけを待つようになった。人生の楽しみとして、レックスの伝記を少しずつ書き始めているという噂(うわさ)もある。

そのポール・フェイガンを前に、ぼくは口ごもった。この枯れ枝のような年寄りのエージェントを、ぼくは出し抜いた形になっていた。

「それで?」

フェイガンはゆっくり聞き返してきた。表情は見えない。

ぼくが目を細めると、彼は立ち上がって窓の日除(ひよ)けを半分おろした。緩慢な身ぶりには老いが感じられた。フェイガンは八十を越えている。

向き直った顔には、戸惑いがあった。

「どうも信じられないのだが。レックスが私を通さずに契約を結ぶとは」

無理もない。彼に話を持ち込むことじたい、お門違(かどちが)いなのだ。

抜け駆けに近い形だと知りながら、ぼくはエージェントを無視して、レックス本人に直接、新著の日本語版の権利が欲しいと申し入れた。

その話がフイになったからといって、レックスの正式なエージェントに——しかも、彼の育ての親みたいな男のところに——泣きつくなんて、どうかしている。

だが、ぼくは途方に暮れていた。

契約金として振り込んだ百五十万ドルが戻ってきていないばかりでなく、レックスの居所がつかめなかった。

レックスは、姿を消していた。

電話秘書は解約されており、留守番電話だけになっている。情報に強い科学雑誌の編集委員たちも、彼の所在を知らない。

探偵のアール・カッツの意見は、ごく簡単だった。結局、レックスは百五十万ドルの返金を忘れているのではなく、返すつもりがないのだろうということだった。

アールは笑って、もうひとつ推測してみせた。

〝賭けてもいい。奴は、もうオフィスにはいないだろうな。どんな聖人にだって、どうしても金がいるときってのがある。名声にかかわらず、魔がさすときがある……〟

そのことは、ぼくも重々承知している。ただ、信じたくない。ようやくふくらませかけていた帆を、しぼませたくない。

レックスのオフィスを何回も訪ねたが、人気はなく、建物は静まり返っていた。それでも、悪い解釈をしたくなかった。

ひょっとすると、連絡を取りたくてもできないのかもしれない。姿を現すことのできない、よんどころない事情があるのかも。

――だとしたら……?

簡単に諦めたくない。妄想のようなものにでも、すがりついていたい。諦めた先にある虚しさが、身にしみていたから。

まだはっきりと形にはなっていないとしても、方向だけは決めていた。彼を捜し、事情を聞き出す。すべては、それからだ。

しかし、手っ取り早く事情を知るためには、ふだんから彼をいちばんよく知っている人間を――ポール・フェイガンを――あたるほかなかった。

「話を裏付けるものを、何か持っているかね」

フェイガンはいうと、浅く椅子にかけた。

契約書を作らなかったことを、ぼくは悔やんだ。約束を違えられても、文句のいいようもない。

「先程も申しましたように、契約金を満額、契約書なしで先に振り込んでくれと、レックスがいったのです。入金を確認したら、ポールに契約書を作らせて送る、とも」

「ばかなことを」フェイガンは呟いた。「私は何も聞いていない。そんな乱暴な契約方法も認めていないし……」

「日本では、口約束での取引が出版界の慣習になっていますので」

「それも奇特なことだが、そうはいっても、君はこの国の法を知らないわけではないだろう。契約書がなければ、すべてが白紙になる」

「ええ」

「では、なぜ……」

「彼の信用を重んじたんです」

伝票を、ぼくは差し出した。レックス・ウォルシュ名義の口座宛に契約金を送ったときの控えだ。

伝票に目を通し、フェイガンはあっさりと返してよこした。

「この銀行の口座は、見たことがないな。少なくとも、私が扱っている彼の口座とは別のものだ」

口調は平然としているが、フェイガンは、物憂げに首を傾げていた。こちらのいうことを、頭ごなしに否定しているわけではないのだ。

「君は、レックス宛の口座に百五十万ドルを振り込んだ。レックスは、金が振り込まれたら原稿を送ると約束した。日本語版のために。そういうことかね」

「そうです」

「信じられん……」ぼんやりと、彼は宙を見つめ、大きく頭を揺すった。瞬間、悲しげな顔になったが、すばやく瞳をめぐらした。

「で、原稿は？」

急に、眼に真剣な光が浮かんだ。

「第一稿として、一部分貰いました。残念ながら、受け取った後で、なかった話にしてほしいといわれましたが」

「どこにある？」

催促された。

「見れば、レックスの書いたものかどうかが、はっきりする。君の話していることが本当かどうかも」

フェイガンは、身を乗り出した。原稿が目の前にあれば、鷲のようにさらっていっただろう。

その勢いで、気づいた。

――彼は、まだ読んでいないのだ。おそらくは、一行たりとも。

ぴんと来た。レックスは、噂どおり、彼の正式な出版エージェントにも、まだ最新作の原稿を渡していなかったのだ。

驚きだった。

フェイガンの焦りが、手に取るようにわかった。レックスの書いたものを、読みたくてたまらないのだ。

「さあ……」

出してごらんと誘う語尾が上ずっていた。ぼくは、かわした。

「原稿は、ここにはありません」

「なぜ」

「ご存じのはずです。レックスは、未発表の原稿を徹底的に管理する。内容が洩れることを嫌う。ですから、レックス・ウォルシュ本人の承認がなければ、あなたにといえども……」

フェイガンは、目を瞬いた。意表を突かれたように眉根を寄せ、いわれていることの意味に気づくと、彼は唇を震わせた。

「見せるわけにはいかないというのか」フェイガンは気色ばんだ。「彼と私は、長年のつき合いだ。彼のすべての作品は、私が一括して管理してきた。レックスがはじめて本を出してからずっと、エージェントは私一人だ。その私に……」

ぼくは頷(うなず)いた。ポールとレックスの関係は周知のことだ。

「ですから、新作に関するあなたとレックスの契約書があるのなら、原稿はお渡しします。その契約の条項に反していないことを確認したうえならば」

「それは……」

老人は答えに詰まり、目を伏せた。細い肩が、がっくりと落ちた。感情を抑えようとしているのか、こめかみが脈打っている。

――顔色が悪いな。フェイガンはどこか病んでいるのかもしれない。頬の深い皺(しわ)は、加齢のせいとばかりは思えない……。

意識の隅でフェイガンの印象を気に留めながらも、それとは無関係に、ぼくは胸が弾み出すのを感じていた。

――レックスの原稿は、ポール・フェイガンの頭上を飛び越えて、ぼくのもとに来ていた……。

レックスにもっとも近い存在といわれているフェイガンさえ、まだ目にしていない。とすれば、ほんのさわりだけとはいえ、最新作の原稿を見たのは、ぼくだけなのかもしれない。

――そんなことが?

〝君は、ぼくの原稿の最初の読者になる〟

レックスがそう口にしていたことを、おぼろげに思い出した。日本語への翻訳の都合で、最初に渡してもらうことになったのだろう。にしても、悪い気はしなかった。

――だが、なぜ、はじめにフェイガンを通さなかったのだろう？

フェイガンを通そうと思えば、そうするだけの時間はあったはずだ。レックスには、エージェントを通したくない特別な理由があったのだろうか。

フェイガンは、言葉尻を濁したまま、別のことをいった。

「肩代わりしよう。私が払う」

デスクの上には、フェイガンが返してよこした伝票が載ったままになっている。それを再び手に取り、彼は目を見開き、つとめて肩をいからしてこちらを見据えた。

「百五十万ドル。契約金は、レックスの代わりに私が君に戻そう。大金だから分割になるが。違約金も出す。ただし、原稿はこちらに戻してもらう。そういうことで、どうだね」

「なぜです」

「構わんだろう。それが目的で来たのではないのかね。彼から君の金が戻っていないという問題は、それで片づく」

「あなたが払う？」

「そうだ」

「納得がいきませんね。ぼくは、金のことだけをいいに来たのではない。なぜレックスがこの件を急にキャンセルしたのかも、彼に直接尋ねたい」

「そういう、ビジネスにまつわるわずらわしさから著者を遠ざけるのも、代理人（エージェント）の務めじゃないかね」

彼のいうことには一理ある。フェイガンの立場からすれば、ぼくは、金をちらつかせて彼の大事な作家にまとわりつく、ごろつきに見えるのだろう。

だが、ぼくも引かなかった。

「原稿は、レックス本人に戻します。あなたにお渡しするわけにはいかない」真っ先に聞けるはずのことを、まだ聞かされていないのが気にかかった。「レックスはどこです。出張取材ですか。そのために金がいるようなことをいっていたが」

「かもしれん」フェイガンは、曖昧（あいまい）ないい方をした。「いずれにしても、私の関知するところではないな」

「本人から連絡をもらえれば、納得もできますが」

フェイガンは黙ってしまった。ぼくは、もう一歩踏み込んだ。

「あなたは、新作の件でレックス・ウォルシュと契約を交わしたんですか」

この一撃は、フェイガン老の弱みを貫いたようだった。

彼は絶句して、張っていた肩を再び落とした。痩せた体が、さらにひとまわり萎んだ。長いこと、彼は黙りこくった。

ぼくは、何かいおうとした。ともかく話の穂を継ごうとして、柄にもなくフェイガンの目の奥を覗き込んだ。

と、彼は目をそらし、現実を受け止めかねているかのように、あらぬ方を見つめた。わずかに唇が歪む。

「私が老いぼれたからか。彼の思うような契約が取れんようになったからだろうか」

老人は、誰に聞かすでもなく、ぽつりと呟いた。

「あの子には、しばらく会っていない……」

一度明かしてしまうと、フェイガンは何か諦めたようにうなだれた。

どう反応すべきなのか、ぼくは迷った。

フェイガンは、レックス・ウォルシュと新作の出版契約を交わしていない。だからこそ、レックスは自分でぼくの件を扱ったのかもしれない。新しいエージェントが決まるまでの特例として。

二人のあいだに、親密さを損なう類(たぐい)のできごとがあったのか。フェイガンに理由を問いただすのは、酷なように思えた。

光線の加減で、部屋がにわかに明るくなった。どうした拍子にか、斜めの強い光が室内に差し込んできていた。

そのときになって、ぼくははじめて、彼のデスクの上や書棚に、うっすらと積もっている埃(ほこり)に気づいた。フェイガンが身じろぐと、おびただしい芥(あくた)が光のなかを舞い上がる。

あらためて見回すと、こぎれいだと思っていた書斎のあちこちが、思いのほか汚れていることに気づいた。床には何かの滓(かす)がこびりついている。毛埃のようなものも、たまっていた。張りを失った彼自身のように、部屋が少しずつ衰えつつあるのを、光は無残にもあらわにしていた。

フェイガンは、洟(はな)をすすり上げた。二度、三度と、繰り返し音を立て、ハンカチを出して洟を拭(ふ)いた。

風邪でもひいているのかと思った。小鼻の脇(わき)が赤い。

ふと、こんな鼻の荒れを、何度か見たことがあると思った。

はっとした。かすかに、部屋のどこからか甘ったるい匂(にお)いがした。ぼくたちを縛る人生の法則を限りなく軽く感じさせる、あの匂い。小鼻の荒れと、頽廃の匂いと……、ふたつが連想させるあるものを、ぼくは見つけた。マリファナの吸い殻が載ったライティング・テーブル上の灰皿が目に飛び込んできた。

当惑がふき上がってきた。

表に表れたものと、実像とは違う。メディアの世界でさんざん叩き込まれたはずなのに、まだ子どものように青くさい自分を、時々思い知らされる。

老人は、また涙を拭った。

――もっと強い薬も、使っているのかもしれない。

レックスが去ったショックから生まれた習慣なのだろうか。それとも、レックスがフェイガンの悪習を知って、この老エージェントに見切りをつけたのか。

「帰ってくれ」うつむいたまま、ぼそりと、フェイガンはいった。しきりに瞬きをした。

ぼくは踵を返した。偶像がいやな忌まわしい匂いを放つのを、これ以上嗅ぎたくなかったから。

2

死んだ男の名は、デニス・バウアーといった。

ポール・フェイガン訪問がほぼ空振りに終わったために、その男のほうに関心が向いた。

バウアーの名は、レックス・ウォルシュの書いた新作『略奪の咎（とが）』の献辞のなかにあった。

〝本書刊行のために貢献してくださった方々に、感謝の意を表したい〟という、例の人名リストに、バウアーが含まれていた。

デニス・バウアー氏　『フェリコ』社　生産制作部

このデニス・バウアーの死が、ラジオニュースで報道されているのに気づいたのは、聞いた響きの姓からだ。著名な経済学者と同じ綴（つづ）りのバウアー。さらにいえば、姓と一緒に、彼の勤め先の名もラジオから聞こえてきたせいである。

『フェリコ』は『ジェネアグリ』に次ぐアグリビジネスの大手企業で、技術的にも競争関係にある。戦略やメカニズムにも似た部分があり、『ジェネアグリ』同様に、ラテンアメリカで大規模な事業を行っている。どちらかといえば、『ジェネアグリ』のやり口のほうが、ずっとえげつなかったし、政治力も遥(はる)かに上ではあったけれど。

端末のスイッチを入れ、サーチエンジンを呼び出し、〝デニス・バウアー〟と入力した。事件は、わりに大きく報道されていた。

新聞記事によれば、バウアーの死に場所は、マイアミ国際空港の出口であった。出張帰りのビジネスマン、デニス・バウアーは、マフィア抗争のとばっちりをうけた。彼の脳を貫いたのは、流れ弾だった。

バウアーは貧乏くじを引いた。日が悪かったのだ。

大手食物業者『フェリコ』の人事部関係者は、マカデミア・ナッツ関連のプロジェクトのため、バウアーをボリヴィアに派遣していたことを認めた。バウアーは、その日ボリヴィアから帰国ほやほやのところを、撃たれた。

マイアミ国際空港で起こる事件には、すっかり、みな慣れっこになっている。バゲージ・クレームで運び屋が撃ち殺され、死体の詰まった車が平然と駐車場に並んでいるなんてことも、珍しくない空港だ。

だが、バウアーの件は悲惨だった。

その日は、空港で大規模な手入れがあり、密輸組織の下請二人が、現金の受け渡しをもくろんでいるところを摘発された。その連中が外に連行されていく途中に、群衆のなかから、いきなり五発の発砲があった。

三十八口径の弾をまともにくらった下請の売人一人が死亡し、一人が重傷を負った。デニス・バウアーは、その巻き添えになって命を落とした。

事件の続報も何件かあった。ぼくはいくつかを拾った。

密輸組織の下請を狙い撃ちにして現場から逃げた犯人は、発砲事件の翌々日、段ボール箱に詰め込まれた死体となって、ゴミの集積場で発見された。

犯人の素性は、さらに数日後に明らかになった。指名手配中の殺し屋で、コロンビアの大規模犯罪組織『ロドリゴ』の仕事師として知られる男であった。

空港で殺された売人も『ロドリゴ』の仕事を請け負っていたとみられることから、当局は、組織内の内輪揉めと見当をつけている。

二発の銃弾を受けて入院していた売人の一人も、容態が悪化したため、院内で死亡した……。

デニス・バウアーは、これらの男たちとはまったく関わりのない堅気のビジネスマンだった。バウアーには、残された家族がいる。妻と幼い女の子が二人だ。無辜(むこ)の一般人が巻き込まれたことで、あらためて、空港周辺の警備体制が問われるであろう……。

メディアの報道は、要約すれば、そんな調子だった。

ざっと内容に目を通し、主な記事を保存して、ファイルを閉じた。

これだけなら、レックスが取材したビジネスマンの、不幸な偶然として見過ごしていたかもしれない。しかし、気になることがひとつあった。

バウアーが『フェリコ』の仕事で訪れていた国は、ボリヴィアだった。

ラテンアメリカ諸国のなかでも、あまり話題になることがない国だ。国土はそう狭くないが、人口が少ない。国境の地形が険しいせいだろうか、開発がさほど進んでおらず、文化面でも経済面でも、これといったトピックがない。

ラテンアメリカはアグリビジネスにとって重要なフィールドだが、生産地として突出しているのは、メキシコとブラジル。それに次ぐ規模の拠点は、ベネズエラ、アルゼンチン、チリなどの国々だ。ボリヴィアにおける多国籍アグリビジネスの活動規模は、遥かに小さい。ぼくが持っている資料のなかの〝アグリビジネス各社のラテンアメリカ進出状況〟だとか、〝ラテンアメリカの生産施設〟といった表組にも、国名が見あたらない。データとして残るほどのめぼしい活動がないということだろう。

椅子（いす）の背にもたれかかって、ため息をついた。

その国が、なにかひっかかる。

レックスがぼくのもとに送ってきた僅（わず）か四枚の原稿。その封筒を取り出し、表書きを繰り返し確かめる。

発信元を示す消印に、こう記されているのだ――〝República de Bolivia〟と。

送られてきた当初は、気にもとめていなかったが、ふと見直すと、原稿は航空便で到着していた。

封筒の表書きに、発信元の住所はない。差出人として、レックス・ウォルシュのサインがあるだけだ。だが、消印は、ボリヴィアから送られてきたものだということを示している。

彼は、ボリヴィアに行っていたのか？

取材のために出かけたのだろうか。いつからいつまで？

ひょっとすると、出かけたまま帰国していないということも考えられる。

原稿が届き、その同じ日に、彼はぼくとの約束を果たせないという電話を入れてきた。あれから、二週間を越える日にちが経（た）っている。

とはいっても、国外での取材にかかったとしたら、二、三週間の滞在はざらである。電話もボリヴィアからだったのかもしれない。取材中だとすれば、返金のことなど忘れていてもしかたがない。ましてや、エージェントも使っておらず、本人が事務処理をしているとすれば、金にまつわる用務など後回しになるだろう。

せっかちに先回りしすぎているのだろうか。とはいっても、ぼくにとって、百五十万ドルは虎(とら)の子である。ただ放っておくわけにはいかない。分割で返金するというフェイガンの申し出を、突っ張って断ったことが、いまさらながら悔やまれた。

封筒に目を戻した。

どうも、解(げ)せなかった。ボリヴィアのことだ。

レックス・ウォルシュがわざわざ出かけるほどの材料が、この国にあるのだろうか? 取材の内容は、『略奪の咎』の主題である『ジェネアグリ』社の内情にかかわることなのだろうか。

そして――、死んだデニス・バウアーもボリヴィアにいた。『ジェネアグリ』に次ぐ大手アグリビジネスの『フェリコ』がボリヴィアに出張させていたのは、〝生産制作部〟に所属するバウアーだ。

〝生産制作部〟という部門にもこだわりたくなる。〝生産〟という言葉は、畑仕事なんかを指すのではない。遺伝子組み換え、細胞融合、組織培養、バイオリアクター、種子製造……。これらを駆使した新しい〝作物〟――はっきりいうならば〝生物〟――を作るためのバイオテクノロジー研究開発を進めるセクションに、バウアーはいたのだ。

――新聞には、なんとあったっけ？　〝バウアー氏はマカデミア・ナッツ関連のプロジェクトで派遣され……〟？　まさか、ナッツでもあるまい。

覆(おお)い隠されたものがあると思った。

ボリヴィア。

そこには、アグリビジネスの二大巨人が、目の色を変えて追っているものが、何かあるのではないか。世間がまだ、気づくこともない金の種が。

想像だけは、どんどん極端な方向に先走っていった。

考えたくはないが、ボリヴィアに行っていた男が死んだことと、レックスと連絡が取れなくなったことには、関連があるのかもしれない。

「おっと、いかん」

自分を戒める声が出た。あまりにも荒唐無稽だろう。組織によるバウアー殺しという線もありそうだ……なんて。

そんなことが起こるためには、アグリビジネスにまつわる、相当大きい材料が絡んでいなければならない。たとえば、ＣＩＡが乗り出すような……。

「あ」

一瞬、脳裏をある光景が過ぎった。タキシードを着た大男と談笑する、小柄な女。彼女らをガードする三人のＳＰ、パーティ会場のざわめき。蛇のようにぼくらに近寄ってきた身のこなし、高く冷たい鼻。聞き取れない話……。

思わず、顎を押さえた。

ダグラス・タイラーに殴られたときのプライヴェート・パーティに出席していたのは、ＣＩＡ副長官のレーシー・ローウェルだ。

『ジェネアグリ』会長の近くで、ローウェルの姿を見た。ローウェルは、単にダグラス・タイラーの取り巻きというだけなのか？　それとも、別の意味が？

思い返してみた。

――シリルに向かって、ローウェルは、あのとき、何かいっていた。そう……ワインのことだったかな。ダグラスの新しい事業のことだ。確か、ティエリ・ドランがダグラスのワインづくりに力を貸せば、成功は疑いないといったんだ。

少しずつ思い出してきた。〝ボリヴィアが話題に上がるとは珍しい〟と前にも思ったことがあったではないか。それも、つい最近のことだ。

レーシー・ローウェル副長官は、こういったのだ。

〝ボリヴィアとペルーのワイン産業も、チリ同様に成功するでしょう〟と。

あの日、シリル・ドランも、酔いながら、こんな意味のことをいっていた。

〝ダグラスは、殺虫機能を組み込んだGM葡萄を創ろうとしている〟と。

そのダグラスが――つまり『ジェネアグリ』が――葡萄作りのために選んだのは、ペルーとボリヴィアなのだ。

殺虫機能を持つ葡萄。ボリヴィアで作られているのは、その試作品ではないのか。

少なくとも、『ジェネアグリ』は新しいワイン用の葡萄作りを始めている。ボリヴィアでだ。

――そのことを、レックスは調べに行ったのか？

「な、いま、ちょっといいかな？」

アール・カッツが部屋をのぞき込んでいた。通りしなに声をかけてきたのだ。ぼくの飼い猫を、アールは抱いている。

「確か、このへんになかったかな、こいつのケージ」

わずかに腰を屈め、デスクの足元あたりを、彼は見回した。

机の下からケージを出してやると、彼は受け取って猫を入れた。

アールはDCの事務所にしばらく戻り、昨日とって返してきていた。彼がいるだけで、猫は安心している。どうやって身につけたのか、アールにはリズミカルな暮らしを組み立てていく能力がある。ため息ばかりついている飼い主よりも遥かにまともだと、ポロは体感したのだろう。

「ようし。寝てな」

おとなしく、猫が体を落ちつけるのを見届けて、アールは向き直った。

「客が来るんだ。とりあえず、あんたにも会ってもらったほうがいいと思って」

「進展したのか」

「はかばかしくはないが、報告の義務があるからな」

シングルトン家への放火事件に対するメディアの関心は、早くも薄れかけているようだった。続報もない。

どうかすると、あの一家に対する関心をかろうじて持ち続けているのは、自分一人ではないかとさえ思えてくる。そうではないのだといってほしくて、アールに調べを続けて貰っているのかもしれない。

　調査料が負担になるのは覚悟のうえで始めたことだが、残り僅かな蓄えは、じりじりと減りはじめている。その意味でも、百五十万ドルの回収は目下の急務なのだ。

　アールは時給をディスカウントするとはいわなかった。仕事を安売りするタイプの男ではない。そのかわり、アナポリスに居続ける期間を減らした。DCへ戻るとき、〝すまないが、かみさんが寂しがってるのを誤魔化してくる〟といったのは口実で、ぼくの懐への気づかいからだろう。

　ケトルのホイッスルが響いた。

「お、鳴った」

　いって、彼は書斎を出た。

　条件反射で喉が鳴る。パブロフの犬のように、ホイッスルにぼくは反応した。アールはコーヒー・メーカーを使わない。そうして淹れてくれるコーヒーが、同じ豆かと首を傾げるほど旨い。ささやかな日常の積み重なりが、いまは憩いだった。

　車が前庭に入って停まる音がした。

　窓に寄って、外を眺めた。

シボレーの運転席から降りてきた痩せぎみの男は、建物の配置を確認するように、あたりを眺め回した。現場に変化があれば見逃さない――、そんな目つきで。

男は呼び鈴を押した。ぼくは彼を知っていた。

『ノースイースト・デイリー』のゴーディだった。

ドアを開けてやると、ゴーディはさっと姿勢をただして会釈した。

「先日は、どうも」

照れの混じった表情だった。以前に会ったときと比べて、いかにもフランクな印象だ。巧みに装ったものなのだろうか。目の前で物柔らかな笑顔をつくっている男と、FBIを騙って周辺の取材をしていた男とが、どうも重ならない感じを受けた。

記者のなかには、持ち前の直感で相手に受け容れられる自分をつくり、人を懐柔していく者がいる。

その種の才能にゴーディは長けていると、サマーズ刑事はいっていた。

ゴーディが、多少はにかんでいるように見えるのは、彼が本来持っている人間らしい一面なのか、それも演技なのか。サマーズ刑事は、厄介な記者だと煙たがる反面、彼を買っているようでもあった。

今度は幾分か注意して彼を眺めたが、実像を見抜くことができない。ぼくは人を見分ける自信をなくしている。このところずっと、成功しているとはいえない。

「よう」

アールがコーヒー・ポットを手にキッチンから戻ってきて合流した。

「おう」

アールに対するゴーディの応答には、改まったところがない。アールはゴーディを自分のニュース・ソースだといっていた。二人には、それなりのつきあいがあるのだろう。

「こちらがハスオさん」

アールがポットを持った手でぼくを指す。ゴーディは頷き、ぼくに名刺を出した。

『ノースイースト・デイリー』の社名入りのものだ。

「この名刺は、私ことゴーディ・ブランドンが社会的に〝有用な〟人間であることの証明になるでしょうか。それとも、この社名の示す俗っぽさや倫理観の欠如が、あなたをあきれさせるでしょうか?」

ぼくとアールは吹き出した。

「何かおもしろいことでも?」

ゴーディはまじめくさった顔で追い打ちをかけてきた。

「相変わらずだな」アールは笑いながら首を振り振り、リビングに向かった。ぼくはゴーディと連れ立っていく。

「昔、身内だったんですよ」

ぽつりと、ゴーディがもらした。

「昔……？」

ぼくが曖昧に受けたのを、アールが振り返って引き取った。

「俺のことをいっているのさ。ゴーディは、前の妻のさ、兄貴なんだ。俺とは身内だったことがある。六年前まで……だったか」

「七年だろう。別れて」ゴーディが正した。「妹は、この男と別れたんですがね。私のほうが情が移ってしまってね。なにか別れ難いんですよ。アールは手料理もとびきり上手いし」軽口とも本気ともつかない話しぶりだった。

「俺ぐらいしかいないからな。部分的にでもあんたになじめる人間は」

アールはまぜ返した。

「そうかな。いつもなるべく粗雑、かつ鈍感に見えるように心がけているつもりなのに」ゴーディはまた打ち返した。「そのあたりが、女性軍にはできない技さ。とくに妹は、何事にも神経質だったね」

「そういうなよ」別れた元妻をかばうように、アールはいった。

「妹は、気をつかってアールがしてくれる家事が気に入りませんでね。自分の縄張りをいじるなとか、つまらない揉(も)めごとの種をつくりまして」

　驚いた。経済的責任が重くなってきた現代の女性たちは、夫との家事の分担を望みそうなものではないか。

　納得がいかない顔になったぼくに、アールは肩をすくめて説明した。

「いまの妻(やつ)だってそうさ。似たようなものなんだよ。重宝に使われるかと思えば、台所に主婦は二人いらないって、追い出されるときがある。そんなときは、嫁姑(しゅうとめ)みたいな仲だって思うね」

「ぼくは助かってる」

　思わずいうと、アールは苦笑した。

「気にしないでくれ。おれは好きでやってるんだ。いまは趣味のようになってる」いいながら、応接テーブルについたぼくたちに、彼はコーヒーをついだマグを配った。

「お袋に仕込まれたのさ。おれの親父(おやじ)と正反対の男を、彼女(マミィ)は息子に求めていた。ほんと、女ってのは……」

　だから、どうなのかは口にしなかった。けれど、ぼくには何となくわかった。ゴーディもそうだったらしい。話題を変えてきた。

「仕事で折り合えるときには、いまでもお互いに都合をつけあっていましてね。ですから、今回の件もこうして」

「そう。あんたのために、猫にも遠慮して貰った」アールが恩を着せるようにいった。

「苦手でして」ゴーディは、照れ隠しのようにコーヒーに口をつけた。

「それで、シングルトン家の件は」

ぼくは尋ねた。

「ええ」すぐにゴーディは反応し、マグをテーブルに戻した。「どこから話しますか……」

「ニュースとしてはもう下火なのかな。メディアにはもう続報がないし、『ノースイースト・デイリー』も報じていない」

「報じるレベルには、まだ、どこの社もなっていないんでしょう。シングルトン家の内情に詳しい人間は、このあたりにはいないし、担当刑事も口が堅い」

「『ノースイースト・デイリー』には材料があるな」アールが茶化した。「ただ、記者がその気になっていないだけだ」

「あるにはあるが、まったく足りていない。まだ手始めといった程度で」ゴーディがいった。

「何でもいい。どうなっているのか話して欲しい」

正直な気持ちだった。少しでも情報が欲しい。

「他言無用に願いますよ」ゴーディは念を押した。

「彼がそういう以上、他社はまだ知らないってことだ」アールもやんわりといった。

ぼくは頷いた。

「新しい情報は二つ。ひとつは、あのあと、シングルトン家に届いた郵便物の件。これは、あの家族なら当然のもののようにも思えますが……」

いって、ゴーディはショルダー・バッグからフォルダーを取り出し、アールに手渡した。アールはさっとなかを一瞥(いちべつ)し、それをぼくによこした。

フォルダーのなかに挟まれていたのは、郵便物の表書きと、内容物らしい、パンフレット類のコピーだった。

「どこから手に入れたんだ。一本取られたな。隣にやってくるポストマンを待ち伏せしていたのか」アールが唸(うな)った。

「まあな。想像に任せるよ」ゴーディは軽くかわした。

郵便物は、いずれもエリック・シングルトン宛(あて)だった。

「シングルトン氏は、各社に所望していたようですね。製品のパンフレットを送ってほしいと」ゴーディはつけ加えた。

「そのようだね」

目にしたものに、ぼくはショックを受けていた。

アダムの親としてのエリック・シングルトンの心の一端を、はじめて見た気がしたからだ。

郵便物のうちの一通は、日本の電子メーカーからのものだった。

製品のカタログ写真の脇に〝世界有数のハードウェア搭載〟と、大きくキャッチフレーズが入っている。〝本来の形を再現〟し、〝物を柔らかく、しっかりホールド〟することができ、〝使うごとに性能がアップ〟する革命的新製品……とも。経済産業省が開発した〝遺伝的アルゴリズムを応用〟したトレーニングキット。ただし、当製品は成人男性モデル……。

もう一通は、ドイツのメーカー。続いて、アメリカ製が二通。すべて、細部は異なるが、同じ系統の製品を紹介するものだ。

過去何年かで、この分野の開発は著しく進んでいる。相次いで新製品が出はじめていた。ぼくも、調べないではいられなかった。エリックも同じだったのだ。

エリック・シングルトンが各社に要望して送らせていたのは、新しい義手の商品情報だった。

五本の指を独立して動かせる義手が、いまではできている。それも、本人の意志通りにだ。昔なら考えられなかったことが、現実になっている。

「節電制御型義手か……」アールが呟いた。「電子の力だな」

〝節電制御型義手〟と呼ばれるタイプが、最新の義手の主流だ。使う本人の意志を如実に反映する技術には、電流パターンを利用している。人が動作をイメージするときに筋肉に伝わる電流を測り、固有の波形を義手のメカに学習させることで、デリケートな動作が再現されるしくみになっている。卵を割らずにつかむこともできるし、薄い紙をつまむこともできるという。二十キロぐらいまでのものなら、持ち上げられるとも、仕様説明書にある。

「しかし、高いものですねえ」ゴーディがぼくの手元を覗き込んだ。

たまたま開いていた資料の義手は、腕一本ぶんが、円で一千万近くするとあった。メーカーによってはリースもあるが、それでも料金は月千ドルを軽く超える。安い買い物ではない。

まして、子どもの義手は特注になるだろうと思われた。通常の義手でも、成長のたびにあつらえ直さなくてはならないのだ。

エリック・シングルトンは、アダムの腕を発注するつもりだったらしい。各社から送ってきた資料のなかには、子どもの義手を製作した場合の見積もりが、レスポンスとしてついている。どの社のものも、成人の腕よりも割高になると答えていた。ドイツの一社は、メカニズムの心臓部の大きさの関係で、子どもの腕はまだ開発中であるとしている。

「シングルトンは、買う気だったようですよ。誰だって、我が子のためにはそうしてやりたくなる」

――我が子でなくても、だ……。

当惑していた。その日がくれば、節電義手なるものを買ってやるのは自分だとばかり思い込んでいた。わけもなく、アダムをいちばん思いやっているのは、このぼくなのだという自信めいたものがあった。なのに、気がついてみれば、エリック・シングルトンに先を越されていた。

「その話は、俺の調べとも合っているな」アールは、さらりと話を進めた。「アダムは、彼の親友スティーヴ・プラットに対して、体のパーツの一部がグレード・アップしそうだという話をしている。そうなったら、もっと上手な字を書けるようになるかもしれない、と」

　ふだんアダムが装着していた義手は、おそらく一本が百二十ドルくらいの、ごく一般的なものだった。

　ぼくが聞き知っていたのは、彼が大人になるまでに、体の変化に合わせて少なくとも八回から十回、義手をオーダーしなくてはならないことと、そのたびに〝調子を合わせる〟ためのリハビリが大変だということだった。そのため、究極の義手は成長が止まってからというケースが多いらしい。だが、子どものうちから性能のいい義手を使うに越したことはないはずなのだ。そんなことに、いまごろようやく気づくとは。ぼくは歯がみした。

「まあ、それだけの話では特出したニュースにはならないのですが」ゴーディはコーヒーを優雅にすすり、淡々と続ける。「エリック・シングルトンに、息子に費やすための蓄えがあったかどうか。なければ、義手が高額なものだけに、どうやって金を捻出したか、ということになりそうですがね……。そのあたりは、どうも判然としない。エリック・シングルトンや、その家族名義の銀行口座の類は、いまだに見つかっていませんから」

「クレジット・カードの類は」

「燃え残りもなし」ぼくの問いに、彼は即答した。

アールも、つけ加えた。

「キャシー・シングルトンが買い物をしていたグローサリーや地元のスーパーでは、いつも支払いは現金だった。ただし、注目されるような買い方はしていない。とくに節約するでなし、派手に金を使うでもなし。同行する友人もなかった。なあ……、妙だろう」

マリーナで、アダムと彼の父親を見かけたときのことを思い出した。エリック・シングルトンは、ぼくと視線がかち合いそうになると、いつでもすぐに目をそらした。彼と言葉を交わしたのは、最初の挨拶をしたときだけだ。話は弾まず、お互いに、まったく打ち解けることがなかった。放っておいてくれという素振りを隠そうとしない相手を前にすると、ぼくもたやすく水面下に沈んだ。バリアは伝染する。相手の内面に立ち入るまでの気力など、奮い起こそうにも、なかった。

キャシー・シングルトンも、遠い目をしながらショッピング・カートを押していたのだろうか。だが、なぜ……。

「偽名の可能性がないとはいえませんね」

ゴーディは慎重なものいいをした。記者は、裏付けの取れていないことについて請け合ったりはしない。

「シングルトンの仕事も、浮かんできていませんし」

「仕事と関係するかどうかは知らないが、小型のレジャー用ボートは持っていた。若くしてリタイアした口なのかとも思ってた」

チェサピーク湾沿いの街では、ボートやヨットを持つ家庭は珍しくない。湾内だけでも、四百五十以上のマリーナがある。ぼくもマリーナにボートを繋いでいる。いまは使う気になれない。ミニサイズの友人と海に出られないいまでは。

「シングルトンの船は、火事のあと、捜査されてる。だが、めぼしい物は何も出なかったらしいな。マリーナの管理人がそういっていた。ただ、エリック・シングルトンはよく船を出していた。ひと月に一度くらいの割合で、船をみかけなくなる。頻繁というほどではないが、出かけると二、三週は戻らないこともあった」アールがいった。

そのくらいの日数をかければ、ケープ・コッドまで行けそうだ。南なら、キーウエストあたりまで往復できるかどうか。

ボートの行き先を気にとめる者など、この街にはいない。船は車なみに、暮らしに馴染んでいる。ただ、海路を往くのは悠々とだ。東海岸の優雅な入江の数々を目にしながらでは、そうならざるを得ない。ぼくも、チェサピーク湾のなかだけを何日も、漂っていたことがある。

「ところで、この男を見たことは？」

ゴーディが、資料のなかから写真を取り出した。

プリントには、粋に着くずしたリネンのシャツに、釣りにも使えるヴェスト姿の男が写っている。三十代半ばから四十くらいか。育ちの良さそうな白人。ニューヨークからボストンあたりの郊外では、ありきたりのタイプだった。

戸惑った。なのに、見覚えがある。〝ランズエンド〟カタログの男性モデルに、よく似ているのだ。

「隣で見かけた。シングルトン家の庭で」

ぼくは写真を返した。

「この男が隣に来ていた。そういうことですか？」

「一家の友人か親戚だろう。たまに見かける人間は、二、三人はいたな。バーベキューのチームって、ぼくは思ってたが」

「どんな人間たちでしたか」

「よく似た雰囲気だよ……この写真の男と。経済的には世間の基準ラインを楽々と超えていて、カントリー・クラブかセイリングで過ごす時間が長そうな」

「そのうちの誰かと話したことは」

「ない」

「来ていたのは、男ばかりですか」

「そういえば、家族連れの人間は見なかった」

「そうですか。どのくらいの頻度で、隣の家ではバーベキューを?」

「さあな。ひと月か、ふた月に一度か。それより、この男は?」

ほぼ質問攻めになっていることに気づいて、問い返した。

「ええ」いって、ゴーディは答えに迷った。「ジョン・マッケインという男でした」

「というと、つまり?」

「この男は、殺されました。お隣が放火で焼けた、そのすぐ後に。ビニール袋に包まれて、デラウエア川に投げ込まれていた」

「フィラデルフィアの?」

「ええ。ウォーター・フロント地区のはずれに住んで、ビジネスを手がけていたらしい」

フィラデルフィアは、アナポリスのおよそ二百キロ北にある、全米で五指に入る大都市だが、歴史が古いせいか、どこか穏やかな町だ。

「あの町で起きる事件にしては、ひどい殺され方だと、少なからず話題になりました。死体は手錠をかけられ、舌を引き抜かれていた。まるで……」

「〝見せしめ〟みたいだと？」

シングルトン家の放火について、ゴーディがそういったことを、思い出した。

「君は、やり口がむごいといっていたな。隣への放火も」ぼくは改めていった。

「その点は、似ていますね」ゴーディはいった。「同じ犯人かもしれない」

「だが、このジョン・マッケインは、シングルトン家とどんな関係なんだ」

「実は、それも、残念ながらわかっていないのです。マッケインから、アナポリスのエリック・シングルトン名義の電話に宛てた発信記録があったというだけで……」

「そうか」ぼくには、ある面の理解がいった。有能なるゴーディ・ブランドン記者は、ここに、取材の一環としてもやって来ていたのだ。マッケインの写真を見て、ぼくは隣で見かけた男だと証言した。シングルトンとマッケインには面識があり、交際があったということになる。ゴーディは、はやくも、マッケインの電話の記録だけからではわからない新材料を取ったのだ。舌を巻いた。

「少しは分けてくれ」ぼくはぽつりといった。

「え」

「こちらに、情報をさ。もう、君は欲しい材料をひとつ取った」

「ご期待に添えるかどうかは判(わか)りませんが」

ゴーディは、フィラデルフィアのメディアで報じられたマッケインの記事のコピーを、どさりとテーブルに置いた。手にとらずに、ぼくは詰め寄った。

「欲しいのは、ゴーディ記者の調査結果だ」

「――では、ひとつ」苦笑して、ゴーディはやっといった。

「マッケインは、一人で輸出関係のビジネスを取り仕切っていたらしいのです。商品は陶磁器で、輸出先は、イギリス、フランスを中心としたヨーロッパです。だが、不思議なことに、彼が契約していた倉庫はもぬけのからだった。陶磁器は盗まれていました。そこまでは、記事にもありますが、書かれていないことがひとつ。彼は、ボランティア的な意味からなのか、陶磁器とは別に――、輸出向けの義手と義足を扱っていたようです。ただし、最新式の節電義手でもなければ、電動のものでもない。経済的に恵まれない層向けと思われる、旧式のものですが」

謎(なぞ)は増えるばかりで、ヒントは少なすぎる。別の都市で死んだ男と義手。マッケインの件は、糸口になるのだろうか。もどかしかったが、ゴーディからもアールからも、それ以上の目ぼしい報告はなかった。

ゴーディは、収穫があればその都度知らせるといった。続報を聞かせてもらう確約が出たところで、話を打ち切る意思表示をしたのは、ぼくのほうだった。

自分に処理する力がない以上、シングルトン家の件は、アールとゴーディに任せておくほかない。急いてはいない。ぼくにとっては、一刻も早く知ることが先決なのではなかった。そうしたところで、アダムが帰ってくるというわけではないのだから。

ただ、どうしても放ってはおけなかった。

3

「前借りしたいんだ」

「はい?」

電話の向こうの三角乃梨は、迷惑だといいたげな声だった。聞き返したんだか承諾したんだかわからないアクセントの言い回しは、東京で流行っているらしいが、彼女の場合は確信犯だろう。罪悪感をかきたてて、借用を申し入れたぼくをへこませるのには、それだけでこと足りる。

「……といったって、このあいだ三万ドル振り込んだばかりよ」

どういうことなの、と畳みかけてきそうな口調だった。だが、三角はそこまでいわない。そのあたりは、筆者のプライヴァシーだと心得ている。深いつきあいだったときは、別だった。それだから、うっかりするとこちらが率先して話す羽目(はめ)になる。

「いくらいるの」

「できれば四万ドル。次の翻訳の印税で返すよ」

短い間があった。

「部数は見込めているんだろう」

ぼくはいい募った。いま手がけているシリル・ドランの『葡萄園(ぶどうえん)』が日本で出版されれば、ぼくの翻訳印税は、少なくともそれを遥(はる)かに上回ると思われた。

「四万ドルか……。少ない額ではないわね」

「前例がないわけではない」

「前例があるからいい……ってものでもないけど」ため息まじりに、彼女はいった。

「タイミングがいいみたい。こっちにも、話があったから」

ひとまずは、ほっとした。前借りでひと息つける。四万ドルの実入りがあれば、アールへの支払いにも、とりあえず不自由しない。中途半端(ちゅうとはんぱ)になっている、焼けたり水浸しになったりした家の修繕もできるだろう。

「こなしてほしい仕事があるの」彼女は切り出した。「あなたを指定したオファーがあったのよ」

「どの著者から?」

何人か、奇特にも、訳者としてのぼくを名指ししてくれる著者がいる。翻訳がよいからなのかといえば、違うだろう。日本語の善し悪しをあえて確かめる著者は稀だ。三角の戦略が当たって、日本版の売れ行きがいいために、セットになっているぼくの腕を、信用しているらしいのだ。

「どんなものでも引き受けるよ。金になる仕事が欲しいんだ」

「翻訳の依頼じゃないの」気が進まないといった調子だった。「断れないわね。やってもらわなきゃならない」

気のせいか、小さな舌打ちが聞こえたようだった。

「よほど、あなたは気に入られたみたいね」

「え」

「シリル・ドランよ。彼女、蓮尾さんをご指名なのよ。取材につきあってほしいっていってきている」

「取材って、彼女、また来米しているのか」

シリルは、拠点としているロンドンに戻り、執筆に励んでいるはずだった。

「いまごろは最終章にかかっているんじゃなかったかな」

「ええ。いまはロンドンにいるわ。だけど、いまのペースじゃ、刊行が延び延びになる。エージェントによれば、シリル自身の筆が止まっていて、先が書けないって話」

「まずいな」

シリルの原稿の遅れは、ぼくにとっても痛手になる。日本版の刊行が延びれば、訳者のぼくへの入金も繰り延べられる。

「どうしても、『葡萄園』に盛り込みたい材料があるらしいの。何か、ワイン・マーケットの全貌（ぜんぼう）を説くには、それこそ欠かせないのだとか」

「で、お供つきで取材したいと？」

「まあ、そうね。でも、条件は悪くないわ。なんといっても、シリル・ドランの希望だから、イギリスの原版を担当しているエージェンシーが旅費を持つっていって来てるの。取材先でかかった経費は、うちの社で持たなくていいわけ。あなたさえオーケーなら、蓮尾氏の経費はもちろん、〝お礼〟といっていたけど、日当以上のものまで、シリルのエージェンシーが払うそうよ。エージェントからの依頼状によれば……、一日あたり五百ドル」

「シリルはこっちに来るのか」

「やるつもりなの」

少し怒りの気配が混じっている気がして、ぼくは思わず小声になった。

「選択肢がないだろう。四万ドルの借り入れも、餌にぶら下げられてるんじゃ……」

「彼女、ボディガードがほしいみたい」

「冗談だろう。シリルは、ぼくがノック・アウトされるところを目撃したんだぜ」

「あなたに女々しい面があるってことは知っているけど、私としても、終盤に来て刊行予定をいつまでも延ばしたくないの。社も『葡萄園』には期待しているし。じゃ、いいのね。先方に承諾と伝えるわよ。当社の上司にも、借入の申し込みがあったことは申しておきます。許可が出た場合の、そちら様への振り込み予定は、経理部に連絡させます」

三角は、妙に冷たく、話の後半は事務的ないい方をした。

「快諾と伝えてくれよ。それから〝できれば四万五千ドルお借りしたい〟と、編集局長に……」

それを完全に無視して、三角はぼくの語尾にかぶせるようにいった。

「航空券と待ち合わせ場所は、ロンドンのエージェンシーから送られると思うわ。ファクシミリで、取材先の詳細は先方からそっちに入れてもらいます。とにかく、先方は急いでいるみたい。黄熱病とマラリアの予防接種は受けておいたほうがいいわね……ボリヴィアに行くなら」

「ボリヴィア……？」

声を上げたきり、ことの思いがけなさにぼくは戸惑った。

そのいい方を、三角は聞き逃さなかった。

「驚くのも無理はないけどね。イギリスにいるシリルが合衆国にいるあなたを誘って取材するなら、ナパにでも行きそうなものだもの。でなければ、脚光を浴び始めている北米のブティック・ワイナリーか。なのに、南米まで出かけるっていうでしょう。なかでも、ボリヴィアとはね。チリやアルゼンチン産のワインは確かに有名だし、日本でも人気が出はじめているけど、ボリヴィア産のワインに関するトピックスなんて、ほとんど聞いたことがないし……。でも、シリルによれば、ボリヴィアでもワインは造られているそうよ。チリに匹敵する気候や土壌なんですって。彼女にいわせれば、ボリヴィア原産の葡萄が、チリに輸出されてチリ産ワインとして出荷されているくらい有望ということなの。〝ボリヴィアは、ワインビジネスの可能性を秘めており、大規模な資本投下向きの国〟だとか」

シリルのエージェントから渡された資料を見ながら話しているのか、三角の説明にはところどころに音読の口調が混じる。

資料には、ことの上っ面しか書かれていない。ボリヴィアがワインの生産地として有望だというのは、口実にすぎない。シリル・ドランの真の目的を、ぼくは察していた。

ボリヴィアへの〝資本投下〟は、予定されているのではなく、すでに始まっている。アグリビジネスの巨大企業『ジェネアグリ』によって。

シリルは、遺伝子組み換え作物の一種である殺虫機能つき葡萄が、ボリヴィアで創られるのではないかと推測していた。彼女は、夫のティエリと『ジェネアグリ』会長のダグラス・タイラーが、手を携えてGM葡萄栽培のプロジェクトを始めるのではないかと疑ってもいる。

ボリヴィアまで出向いて、シリルは『ジェネアグリ』のプロジェクトを調べるつもりに違いない。それで、科学畑で飯を食っていたと、軽率にも話したぼくを、お供に連れていくつもりになったのだろう。

「待ってくれ。問題があるぞ」

いまさらながら、肝心なことに気づいて、ぼくは慌てた。

「何のこと」

「仕事では英語を扱っているが、できる語学はそれだけだ。つまり……、ボリヴィアでは、ぼくは役に立たない。スペイン語はからっきしできないんだ」

「その点ね。確かに問題よね。まあ、それでも、シリルが構わないっていうならいいんじゃないの」

「さすがに、そういうわけにはいかないだろう」

「わかってるって」

三角は、そのことについてはすでに手配をしているといった。

「ボリヴィアで、あなたをガイドしてくれる人物を見つけておいたわ。今回の蓮尾さんは、専用ガイドつきでシリル・ドランのお供をすればいいの。贅沢（ぜいたく）な話よね」

皮肉めかしていいながらも、仕事に支障のないように、それとなくバックアップしてくれる気配りが、三角らしかった。

「英語を話せる現地人のガイドか」

「違うの。日本語」

「ボリヴィア在住の日本人なのか」

「日系二世よ。大都市のラ・パスに日系人が経営している旅行社があって、そことコンタクトできたから」

あとでその社の連絡先を伝えると、彼女はいった。

「それよりも、いいことを教えておいてあげるわ。あっちでは、案外日本語が通じるらしいのよ」

「ラ・パスで？」

「中規模の都市に分散して、各地に日系人がいるの。国全体で一万三、四千人だって。知らなかった？　南米各国への移民の話」

そうだったかと、ぼくは僅かな知識を呼び起こした。明治政府が始めた南米への日本人移民の話は、もちろん記憶にある。いくたびかの戦争を経て数度の移民があり、ブラジル、メキシコ、アルゼンチン、ペルーに日系人が多いことは印象に残っていたが、ボリヴィアについては考えたこともなかった。そのくらい、ぼくにとってこの国は遠い。

「いまでは二世、三世が多いそうだけど。今回お願いする人も二世。ホセ・ルイス・比嘉さん」

「ヒガ……。沖縄系なのか」

比嘉という名前は、沖縄に多いという印象がある。

「第二次世界大戦の後、米国支配下にあった沖縄から移民した人たちも多かったって聞いたから、そのご子孫かもしれないわ」

「二世だと、三、四十代くらいかな」

「年齢は聞いていないけれど、車の運転はできるって。ただし、ホセ・ルイスさんのガイド費用はあなた持ちよ」

「了解。助かるよ」

シリルの指定してきた待ち合わせの日までは、二週間近くあった。ぼくは椅子(いす)に身を沈めた。ボリヴィアから原稿を送ってきたレックス・ウォルシュのことを考えた。彼からの連絡は、依然として、ない。

レックスの取材対象が『ジェネアグリ』だということを考え合わせると、ボリヴィアで彼が目指した先は、シリルの目的地と通じるところがありそうだ。レックスはボリヴィアで、まだ取材を続けているのだろうか。

――レックスの足跡をたどり、彼をボリヴィアでつかまえる……？　ばかな。行き先のヒントさえないうえに、未知の国での手探りになる。レックスは、とっくに帰国してきているかもしれないのだ。つまらないことを考えるんじゃない。ぼくに何がわかる？　そして、何ができる？

4

デニス・バウアーの家は、郊外の町にあった。故デニス・バウアーというべきか。

ポトマック川を越えて四、五キロのあたりは、ヴァージニア州に入っているが、DCまでは地下鉄で行ける。バウアーが勤めていた『フェリコ』の本社は、名目上はミネソタ州にあるが、活動拠点はワシントンにある。バウアーは、通勤圏内に居を構えていた。

通り――といっても林道に近い――に面した前庭には、高木の樺（かば）と楠（くすのき）が聳（そび）え、その奥に平屋の家が見えた。巨木に守られる形の家が、この国には珍しくない。枝は頭上遥（はる）かに高く、見上げても樹（き）の全容は視界に入り切らない。林のなかに家々が散っている都市郊外の、のびやかな住まいを見るたびに、日本が、この種の逞（たくま）しさとおおらかさを失っていることを実感させられるが、こちらでも、開発業者はじりじりと森を侵食している。虫食いのようになるのは時間の問題なのかもしれない。

樹の下にはブランコがある。その脇（わき）は、テラコッタが敷かれたテラスになっており、ベンチの脇に三輪車が立てかけられている。

向かいに陣取って、ぼくはバウアーの家を眺めた。

　訪問の予約はしていない。なんといってアポイントを取ればいいのか、わからなかった。相手は配偶者を不意に失ったばかりなのだ。遺された者にどう切り出せばいいのだろう。「亡くなったご主人が」と？　いや、「天に召されたご主人が」か？

　煙草を吸った。

　バウアーの死から、二十日は経っている。死は、大きく深い亀裂だ。しかし、誰かが死んでも、遺された者の多くは生きてゆく。ゆっくりとではあるが、生活は再構成される。何十万年の昔からの公式だ。雲は変わりなく流れ、見る間に遠ざかる。その下で、多様な再組織が絶え間なく行われている。

　アダムに死なれてから二十日後のぼくは、少なくとも、仕事には立ち戻っていた。

　公式を信じよう。

　アッシュトレイに煙草を押しつけて煙を払い、車を出る。しばらく続けていた禁煙も終わりだ。生活は再構成されてゆく。浮きつ沈みつしながら。

　ベルを押した。軽い電子音が響き、しばらくすると玄関がそっと開けられた。

「どなた」

　ぼくは会釈した。

扉から顔を覗かせたのは、繊細な印象の女性だった。見たところは三十代前半だろうか。額と目ばかりが大きく、あとは、とにかくどこもかしこも細い。だが、頰がそげているのが夫を亡くした影響だとしても、不健康な感じはしていない。

「バウアー氏のご夫人ですか」

「報道の方なら、もうプレスに話すことなんか……」

ないわ、というように、彼女は首を振った。声は落ち着いていた。

「記者ではありません」

「だったら……保険会社の方かしら」

現実的なことを彼女は口にした。柔和な目に苦痛の色がよぎった。気丈にも、バウアー夫人も立ち向かっている。おそらく、ぽっかりと空いているだろう胸の穴と。

ぼくは、かぶりを振った。名刺を出して名乗りながら、続くことばを捜した。

彼女の後ろから、ラブラドル・レトリーバーがのそのそと出てきた。犬を追いかけて、おぼつかない足どりの子どもが近づいてくる。レゴかなにか、カラフルな玩具のピースを持って、もどかしげに腕を振り上げている。

彼女は振り向いて、子どもを抱き上げた。屈んだ拍子に、形のいい頭の後ろで束ねられた髪が背で揺れた。

「パット」

「うさちゃん。ねえ……、うさ」

丸い頬をふくらませて、母親に満面の笑みを見せ、女の子は玩具を差し出した。

「兎。兎ですよ。パトリシア」

腕のなかの小さな額を撫でてやりながら、いい聞かせるようにはっきりと、きれいな発音を、バウアー夫人はした。聡明な女性だということが、子どもをさとす姿にあらわれていた。

「それで、ご用件は」

返事に困っていい淀んでいると、彼女はぼくの渡した名刺に目を落とした。

「翻訳……をなさっているんですか。デニスのお知り合い？」

バウアー夫人は、まっすぐにぼくを見つめた。友達ということばは使わずに、夫の知り合いかと尋ねてきた。夫の友達なら、すべて知り抜いているということなのだろうか。

そこから触発されて、ふと、天恵のように糸口がみつかった。訪問の口実が口をついた。

「レックス・ウォルシュをご存じですか」

　きょとんとした表情に彼女はなり、続いて、慌てて頷いた。

「ええ。ええ――、もちろん」彼女は頰を緩めた。「あのレックス・ウォルシュのことでしょう。『見えない禍』を書いた」

「彼とお会いになったことは」

「まさか。雲の上の人でしょう。尊敬すべきサイエンス・ライターだけれど……、私は存じ上げないわ」

「信じてくださいますか？　あなたのご主人が、レックス・ウォルシュの執筆中の著作に協力していたといったら」

「本当に？」

　バウアー夫人は戸惑いを見せた。信じ難いという顔になっている。

「デニス・バウアー氏の名前が、彼の新作の献辞に含まれているんです」

「初めて聞いたわ。どういうことなのかしら」

　彼女は反応した。話に関心を持ち始めた兆しが見えた。

「ぼくはレックスの新作の翻訳を手掛けています。献辞にも目を通すことができる立場です。取材協力をしてくださったご主人の死を伝え聞いて、レックスが、ぼくに一任したわけです。彼の家族に挨拶してこい、様子も見てこい、と……」

事実と方便をほどよく取り混ぜて、ぼくは話を練り上げた。

得心したのか、バウアー夫人は警戒を解いて、リビングに通してくれた。

テレビの前のラグには、腹這いになって絵本を眺める女の子がいた。足をぶらぶらさせている。前庭にあった三輪車のオーナーだろう。

ラグの上にとりどりに散らばった玩具を、彼女は手早く集めてバスケットに入れた。

「お客さまだから、ご挨拶して。それから、お部屋に行ってなさい」

片腕で一人の子を抱え直すと、犬と幼い子どもを引き連れて、いったん彼女は部屋を出ていった。

部屋を見回した。子どもがいる家のわりに、すっきりと片づいている。夫人の整理能力を、部屋は証明していた。部屋の片隅には、書棚を背に小テーブルを置いたコーナーがある。棚には、科学関係の書籍がかなりあった。動植物の生態に関する読み物や事典から、ジャーナルや学術論文の類まで、幅広く。絵本も混じっている。レイチェル・カーソンも、例のごとく、目立つ位置にあった。

落ち着ける家庭だ。デニス・バウアーはこのすべてを手にしていた。そして、失った。不運としかいいようがない。

リビングに戻ってきたバウアー夫人に勧められて、ぼくは腰を下ろした。ソファに腰を落ちつけると、飾り棚の上に並んだ家族のポートレイトが目に入った。

「ご主人は残念でした。奥さんは……」

「ヴァレリーです」

月並みに悔やみをいいかけたのを、彼女は遮った。

「お仕事は」

「いまはしていないの。そのうち職を見つけなければと思っていますけれど」

子どもの手が離れれば……と、ヴァレリーは口のなかで呟(つぶや)いた。

「バウアー氏は読書家だったようですね」

ライブラリーを指していうと、彼女はうっすらと微笑(ほほえ)みを浮かべた。

「半分は私のものなの。大学ではデニスと同じ専攻でしたから」

「それでは、科学を？」

「自然科学部の生物学で、植物資源の研究を」

「植物の品種改良ですか」

「遺伝子操作の関係です。デニスとは課外のバイオテクノロジークラブで知り合いました。もう、かなり昔のことですけれど。古代植物や生物のゲノムマップを作ってみたりして」

　ヴァレリーの目に、悲しげな色が浮かんだ。声が震えた。

　感傷的になるまいと、ヴァレリーはこらえていた。闖入者たちが、入れかわり立ちかわり現れては亡くなった夫のことに触れ、彼女の心をかき乱してきたことだろう。ぼくもまた、その一人だ。が、聞かなければならない。

「バウアー氏は、マカデミア・ナッツのプロジェクトでボリヴィアにいらしたとか」

　そろそろと、ぼくはあたりをつけ始めた。

　バウアーの行動は、レックスの立ち寄り先の手がかりになる可能性があった。バウアーはボリヴィアにおり、レックスも同じ国を訪れた。共通の関心があったとも推測できる。シリル・ドランのお供でボリヴィアに発つ前に、僅かでも情報を得ておきたい。

「さあ……。仕事の詳細に関しては、あまり話をしませんでしたし」

「技術関係の話を理解する伴侶にもですか」

「だからこそかもしれない。ご存じでしょうけれど、情報管理に気を使う職でしたから。ナッツに関わっていたという会社のコメントも、本当かどうかは。アグリビジネスの開発競争は厳しいでしょう。ただ、あの国の気候や地形に適った作物のリサーチだとは聞いてました」

「ご主人のボリヴィア滞在は長かったんですか」

「三か月ほど前に行って、コチャバンバという町に宿を取ってました」

コチャバンバは、ボリヴィアで三指に入る都市だ。農耕が盛んな地域で、穀倉地帯ともいわれている。アグリビジネスの関係者が、好んで視察しそうな地域だと思われる。ガイドブックを読みはじめ、ぼくはボリヴィアに、少しずつ詳しくなり始めている。

「コチャバンバに『フェリコ』の支社があるんですか」

「いいえ。あの国には主人の社の人間はいないと聞いています。出張所もないはずです。デニスは地元の農家をあちこち回って、植生や何かを調べていたんじゃないかしら。ホテルにいない日もありましたから」彼女は目を伏せた。「私ばかり話してしまって。コーヒーでもいかが」

ヴァレリーは、つと席を立って、コーヒー・ポットとカップをトレイに乗せてきた。コーヒー・メーカーで保温していたものらしく、少し濃くなっていた。

「で、レックス・ウォルシュ氏に、主人はどんな協力をしていたんでしょう」

尋ねられて、ひやっとした。答えようにも、辻褄(つじつま)が合うかどうか危なっかしい。だが、何か捻り出しておかなくてはならない。

「詳しくは知らないのです。いま、レックスはボリヴィアで取材中なんです。それで、こちらに直接伺うことができずに、ぼくが代理で伺いました。推測するとすれば……ですが、『フェリコ』社のライヴァル企業の動向が、レックスの次作のテーマになっていますので、それに関連した情報をいただいていたのかと」

「ああ」ヴァレリーは溜息をついた。「『ジェネアグリ』のことですか」

バウアー夫人の口から『ジェネアグリ』の名が出るとは意外だった。

だが、ヴァレリー・バウアーは、レックス・ウォルシュの著作を知っていた。バイオテクノロジーに関心の深い知識人なら、そのレックスが目下関心を寄せている企業名を知っていても不思議ではない。まして、彼女の夫は、同じアグリビジネス業界で働いていた。

「『ジェネアグリ』をご存じなんですか」ぼくは先を促した。

「もちろん、あの企業の名は。ですけれど、家族も無関係ではなくて……」

ヴァレリーは、かすかに眉をひそめた。

「ご家族が?」

考えてもみないことだった。

「ええ。私の弟が」

「お勤めなんですか。『ジェネアグリ』に」

「いいえ。あの企業に雇われているわけではないの。でも……」ヴァレリーは、迷ったようだった。「ごめんなさい。身内の話などわずらわしいでしょう」

「とんでもない。どうぞ」むしろ、この機を逃したくなかった。

「弟の手掛けていることは、おそらく、レックス・ウォルシュ氏の調査されていることと、関係があるかもしれないわ。そのことを、デニスがウォルシュ氏に伝えたのかもしれません」彼女は呟いた。「なんというのかしら。私たち姉弟は、小さい頃から、ものごとに対する興味が似ていたんです。田舎育ちのせいか、生きものを見たり育てたりするのが好きで……、関心があったの。どちらかといえば、私は植物が好きだけれど、弟のほうは小さな生きものに興味を持っていて。で、彼――キースという名です――も、大学では自然科学部に入っていました。ですが、博士号は取らなかったんです。キースは、普通よりも少々……、興味が偏っているというか。育てたり観察したりといったことだけは、完璧にこなせるんですが、研究には向いていない。そのことは、自分でもわかっているようで、職業としても、そういった方面を活かせる仕事を選んだわけです」

ぼくは感じ取った。おそらく、キースはマニアなのだ。ヴァレリーの言葉の端々には、そんなところがあった。

日本では、博士という肩書きを持っていても、さほど尊敬されないが、こちらでは違う。ドクターと呼ばれることは、たいへんなステイタスだ。博士号があるのとないのとでは、仕事面の待遇にも、格段の差が出てくる。科学の仕事を選んだのであれば、なおさらだ。だが、キースのように、自分の世界にのみ生きている人間には、地位など目に入らなかったのではないか。だから、博士号を取らなかった。

「キースは、それでも、運がよかったんです。最初から、念願どおりの仕事に就けたんですから。運よくＵＳＤＡ-ＡＲＳ（米国農務省農業研究局）のラボに職があったんです。テクニシャンとして働きだしました」

「なるほど」ぼくは察した。

博士号を持たない科学マニアの選択肢のひとつとして、テクニシャンという道がある。テクニシャンは、研究者や教授について、実験を行うスタッフだ。ラボラトリー・アシスタントという名で呼ばれることもある。研究者から渡されるメニューを、次々こなしてゆく実践部隊ともいえる。理系大学の出身者であれば、サイエンス・ライター、専攻関係のアナリスト、コンサルタント、政策立案者や史学者といった職に就くこともできるが、テクニシャンは常に実験室で働くため、好きなフィールドに直接携わっていられる。給料はさほどではないが、考えてみれば、ある種のマニアにとっては魅力的な職だろう。もちろん、必要不可欠、かつ意義のある仕事でもある。日本ではまだ、この種の職は確立していないが、テクニシャンは、欧米の理化学や科学系の研究所では欠かせないスタッフになっている。あえて訳すなら、研究技術補助員になるだろうか。

研究所のスタッフとしては、研究者の予備軍もいるが、テクニシャンとははっきりした職の違いがある。テクニシャンは、参考論文を読んだり書いたりは通常、しない。アイデアを出すことも要求されない。実験結果を分析することも、基本的にはない。研究者の書いたスケジュールに従って、その通りに実験を行いさえすればよい。

ただ、実験の用具や方法には自然と詳しくなるので、優秀なテクニシャンにしかできない作業というのも出てくる。現場では、重要な戦力にもなる。そんなことから、研究者とタイトな関係のテクニシャンが二人は必要とされている。

ヴァレリー・バウアーの弟キースは、彼の性分に合った、最適の仕事を選んだようである。

しかも、USDA-ARSの研究所に勤めたというなら、仕事の手応え（てごた）えという点でも、不足はないだろう。USDA-ARSは、農業研究の組織として世界一の規模を持つ機関だ。傘下にはいくつもの研究所があり、生命科学系にも強い。

「キースは、ラボのひとつでテクニシャンをしていました。彼は研究者に気に入られていたようでした。けれど、その研究者が――ティモシー・ランドル博士が――USDA-ARSを出ることになったもので。ランドル博士は、共同研究をしていた企業に引き抜かれたの」

興味を惹かれる話だった。

「ランドル博士を引き抜いた企業というのが、では……?」

つい、ぼくは身を乗り出した。

「そうなの。『ジェネアグリ』」ヴァレリーは、深く息をついた。「ランドル博士は、キースをスカウトしたの。ペイを良くするっていわれて、キースもラボを辞めた。でも、喜んでいたわ。二万五千ドルくらいだった年収が、五万ドルまでアップしたから」

五万ドルの年収は、助教授なみだ。条件はいい。

「だけど、働く場所が……遠くて」

顔を曇らせて、彼女はいいさした。ぼくは待った。溜息と一緒に、ヴァレリーはいった。

「弟は――キースは、コチャバンバ付近にいるはずです。ランドル博士は、ボリヴィアに研究の拠点を持つということでしたから。彼はそれについていきました」

――『ジェネアグリ』の研究の拠点が、コチャバンバ付近にある……？

連想するのは、シリル・ドランの目的地である、『ジェネアグリ』のワイン生産地だった。ランドル博士の実験は、GM葡萄の栽培ではないのか。

――キースは、博士の下で殺虫機能を持つGM葡萄の栽培に携わっているのか？

反射的に、質問が出た。

「ランドル博士の専門分野は何ですか。醸造学でしょうか。それとも、植物バイオ……？」

ワイン用の葡萄栽培は、植物資源ともいえなくはない。

「違います」ヴァレリーは、見当違いだという顔をした。「植物関係は私の好みの分野です。弟は、むしろ小さい生きものを育てるのに夢中になるたちなので……」彼女は、小さく左右に首を振った。「ランドル博士の専門は昆虫です。虫の飼育が、キースの主な役割だと思います」

「昆虫……ですか」

意表をつかれて、首をひねった。

「虫の種類は何でしょう」

「さあ。そこまでは……。けれど、デニスは知っていたかもしれませんね。キースとは連絡を取っていたみたい。主人がボリヴィアに出かけたのには、弟から情報を得るという意味もあったようです。これは内密に願いたいんですけれど、二人はよく仕事のことで情報交換しているようでした。『フェリコ』にとって、『ジェネアグリ』の研究成果は貴重な情報ですから。レックス・ウォルシュ氏の関心が『ジェネアグリ』にあるとすれば、主人は、キースからの内部情報を彼に提供していたのではないかしら」

ぼくは頷（うなず）いた。ヴァレリーの推測は的を射ている。

「弟さんは、いまでもコチャバンバに？」

「ええ……、多分。でも、このひと月ほど、連絡ができなくて」

彼女は顔を曇らせた。

「キースは、デニスが亡（な）くなったことも、まだ知らないんです」ヴァレリーはいった。「ボリヴィアで、アメリカのニュースはそこまで細かくは流れていないでしょうし、弟は、あまり社会的現象に関心が向かないほうなので、ニュースを見ているかどうか」

「研究施設の連絡先はご存じなんでしょう」

　尋ねてみたが、彼女の返事ははかばかしくなかった。

「ええ。でも、電話が不通になっていて」

「『ジェネアグリ』には連絡を取ってみましたか」

「本社の業務部に、弟と連絡を取りたい旨を告げましたが、いま、研究が重要な段階に入っているとかで、家族にも研究施設の場所を知らせることができないといわれました。情報管理の関係で、しばらく拘束されているような形らしくて」

　あり得ない話ではない。よほど金になる研究なのだろう。

「バウアー氏の空港での事故については、伝言なさったんですか」

「いいませんでした。ライヴァル社の『フェリコ』に義理の兄がいたということが、弟の職歴に障るかもしれないので」

　ヴァレリーは、弟が情報漏洩に問われないように配慮したらしい。機転のきく女性なのだ。

「こんなことを突然、お願いするのも変ですけれども……」おずおずと、彼女は切り出した。「レックス・ウォルシュ氏がボリヴィアにまだ滞在なさっているなら、時間のあるときで構いませんので、弟に連絡を取っていただけないかしら」

「もちろん、レックスには、すぐに伝えます。バウアー氏にはお世話になったのですから」ぼくは、何回目かの嘘をいった。ただ、本当のこともつけ加えた。「弟さんのことは、ぼくもお手伝いできると思います。近々ボリヴィアに出向くので」

「よかった。助かります」ヴァレリーの顔が、心持ち晴れた。「子どもがいますので、私は遠くまで出かけられませんし。『フェリコ』のほうでも、いろいろ気をつかってくれていますが、弟のことを頼むわけにもいきませんでしたから」

ヴァレリーは、立ってキッチンから二枚のメモを取ってきた。覗き込むと、デニス・バウアーの使っていた、コチャバンバのホテル『ディプロマット』のアドレスと、キースの以前の連絡先だった。ぼくは、手帳にそれを書き取った。

「弟さんの姓は」

「シャノンです。キース・シャノン」

「弟さんに、ことづけることは」

「とにかく、主人が亡くなったことを知らせたいんです。それから、私に連絡してほしい……と」

ヴァレリーは、ぼくをすっかり信用したようだった。

「不思議なものね。いままでは、デニスがどんな仕事をしているのか、ほとんど気にしたことがなかった。彼も話さなかったし、私も聞かなかった。それでも、暮らしは申し分なく、生活はそれなりに回転していましたから……」

ヴァレリーの口から、吐息に近いものが洩(も)れた。

「ところが、二度と会えないとなると、違うんです。ささいなことでも気になる。主人がどんなことに興味を持っていたのか、何を見ていたのか知りたくなる。けれども、結局、答えはけっして返ってきません。失うというのは、そういうことなのね。簡単なことさえ聞けないのね」

ぼくは思わずうなずき返した。死者は多くのものを抱え込んで眠る。ひとりの人間の死で、どれだけのことが埋(うず)もれてゆくのだか。

「デニスは働いていたのね……。あたりまえだけれど、いまになって、そう思うんです。会社のほうも、急なことでパニックみたい」

「『フェリコ』から、何か？」

「デニスが帰国したのは、仕事の報告をするためだったらしいんですが、ご存じのように、例の事故で、それができなくなりました。――で、空港から戻ってきた荷物を見たいと『フェリコ』がいってきたんです。調査資料や報告書があるだろうと。でも、残念ながら、ファイルや何かはなかったんです。引き継ぎなどの都合があるのでしょうけれど、何もなかったものですから、会社は不満げな様子で。デニスがいれば、自分できちんと報告したんでしょうに」

「バウアー氏は、ボリヴィアには端末を持っていらしていたんですか。ノート型マシンかパームか」

「ラップトップは、『フェリコ』支給のものがあって、会社の人間が回収していきました。けれど、肝心な内容がないとかで、私もいろいろ聞かれたんです。でも、私に彼の業務がわかるわけはないし」

「いってやればよかったじゃありませんか。彼が〝マカデミア・ナッツ〟に携わっていたことも、記事で初めて知った……って」

「そうよね。まったく」彼女は苦笑した。「何も知らないのね、私。伴侶のことといっても、結局、家にいないときのことは……」

「お互いに、知らない部分が残されていないと、つまりませんよ」

「それでも、もう少し気にかけるべきだったわ……」

事件の詳細に話が及ぶと、ヴァレリーの表情には翳りが増した。

「そういえば、事件のあとで訪ねてきた記者のなかに、妙なことをいった人がいたわ。

空港のことで」

思い出したように、彼女はいった。

「あのときは、ショックが大きくて、どのメディアから何人の記者が来たのかも……よく覚えていないし、自分がどんな応対をしたのかも、確かじゃないんです。でも、そうだ……。『フェリコ』の人間にでも聞いてみようと思っていたんですが。どこかの記者がいっていたと思う……。デニスが、空港を出る前、税関でしばらく止められていたらしいという話でした」

心持ち首を傾げて、ヴァレリーはいった。

「税関ですか」

初めて聞く話だった。

「ええ。詳しくはわかりませんが、考えてみると、おそらく、検疫所じゃないかと思います」

「検疫所？」

「植物検疫です。デニスの仕事からしますと、そこで止められるのは考えられないことではないので……。『フェリコ』はおそらく認めようとはしないと思いますが、新種の植物や、他国で研究中の植物を採取して、異国からこっそり持ち込もうとすることが、アグリビジネスの業界ではよくあることだそうです。国によって、持ち込み禁止の植物は異なりますからね。申請をすれば、標本として持ち込めるケースもありますけれど、種類は限られています。相手の国の資源管理機関の許可も必要になるでしょう。でも、種子や葉茎の小さいものなら、知らん顔をして通ってしまえば、多くの場合、気づかれることはありませんもの」

「しかし、『フェリコ』ほどの大企業なら、各機関と、手回しよく話をつけていそうなものですが……」

「『フェリコ』は多国籍企業ですから、特許などの利益の関係で、なかには政府にも隠したいものがあるんじゃないかしら。あまり褒められることではないけれど、年々、植物をビジネスの資源として考える傾向が強くなっているでしょう。南米は種子や植物の宝庫ですし」

考えをめぐらせた。

なるほど、おおっぴらにできる調査なら、数人をチームとして派遣するはずだ。なのに、デニス・バウアーは一人でボリヴィアに向かった。仕事は、ごく限られた、内密の用向きではなかっただろうか。

「植物資源をかじったせいか、どうしてもデニスの仕事の特殊な面を考えてしまいがちなの。だから、仕事に関する話は、よけいに聞きたくなかったのかもしれないわ。ご存じかもしれないけれど、十年ほど前に、医薬品企業のメルク社が、コスタリカの熱帯林の動植物を二年間、採取・調査して製品化する権限を、あの国のある研究所から百万ドルで買った話があったでしょう。安い買い物だったと思うわ。重要な物質が含まれている植物がそのなかにあったとすれば、独占できるんですもの。いまだったら、もっと莫大（ばくだい）な資金が要求されるはずよ」

彼女は続けた。

「発展途上国の植物資源を資金力で独占化しようとする企業も、ようやく活動を制限されはじめたようですけれどね。十年前よりも、南米の国々の植物資源に関する意識もずっと高まっていますから。そのせいで、競争の激しいアグリビジネス企業の一員としては、ライヴァル企業や国を出し抜こうとするのだけれど……」

バウアー夫妻のあいだには、植物資源の産業化に関する意見の差があったのではないか。ヴァレリーの話しぶりから、ぼくには、そう察しがついた。ヴァレリーは、資源の企業による独占を、好んではいない。デニスは、それを仕事にしていた。だが、彼の気持ちはどうだったのだろう。妻の考え方を知っていたのだろうか。彼は遥（はる）か遠くで、答えは返ってこない。

「では、ご主人が何か特別な植物を持ち込もうとしたとお考えなんですか」

「その可能性があるのでは、と思っただけです」

「とすれば、バウアー氏が検疫で入国を差し止められたときに、持ち込もうとしたものは何だったんでしょう。ひょっとすると、『ジェネアグリ』との競合と関わりが……?」

「さあ……。仕事関係のものかしら、というぐらいで。私には想像もつきません。いまさらそれを聞いたところで、どうなるものでもないけれど」

「どこの記者が、その話をあなたに?」

しばらく考えてから、ヴァレリーは再びキッチンの方へ立ち、何枚かの名刺を持って戻ってきた。

「このなかの誰かだと思うわ。なにしろ、大勢が来たものだから、記者たちの顔と名も一致しないの」

「メモしても構いませんか」

「いいけれど……なぜ」

「植物資源の話となれば、レックスも興味を持つと思いますので」

ヴァレリーは目を細めた。遠ざかってゆく夫の背を、追っているように見えた。

「私も同じなの」意外なことを、彼女はいった。「デニスがウォルシュ氏の情報提供者だと聞いたときから、なぜだか、彼の著作が、デニスの魂を弔ってくれる気がして……。レックス・ウォルシュ氏の本ができたら送ってください。デニスが事故の前まで何を考えていたのか、少しはわかるかもしれませんから」

喧嘩(けんか)でもはじまったのか、子どものぐずる声が、どこか奥の部屋から聞こえてきて、ヴァレリーは立ち上がった。

「あの子たちにも、本を見せながら、いつか話したいから。パパは誇れるお仕事をしていたのよ……と」

真剣な眼差し(まなざし)にあって、ぼくは反射的に目を伏せた。疚(やま)しさが増した。関われば関わるほど、荷は重くなる。わかっていたのに、まだ追いたいのだ――レックス・ウォルシュを。

5

出発の準備に、時間がかかっていた。

ボリヴィア行きの支度は、さほど簡単ではなかった。

なかでも、予防接種は面倒だった。三角乃梨も黄熱病やマラリアの可能性を指摘していたが、それだけでは済まない。念のためにいっておけば、マラリアには予防接種はない。薬の内服が効果的だそうだ。さしもの三角も、調査不足だった。

知恵をつけてくれたのは、ヴァレリー・バウアーだ。彼女にもらったリストを、ぼくは眺めた。ヴァレリーは親切だった。ボリヴィアに向かう人間のためのアドヴァイザーとして、彼女は最強の味方だ。二人の専門家を、かの国に送り出した経験者である。ぼくがボリヴィアに向かうといっただけで、必需品を書き出してくれた。

予防接種は、破傷風、狂犬病、肝炎、ペスト。コレラやチフスも受けておいたほうがいい。渓谷や密林に入る必要があるなら、すべて必要と、リストにあった。

医療機関に予約をとり、接種を済ませるだけで十幾日かが過ぎた。ロンドンのシリル・ドランにも、エージェンシーを通して情報を伝え、予防接種を勧めた。旅の日程は数日ずれ込んだ。

リストの通り、薬品も揃(そろ)えた。抗生物質や下剤、逆に下痢止め、ビタミン剤。マラリアの薬は、肝臓に影響があるものが多いので、注意して選ぶこと。マラリアの薬は、現地でも入手できるが、服用は、マラリア発生地域に入る二週間前からすること。ヴァレリーの指示は詳細だった。

スーツケースの周囲には、買い揃えたものが散乱している。新しく買ったレザーのハーフ・ブーツ、ナップザック、軽いスニーカー。蚊よけのネット、UVケア数値の高いサン・スクリーン。かつて使っていたニコンの本体やレンズ数本。これは、引っぱり出してオーヴァー・ホールに出した。新しいデジタルカメラ、衛星通信の携帯電話。

ヴァレリーは、デニス・バウアーが使っていたという、植物採集のキットやラミネートの袋もくれた。

ぼくは単なる訳者で、フィールド・ワークとは無関係だと説明したが、彼女はきかなかった。レックスの役に立つかもしれないといわれて、受け取った。

ありがたい反面、ヴァレリーの期待は重くもあった。ボリヴィアでのぼくの実際の役割は、著者シリル・ドランのお守りだ。シリル・ドランが向かう先は、『ジェネアグリ』が始めるワインづくりの現場で、整備された場所かもしれないのだ。現地に着けば、自分の時間を作る余裕など、ないかもしれない。ヴァレリーの弟、キース・シャノンに連絡を取るチャンスはあるのだろうか。

そして、レックス・ウォルシュ。彼からの入金はまだない。消息もつかめなかった。ボリヴィアにレックスがいるのかどうかも、わからない。

旅の支度の合間を縫って、ぼくなりに、できる限りのことは調べはじめている。あらためて、レックスの送ってきた僅かな原稿の訳を取り出し、目を通した。預かった形のまま宙に浮いている、『略奪の咎』の献辞と目次……。

その献辞にあった人名のなかから、話を聞けそうな人間を当たりはじめている。

アプローチは難しかった。

レックスとぼくのあいだの問題は、相手に説明できない。彼の居所も聞いて回ることはできない。レックスの意と反するかもしれないからだ。彼のエージェントに尋ねるのとは、わけが違う。

献辞の対象は、デニス・バウアーを除くと、十二人。レックスの祖父と父親（二人とも故人だ）を除外すると、十人の人間に、レックスは謝辞を献じている。さらに、アグリビジネスを研究する学者や科学ジャーナリスト、食糧問題のアナリスト、運動家など、名と論調の知れた人間は省いた。彼らの発言や意見を、レックスは著作に引用しているだけかもしれない。

政府機関の人間への献辞がないのは不思議だった。

結局、二人の人間が残った。一人はダーウィン植物研究所の専門職員、サラ・コーリー。もう一人は、肩書きが書かれていないが、セルジオ・パス・エスピノザ。

このうち、サラ・コーリーの所在は、すぐにはつかめなかった。ダーウィンの名のつく施設は世界にいくつかある。まず、なかでも有名なガラパゴス諸島のダーウィン研究所を当たったが、コーリー名のスタッフはいなかった。

ところが、アルゼンチンのブエノスアイレスに、同名の研究所があることがわかった。サラ・コーリーはそこの図書部門の職員だった。しかし、折悪しく、彼女は長期休暇中で、話を聞くには至っていない。

一計を案じて、メールは入れてある。

ノンフィクション・ライターの謝辞が図書館系の職員に宛ててある場合は、資料収集の労をねぎらってのことが多い。

ぼくは、レックス・ウォルシュの翻訳者だと名乗り、サラ・コーリーがレックスに送ってくれた資料の出所と正式な名称を知りたいとリクエストした。メールの返事は、まだ、ない。

ボリヴィアにも、ラップトップは持っていくつもりだが、通信の状況がわからない。念のため、サラ・コーリーへのメールには、返信先として三角乃梨のアドレスも載せておいた。

セルジオ・パス・エスピノザに関しては、手がかりがなかった。スペイン系らしい名だが、どこの国の人間かはわからない。南米のどの国にいても、不思議ではない名だし、北米の人間でないとも限らない。

――ボリヴィアの人間だろうか。

判断がつきかねた。

エスピノザは、どういう種類の情報提供者なのだろう。

――通訳かガイド……？　あるいは、民間の研究者か。

思案に余った。エスピノザのラインは、そこから先へは進んでいかなかった。

――献辞にある著名人たちの誰かにも、アプローチするか？　いや、やはり危険だ……。

なぜだか、気が進まなかった。

活躍している人間たちは、つきあいの範囲が広く、情報は最前線に広がりやすい。しかも、聞きたがり屋の集まりで、それもプロばかりだ。ふとしたことで、彼らにレックスの新作に関するヒントを与えてしまうかもしれない。そんな権限は、ぼくにはない。

さらにいえば、ぼくは、優越感のようなものを失いたくなかったのだ。

断片にすぎないけれど、レックスの最新作の内容に触れているのは、いまのところ、ぼくだけだ。レックスの旧来のエージェント、ポール・フェイガンさえも目にしていない。

だから、抱え込んでいたかった。『略奪の砦』の献辞と目次は、拠り所になっていた。

繰り返し読み込んでいる目次にも、再びざっと目を通した。えらく抽象的な章タイトルだ。レックスは、何を思って章名をつけていったのだろうか。

『略奪の砦』目次

レックスが送ってよこした目次の内容は、これだけだった。

第一章は、彼の論調に通じた人間であれば、想像できそうな内容だ。レックスが『ジェネアグリ』の取材にかかっていることは、業界では知られている。

食物支配を思わせる多国籍企業のやり口を——とくに『ジェネアグリ』のえげつない戦略を——実例から見ていこうということだろう。

字面（じづら）から見る限り、第一章は、バイオ企業の成り立ちや組織、農家支配や市場のコントロールについて書かれたもののようである。

続く第二章は、おそらく、アメリカ合衆国とヨーロッパの二大大陸の、遺伝子組み換え（GMO）作物に関する意見の対立に触れる稿なのだろう。食物の安全性を懸念（けねん）するヨーロッパと、GMOを推進し、利益を求める合衆国といったところか。合衆国のごり押しで、ヨーロッパにも、GMOの波は押し寄せている。そこまでは、なんとか見当がつく。

——しかし、エル・ドラドとは……？

二章の後半にある〝エル・ドラド〟ということばが気にかかっていた。

レックスの原稿には〝El Dorado〟とあるだけだ。

中世の大航海の時代に、征服者たちが南米に求めた幻の黄金郷……。

——これは、レックスが足を運んだボリヴィアを指しているのだろうか？ それとも……。

エル・ドラド伝説の由来の地は、コロンビアだ。

もとはコロンビアのインディオの神話にある理想郷が、侵略者の利欲と結びついた。金の埋蔵地、あるいは鉱山、あるいは、王族が逃げのびて黄金類を隠した密林の奥。物欲の尾ヒレがついた黄金郷を捜し求めて、征服者はあちこちを荒し回った。

コロンビアのみではなく、中南米のあちこちで、同様の侵略が次々に起こった。レックスは、限定された国や地域のことを指しているのだろうか。あるいは、大づかみに、中南米を示したのか。

〝エル・ドラド〟は、略奪と収奪の血腥い伝説をも思わせる。レックスは、征服者の専横を匂わせようとしているのか。だとしたら、その内容は……？

そのあたりから、こじつけの解釈も無理になっていく。目次の翻訳は、実際には、本文を読むことなしには、できない。その意味で、現時点では、語を連ねただけの〝さしあたり訳〟にしただけだ。

作者は、章の内容のすべてを凝縮し、イメージを持って短いフレーズにまとめあげる。作者が意図して一語に凝縮したものを訳すためには、本文を余すところなく読まなくては無理である。

三章、四章の内容に至っては、お手上げだった。市場を揺るがす作物……。夢の渓谷……。具体的に何を指すのか、説明もなくはたと終わっているために、必要以上にそそられる。閉じた部分を、こじ開けてみたくなる。

原稿の日本語訳をコピーして、一部をボリヴィア行きの荷物に入れた。用心しすぎだといわれるかもしれないが、レックスの生原稿は貸金庫に預けた。

スーツケースに入れるべき荷物同様に、ぼくの周りはとり散らかっている。異国へ出かけたところで、事態が収束してくれるとは、とても思えなかった。

「そろそろ時間だろう」

アール・カッツが声をかけてきた。

「間に合わなくなるぞ」

半分も片づいていない荷物の山を見かねたように、アールはてきぱきとぼくに指示を出した。

いわれた通りに手を動かしていると、不思議にも、見る間にパッキングは完成した。

フィラデルフィアに出向いていたアールに、いったん戻ってきてくれといったのは、ぼくだ。

アナポリスでの調査が思うように進展しなくなったこともあって、アールはフィラデルフィアに赴き、殺されたジョン・マッケインの周辺を調べている。マッケインは、シングルトン家に訪れていた男たちの一人だ。

「それで、俺に頼みたい別件って……？」

ぼくの荷物を叩いたり持ってみたり、詰め具合を確認しながらアールが尋ねた。

「ああ。これなんだ」

ヴァレリー・バウアーの家でメモしてきた記者たちのアドレスを渡す。デニス・バウアーの事故の詳細が報じられた記事も。

「このバウアーという男が、空港で流れ弾に倒れる直前に、マイアミ空港の税関か植物検疫で足止めを食っていたらしいんだ。このなかの記者の一人が、その情報をバウアー夫人に洩らしたらしい。詳しい状況が知りたい。何が足止めの理由だったのか」

「レックスの件の一環か」

詳細は別として、ぼくがレックス・ウォルシュに翻訳の話をキャンセルされ、契約料を戻してもらっていないことを、彼には話してある。

「ああ。わかりしだい、ボリヴィアまで電話してくれないか」

携帯電話の番号を告げた。

「やらないとはいわないが」アールは眉をひそめた。「人を使うのは、慣れているんだろう？　あんた。このクソ忙しいのに、この程度のことで呼び返すかね。ファクスかなんか、連絡手段はいくらでもあるじゃないの。この文明社会で」

「確かにね」

「ひょっとして……、見送ってもらいたかったのか」アールは軽口をたたいた。

「そ れとも、猫を俺に預けたい……とか」

苦笑いするしかなかった。その両方とも、当たっていたから。

「フィラデルフィアの話も聞いておきたくてね」

「マッケインか。シングルトンほどではないが、奴も身辺に人を寄せ付けないタイプだったらしい。だが、ここ最近は違っていた。新しく女を作っていた。しかし、二人の関係が人目につかないように苦心していたらしく、関係が割り出されたのはつい最近のことなんだ。女が人妻だということもあるが、マッケインの死に相当に怯えている。だが、そのうち彼女の口から何か出そうだな」

語調は明るかった。

「調査の糸口は見つかった。これからだ」

「それで」

アールが話を切り上げようとしたので、ぼくは先を促した。

「その女には捜査側の護衛がついている。それとなくだが。つまりは……」

「マッケインのガールフレンドは、自分も殺されるのではないかと恐れている？」

「その可能性はある。マッケインは、殺されることを予期していて、女に溺れていったのかもな」早口でいい、彼はぼくの荷物を持ち上げた。「いろいろ話はあるんだが」アールはきっぱりといった。「フィラデルフィアの件を話している時間がない」

「え」

時計を見た。まだ、さし迫った時間ではない。

「出ろよ。お迎えが来ているぜ」

いって、アールはからかうようにぼくを見た。

「車に積んどくぞ」

ウィンクして、アールはスーツケースを運んでいった。わけのわからないまま、ぼくもとりあえず荷物を抱え、彼についてポーチに出た。

前庭に、見慣れない車が停まっている。

その脇に、三角乃梨が立っていた。

「〝何しに来た〟はないでしょ」

ぼくを見るなり、三角は肩をすくめ、さらりといった。

呆気にとられた。

「そんな顔してるわよ」

返事も待たずに、彼女は運転席に乗り込んだ。

「早く乗って。空港まで送る」

車はレンタカーだった。

「いつ来たんだ」

「男の質問って間抜けね。いつものことだけど」

考えてみれば、ぼくのスケジュールは、三角に設定されているようなものだった。フライトの予定も把握されている。

「休暇取ったのよ」

「一緒について来てくれるのか」

「まさか」彼女は一笑に付した。「ボリヴィアくんだりまで取材に行く気はありません。いまさら」

黙ってしまったぼくを横目で見て、三角はアクセルを踏み込んだ。車の立てる音が大きくなった。彼女も声のトーンを上げた。

「有給がたまりすぎてるのっ。休め、休めって会社がうるさいから。命令みたいに。だから、しばらく遊ぶの。アナポリスで優雅に休ませてもらう。ボートに乗せたり、パーティに連れていくのっ」

ぴんとこなかった。三角の速度に追いついていけていない。

「……誰か連れてきたのか」

「男」

ぼくは目を剝いた。

「……だったらどうする？」三角は挑発的に唇を尖らせた。

「〃どうするも何も……〃でしょ」彼女は自分でいって、吹き出した。「娘よ。こっちにホームステイさせてくれって、うるさくて」

いくつになった……、と聞こうとして、ぼくは言葉を呑み込んだ。野暮すぎる質問をすると、また茶化される。

三角のペースを、少しずつ思い出した。必要があれば、彼女が話し出す。待てばいいのだ。

「蓮尾さんは、しばらく留守にするでしょう。だから、そのあいだウォルナットの家を拠点にしたいの。そのかわり、仕事の面で留守番を兼ねてあげる。秘書っぽくするのは得意だから」

〃ね〃というように、首を傾げた。

交換条件を出すのも、甘えるのも上手い。結局、彼女の要望は、こちらが応答しないうちに、形になってしまう。世話になりつけている弱みもあった。

「ボートがあったわよね」前方を見たまま、三角はいった。親娘の滞在は、いつのまにか既成事実になっている。

「ああ。マリーナに預けてある。管理人に電話しておくよ」

「助かるわ。チェサピーク湾の雰囲気、見せたいから」

「操縦はできないだろう」

「誰か頼むわよ……あら」

バックミラーを見上げて、三角が目を細める。

「ねえ、バイクがついて来てる。凄いスピードで、追いかけてきているみたい。逃げる？　それとも……」

振り返って後方を見ると、クラクションが鳴った。

見慣れたヘルメットだ。ライダーが右手を振り上げた。ぼくがたまに乗るカワサキのバイクだった。

「アールだ」

「そうなの？　残念。振りきってみたかったのに」

三角はスピードを落とし、車を脇へ寄せて停めた。

「忘れ物じゃないの」

ぼくたちは車を降りた。

アールはバイクを車に寄り付けてきた。エンジンを止めると、フル・フェイスを上げた。額が汗ばんでいる。

「これ」

息を切らして、彼はいった。たすきがけにしていたバッグから、アールは厚みのある封筒を出した。

「ポストマンが置いていった。あんたがお待ちかねのものじゃないのか」

一瞬、立ち尽くした。信じ難かった。当惑したまま、表書きに目を凝らす。

差出人は、レックス・ウォルシュだった。ボリヴィアの消印があった。

6

事のうわべは、きれいに取り繕われているものだ。

マイアミ空港に着くと、いつもそう思う。

空港の色調は、白とブルーのツー・トーンで統一されている。ほかの大都市の空港と変わらないスマートなデザインだ。エアコンも効いており、冬なお蒸し暑い避寒地の外気は、さほど感じられない。

ふと通りかかっただけの旅行者には、ここが『マイアミ・バイス』に描かれたようなハード・アクションばりの町の玄関口とは、とても思えないだろう。

しかし、デニス・バウアーは、この空港の出口近くで死んだ。密輸組織の抗争に巻き込まれてのことだ。

麻薬戦争は、一九九〇年代の初頭に、コロンビア・メデジン・カルテルの大物、パブロ・エスコバルが当局に出頭して以来、一段落したといわれているが、その後もアメリカは、相変わらず世界最大のコカイン消費国であり続けている。

マイアミ空港内で見つかる運び屋は、いまだに多い。そのぶん、普段から厳しい手入れが行われていたはずだが、世紀末になって、とんでもない事件が起こった。

皆、あきれかえった。

一九九九年の秋口に、密輸容疑で七十四人もの人間が逮捕され、五十八人が告訴されたが、そのうち三十人が、南米への便を多く持つAA（アメリカン・エアライン）の職員だったからだ。貨物部門が運び屋をやっていたのだから、処置なしだ。

逮捕されたなかに、ほかにも空港関係者が多かったために、メディアでは『マイアミ空港コカイン密輸事件』と呼ばれた。南米からの中継点になっているこのフロリダ地区特有のキナ臭さが、まだまだ消えていないことを、この事件はあらためて印象づけた。

ＩＤカードをつけた空港のスタッフは、何ごともなかったように淡々と働いている。そして、ひと月あまり前にバウアーが流した血の跡は、どこにもない。

――だが、そのどちらにも、まだ割り切れない部分が残っているのではないか？

カリビアン・リゾート風のカフェテラスには、ゆるいリズムの連なりが、低く流れている。退廃的なボンゴとマラカス。流行しはじめたばかりのキューバン・テイストの店を構内に置くほど、この空港はクールだ。店はどこまでも清潔に管理されており、そのせいで、半調理品を電子レンジで温めた感じの味わいになっている。キューバでなければ生まれ得なかった哀切感の根は見えない。すべては、そんなものなのかもしれない。

辛いだけで大味の豆のチリソースを、ゆっくりつまみ、サトウキビのジュースをちびちび飲んだ。VARIG（バリグ）航空のラ・パス行きは定刻よりも遅れている。係員に尋ねると、それでもフライトはあるという。一日遅れることもあると聞くから、今日はましなほうなのだろうか。シリル・ドランは、まだ現れていない。

通路を行き交う旅客は、おおざっぱに分けられる。

オーランドのディズニーランドを目指して来たと思われる、無邪気なリゾート組。出かける前から湿った土の匂いがするバックパッカー。それに加えて、こざっぱりしたビジネスマンと、ラテン系の人々。

時計を見た。

狐につままれたように、いささか混乱した思いのまま、迷っていた。レックス・ウォルシュから送られてきた原稿の束に目を通しはじめるべきだろうか。しばらくのあいだ、ぼくは誘惑の天使と格闘した。

いまのぼくは、おしなべて弱い。第一段階では、すでに誘惑に負けていた。突っ張るつもりなら、レックスから届いた封筒の封を切らないまま、三角乃梨に預け、銀行の貸金庫に入れておいてもらうこともできたのだ。

考えてみれば、当初の約束通りにレックスの続稿が届いたのだから、焦る理由はなかった。ボリヴィアから帰国してからのほうが、ゆっくりと読めるのだから、万全の状態で翻訳の作業にかかるべきであった。

だが、ぼくはすぐにでも中身を確認し、読み進みたいという強烈な誘惑にかられた。

タイミングの悪いことに、ぎりぎりに原稿は届いていた。何にぎりぎりかって？一度、家にとって返し、届いた原稿を一部コピーしても、マイアミへ発つ予約の便になんとか間に合う。

そう、悪魔が囁いた。

とはいえ、絶対的な信頼の置ける三角乃梨という人手がなかったら、そんな無謀な行動は取らなかっただろう。彼女が居合わせたことも、天恵のように思えた。

ぼくとレックスの間に起きたことの経緯をざっと聞いた三角は、湯気を立てて怒りだした。

レックスの件に関する弱音だけは、三角に洩らしていなかった。一人で乗り切ってみせるという、ささやかな気概があった。それに加えて、三角の勤めている大手出版社は、ぼくの大事な得意先でもあったが、レックスの著作権獲得に関してはライヴァルだった。

予想通り、レックス・ウォルシュの新作の日本語版の権利を、ぼくが獲得したと聞いて、三角は赤くなったり蒼くなったりした。なぜいわなかったのだと責めた。それでも、怒りながら、分担してコピーを手伝ってくれた。

慌ただしい作業のさなかにも、ちらちらと文字が目に入った。けれども、持ち時間が限られているなかで、ほんのさわりだけでも、読むことは叶わなかった。

原本は、蠟で封をし直して三角乃梨に渡し、銀行の貸金庫に入れるように頼んだ。もう一部は……旅に連れてきた。ルール違反だった。レックス・ウォルシュの、しかも未発表の原稿を屋外に持ち出すなんて。

旅先では、トラブルがつきものだ。どんなに注意していても、荷物を完全に管理し続けることはできない。万が一、レックスの原稿を失って、流出させでもしたら、取り返しのつかないことになる。とくに、ぼくはその面でも完璧な人間ではない。原稿を旅に持ち出した責任は、重い。

深く息を吸い込み、吐き出した。

――そもそも、どんなことについても完璧な人間なんて、いるはずがない……。

少なくとも、人目のある乗物のなかで読み始めることだけは、まだしていない。下手をすると、盗み読みする不心得者がいないとも限らない。まだ出版の日程さえ決まっていないなかで、リスクは避けたかった。

心を落ち着けなければならない。悪い面ばかりでなく、いい面を考えることだ。

ホテルに到着して、部屋に閉じこもり、原稿に読みふけるときのことを想像すると、アドレナリンが増出してゆく。

——欲しかったものを現実に手にし、しかも、独占している……。

閉じかけていた未来への門戸が、ふいに開かれたようだった。その向こうには、輝かしい季節が待っているのだ。

気分は、極端に行き来していた。不安が急に掠めた。

届いた封筒の表書きには、ボリヴィア発、とあるだけで、発信元の住所は相変わらず書かれていなかった。封筒のなかに、ぼく宛ての書状はなかった。麻ひもで括られた原稿の束だけが、むき出しのまま入っていた。ディスクの類も添えられていない。

レックスの消息は知れないし、コメントもないのだ。厳密にいえば、これでは、原稿を託されたとはいえないのではあるまいか。

レックスは、当初交わした約束を反古にしたいと、一度は告げてきた。彼の方針は、再び変わったのだろうか。考え直して、ぼくに日本語版の権利を売る気になったのか。彼に払い込んだ契約金が戻っていないのだから、仕事の約束は継続しているとも考えられる。確証はないのだが。

いずれにせよ、送られてきた彼の原稿を無視することはできない。断然、できない。誰にもできないだろう。

目の前には、まっとうな仕事があった。七時間後には、ラ・パスのホテルにたどり着いているだろう。いや、八時間後か……？　時間の配分というのは、自分の思い通りにはならないものだ。時は淀む。それでいて、必要なときには、足りなくなる。

便の遅れが、もどかしかった。時間の配分というのは、自分の思い通りにはならないものだ。時は淀む。それでいて、必要なときには、足りなくなる。

レックス・ウォルシュと、ボリヴィアで偶然出会うことを考えた。彼は、まだ向こうにいるかもしれないのだ。いろいろと尋ねたかった。だが、そんなチャンスはないだろう。ぼくは、クライアントとともに動かなくてはならない。ヴァレリー・バウアーの弟と連絡を取るという、難しい宿題もある。いずれも、簡単に放り出すわけにはいかない。

「どうかしたの？」

気がつくと、シリル・ドランが立っていた。相変わらずエレガントだ。糊をかけたての麻の白いシャツを、くしゃっと着くずし、生成りのプリーツ・チノをはいている。赤みがかった髪は、短く切り整えられていた。櫛目を立てる形でオールバックになでつけたことで、首から肩のラインの見事さが際だっている。二十一世紀の植民者といった雰囲気だ。あるいは、密林の植生の調査に燃える、美しいプロフェッサー。

「考えごと？」

「ああ……。どこかに煙草が吸えるところがないかな、って」

「吸わないんじゃなかったかしら」

「始めたんだ。若かりし頃の気分になれる。止める楽しみもある」

「北米では、厳しいのよね。罰金も高いとか」

シリルは、ぼくがとっさに並べたたわごとを、素直に受け止めた。

「君は、ぱりっとしている」

「そう見える？　これでも、疲労困憊ってところなの。あちこち寄ってきたから。ロンドンを出て、もう四日目」

いいながら、彼女は、カートをぼくが掛けているテーブルの脇に寄せた。荷物は、こぢんまりとまとまっている。

「ラ・パスへの便、遅れているのね」

「らしいね」

「じれったい。何とかならないの」

首をのばし、シリルはモニターの方を眺める。形のいい頭を振り立てる姿は、はつらつとしている。

「タフなんだな。オーラが出ている」

「無理やり、自分を掻き立てているの。クスリもやっているし」

「え」

「冗談よ」笑い声をあげ、彼女は肩をすくめた。

「ツアーに入って四日目だって?」

「ナパに行ってきた」

「仕事?」

「調査」

短く、彼女はいいきった。

北米きってのワイン産地、ナパ・ヴァリーには、シリルは何度も足を運んでいるはずだ。ナパでいくつものワイナリーを回り詳述した、彼女のレポートを読んだことがある。

〝ナパのワインのなかには、特出したものもいくつかある。しかし、その数はあまりに少ない。ワインという宝に目をつけ、ビジネス・チャンスをものにしようと、このカリフォルニアきってのワイン産地に押し寄せるマーチャントの数に比べれば、ずっと……〟という調子で、評価はきわめて辛かったけれど。

それでも、シリル・ドランは、ワイナリーでは歓迎される。彼女が〝お値打ちの一本〟とでも書いてくれれば幸いと、下にも置かぬもてなしを受けるはずだ。シリルのご託宣には、マーケットに対する絶大な影響力がある。

「調査といっても……」

ダイエット・コークを注文し、腰掛けて、やや声をひそめ、シリルは自分から話し出した。

「ナパ・ワインの味を試しにいったわけじゃないのよ。批評の仕事じゃないの。もっとも、意識して批評家らしくふるまっては来たけど。『ジェネアグリ』に関して、気になることがあって……」

「……何か?」ぼくは促した。

「前に話さなかったかしら。ティエリがナパのワイナリーを視察したことがあったって」

夫のことに話が及ぶと、シリルは、なにか闘っているような表情になった。ティエリと、なのか。それとも……、胸のなかの空白と、なのか。

「視察って、確か……、フィロキセラにやられたカリフォルニアの畑じゃなかったか」

「彼が行ったワイナリーの名は聞いていたから」

「有名なワイナリーなの?」

「味も畑も、中クラス以下だけれど、ひどい被害を受けた畑としては有名。葡萄を根こそぎ、虫にやられた口。でもね、妙だと思ったのよ。そのシャトーがフィロキセラにやられたのは三年前の話だから、いまさら視察しても、見るべき点はないと思っていたの。すでにフィロキセラ対策もとられているはずだし……」

「対策って？」

「台木を替えるしかなかったでしょうね。ほら、フィロキセラの特効薬は、いまだに見つかっていないでしょう。研究者たちが、あらゆる手をつくしてきたけれど、人間が口にできるレベルの化学物質では、虫に対して、顕著な効果がなかった。フィロキセラに強い品種の葡萄を台にして、そこに木を接いでしのぐしかないわけだから。最近まで、カリフォルニアでは、交配種の台木が——AXR1という種だけれど——流行していたの。ところが、交雑させた木のなかに、フィロキセラ耐性が低いものが混じっていたのね。でも、最近まで、フィロキセラはなりをひそめていたから、AXR1は、虫への免疫性が高いと思われていたの。そこに、バイオタイプBの強烈なフィロキセラが出てきた。AXR1は、ひとたまりもなかった……っていうこと。ハイブリッドのなかには、ほかにも、フィロキセラ耐性が低い品種が混じったものがあるから、被害はまだ出るかもしれない。そのシャトーは、持っているいくつかの畑の台木すべてを、三年前に替えて、いま、畑はまだ若い木ばかり。ワインとしては、たいした評価はできない」

「じゃ、ティエリは何を見にいったんだ」

「名目的には、新しい台木に接がれた葡萄のチェックとか、いろいろ考えられるけど、シャトーに行ってみて、なんだか、わかってきた気がする……」彼女は声を震わせた。

「それがね」囁くように、シリルはいいながら、眉根(まゆね)を寄せた。「最近になって、畑の一部が、またフィロキセラにやられ出したそうなの」

「同じワイナリーで?」

ぼくは聞き返した。

「そう。そのワイナリーは、いくつか分散した畑を持っているんだけれど、そのうちのひとつで、フィロキセラが発生したんですって」

「でも、そのワイナリーでは、台木を、フィロキセラ免疫性の高いものに替えたんだろう?　だったら、虫がつくはずがないんじゃないのか」

「セオリー通りにきちんと植えていれば、だいじょうぶだったでしょうね。ところが、いちどに大量の植え替えをしたものだから、人手が足りずに、あまり重視していない畑を、経験の浅い職人に任せてしまったということらしいのよ」

「ミスがあったということか」

なにしろ、葡萄を植えた経験はない。植え方によって害虫のつき方が違うというのは、耳新しい話だった。

「深く植え過ぎたのね。接ぎ木した植物にはよくあることなんだけれど、台木を深く植え込んでしまうと、接ぎ木から自根が出て、土まで伸び、根づいてしまうのよ。台木の根には虫に対する免疫があるけれど、接ぎ木の根には免疫がないから」

「なるほど。自根に虫がついたわけだ」

「ええ。件(くだん)の畑の葡萄は、去年もその影響で、味が一段落ちていたらしいの。でも、もともと、いい葡萄がとれる畑ではなかったから、気にしていなかった」

「手抜きだな」

「そういってしまったら、かわいそうだけど。ワイナリーでは、台木も替えたばかりだったし、またもやフィロキセラの被害にあっているとは思っていなかった。つまり、畑の持ち主は、フィロキセラに気づいていなかった。ところが……」

運ばれてきたコカ・コーラには目もくれずに、シリルは話を続けた。

「オーナーはいったわ。ティエリ・ドランがそのことを指摘しに来てくれるまで、わからなかった……、って」

妙な話だった。敏腕のワイン・コンサルタントといっても、ふだんは各国を飛び回っているティエリ・ドランが、ナパの片隅の畑について、そこまで熟知しているとは思えなかった。

「不思議に思うでしょう。オーナーさえ気づかなかったことを、部外者の彼が、なぜ指摘できるのか……って。しかも、畑の葡萄に小さな虫がついていると、いい当ててみせるなんて。でも、タネ明かしはあるのよ。ワイナリーのオーナーに、ティエリはこれを見せたんですって」

いって、彼女は手に持っていたバッグから、一枚の紙を取り出した。

八つ折りになっていた紙を、シリルは開いて見せた。

一見すると、色とりどりに彩色された地図のようだった。

「こちらがナパ、こちらがソノマ……」

いいながら、彼女は紙の上を指していく。どうやら、ノース・コーストと呼ばれる地区の俯瞰図らしい。サンフランシスコのすぐ北、四つのワイン・カントリーが並ぶあたりだ。北から順に、メンドシーノ、レイク、ソノマ、ナパ。

「この、黄色く色づいているところ。これが、例の畑のあたりなの」シリルは、ナパの一部にぽつりと落ちた、小さな黄色い点を示した。「ランドサットの映像なのよ。

いま、フィロキセラに侵された地域は、赤外線で判別できるの。資源探査衛星から送られてきた画像で、虫の侵入が、はっきりわかるようになっている。フィロキセラにやられると、植物の体内水分が減ってしまうから、健全な植物群とは赤外線の反射率が違う。それを利用して、葡萄畑をスキャンしていくわけ」

「人工衛星から、見えるのか……病虫害の被害状況が」

「そう。これを、ティエリは入手したのね。推測だけれど……、たぶん、ダグラスからじゃないかと思うの。彼、政府関係のコネがあるでしょう? 私も、おおざっぱな範囲を示すデータは見たことがあるけれど、これは、小規模の畑までキャッチしている」

「黄色の箇所は少ないな」

「……というよりも、このとき、虫の侵入が目立っているのは、ここだけみたいね。周辺のワイナリーに、いま、被害は出ていないから」

「じゃ、フィロキセラのバイオタイプBは、ほかの畑にはいなくなった?」

「いいえ。いまも、いるのよ。葡萄の台木の種類を変えただけで、虫を殺したわけではないから。潜伏している畑もけっこう、あるでしょうね。ただ、免疫のない葡萄を見つければ、凄(すご)い勢いで増殖するわよ。このワイナリーには、相当集まってたんじゃないかしら」

彼女は、ようやくコークに口をつけた。

「どう考えても、変なのよ……。弱小ワイナリーの、見どころもない畑がフィロキセラに侵されたくらいのことで、ティエリがそれをご注進に出向くなんて、いままで、なかったことだもの」

ひと息入れるように背を伸ばして、彼女は訴えかけるようにぼくを見た。

「オーナーが、感謝していたわ。ティエリは、台木を植え替える業者を、彼に紹介したんですって。すぐに彼らはやってきて、タイプBのフィロキセラに侵された葡萄を、根こそぎ抜いていった。とても、格安でやってくれたって、オーナーは喜んでいた。なんだか、親切すぎるわ。頼まれたわけでもないのに、押し掛けてそんなことをするなんて」

確かに、視察を越えた行動に思えた。

ティエリ・ドランほど名の知れたコンサルタントが、あえて向かうワイナリーなら、どこかに見るべき点があるはずだ。あるいは、相当の資本が。だが、今回彼が訪れたナパのワイナリーには、特徴もなく金もない。なのに、ティエリは自分から訪れた。

「何か、理由がありそうだ」

シリルに水を向けた。

「おかしな気がするでしょう？　いろいろ、考えてみたわ。で……」

いいかけて、彼女はためらった。ぼくは、シリルが話しだすのを待った。

「ばかげた話に聞こえると思うけど、あなたなら、取り合ってくれそうだから……。ほとんど、想像に過ぎないし。あたし思ったの。彼らは、まるで、タイプBのフィロキセラを捕まえにいったみたいだ、って」

「彼ら？」

「ティエリがワイナリーに紹介した業者、ひょっとすると『ジェネアグリ』の社員じゃないかしら。心当たりの業者には極力、当たってみたんだけれど、ティエリから連絡を受けた人間がいないのよ」

「フィロキセラの採取か」

あながち、邪推だとはいえなかった。『ジェネアグリ』なら、それくらいのことは、しかねない。

「実際のところは、虫がついても、葡萄の余命はまだ少しはあるの。寄生された樹は、結局は枯死してしまうのだけれども、数年持った樹もある。だから、すぐさま植え替えっていうティエリの指示は、極端よね。もっとも、植え替えたばかりの若い樹だったから、オーナーは決断が早かったみたいだけれど」

「そうか。逆に、目的が、虫のほうだったとすれば……、せっつくように事を運んでも不思議ではないな」

「おそらく、抜かれた葡萄の根には、フィロキセラがびっしり寄生していたはずよ。年に何回も、世代が繰り返されて、鼠算式で増えるの。そして、根に瘤をつくる。根から養分をどんどん吸い取りながら、葡萄の嫌いな物質を根にそそぎ込んで、葡萄じたいが自分の根を受けつけない体質にしてしまうのよ。考えてみたら、恐ろしい虫よね」

「君のいうような可能性は、じゅうぶん考えられると思うが、虫を集めて、『ジェネアグリ』はどうするつもりなんだろう。やはり、例の……」

――殺虫機能を組み込んだ、不自然にタフな葡萄を創るつもりなんだろうか。研究用として、強烈な破壊力を持つ虫が必要なのかもしれない。だが、それならば、フィロキセラの天敵のほうを研究するべきなのではないか。虫に対抗する機能を調べるために、天敵を採取するのなら、話はわかるが……。

「わからないわ」彼女は呟いた。「考えられるのは、やっぱり……」シリルはいいさして、ぶるっと、上半身を震わせた。

「先を考えるのが、恐いのよ」シリルはいった。「『ジェネアグリ』は、ヨーロッパに遺伝子組み換え作物(GMO)を受け入れさせるためなら、どんな手でも使いかねないもの。何をしようとしているのか。すべてが、私の思い過ごしならいいのだけれど」

「ティエリとは、話したの？」

シリルは、首を振った。

「あれ以来、別居しているの。電話もしていないし。今頃は、ボリヴィアにいるかもしれないわね」軽い口調でいったが、それにしては、トーンが重い。

ふと、ニューヨークで見かけたラティノ・ビューティーの、ゴージャスな身のこなしが脳裏を過(よ)ぎった。危険な香りが蘇(よみがえ)り、頭がくらくらしそうになった。ティエリと彼女は、さらに進展したのだろうか。

「あの彼女……」

「え」

「いや、何でもない」

ぼくは、話を戻した。

「虫が大量に発生すれば、なかに突然変異(ミュータント)が、必ず出てくる。ひょっとして、免疫性の高い台木にも、取り付くことのできるフィロキセラが現れるかもしれないな。そう思わないか」

「猛威をふるっているというならともかく、ひとつの畑だけでは、その確率は、とても低いと思うけれど……」

彼女は、ぐっと上半身をこちらに寄せ、さらに声をひそめた。

寄せ続けている眉が、彼女の顔をきつく見せている。眉の描く弧のゆるやかな曲線をもとに戻し、目の輝きとゆとりを取り戻せば、ラティノ・ビューティーも形勢不利になるだろう。

「新しい、ハイパー・フィロキセラの出現は、ワイン生産者たちのあいだでは、ずっと恐れられてきたことなの。バイオタイプBの変種が、もっとも免疫性の高い台木にもつくようになったら、手の打ちようがないから。私が恐ろしいと思ったのは……、そういった虫を創り出すこともできるのよね？　遺伝子組み換えの技術を使えば」

「ああ」

倫理的な問題は別にして、技術的には、すでに可能になっている。

「昆虫は、ヒトや動物よりも、圧倒的に体の構造が簡単なだけに、異なった性質でも組み込みやすいだろう。台木を好む虫の特質をフィロキセラに加えれば、原理的にはできてしまう。世代交代が驚異的に早いから、相当なペースで実験は進むと思うね」

「この前までは、ダグラスとティエリが創ろうとしているのは、フィロキセラを殺す機能を組み込んだＧＭ葡萄ではないかと推測してた。ＧＭＯ嫌いのヨーロッパが、ワイン害虫の特効的な対策として受け入れるかもしれないから。けれど、『ジェネアグリ』の目的は、もっと悪辣なものかもしれないと考え始めたの」

シリル・ドランの推論は、続いた。

「もしかすると、『ジェネアグリ』が創ろうとしているのは、植物ではなく、虫。しかも、害虫。バイオタイプＢを超えた、最強のフィロキセラじゃないのかって……」

背筋の寒くなる話だった。その先は、ぼくにも容易に想像がつく。

新型のフィロキセラが、仮に、フランスやイタリアに上陸したとしたら、ワイン畑のすべてがダメージを受けるだろう。今後数年間のうちに、新型の害虫は少しずつヨーロッパじゅうに広まっていき、葡萄農家は悲鳴を上げはじめる。

そこを見計らって、新型のフィロキセラを殺す機能を組み込んだ葡萄の苗を『ジェネアグリ』が開発して、ここぞとばかりに売り出す。背に腹は替えられず、ワイン産業を守るために、ＧＭ葡萄はヨーロッパに受け入れられるだろう。莫大な数の苗木を『ジェネアグリ』は売り、ビッグ・ビジネスをものにする……。

そんなシナリオが、見えてきはしないか。

さらにいえば、その苗の性質なども、『ジェネアグリ』は、思いのままにコントロールできる。適合する肥料も農薬も、『ジェネアグリ』製になる。

遺伝子組み換えの世界では、営利目的の、悪夢のような循環が可能なのだ。だから、恐ろしい。酒の命運さえも一企業の掌中に握られてしまう。そして、食物も……。

もちろん、アグリビジネスのトップ企業が、戦略として害虫を生み出そうとしていることが事実なら、世論は彼らを許さない。

話が進むうちに、思い当たっていた。ヴァレリー・バウアーの弟、キースがテクニシャンとしてついていたランドル博士は、虫の専門家だ。ランドル博士は、USDA-ARSを辞めて、『ジェネアグリ』に引き抜かれた。

——とすれば、そのラボは……、新型フィロキセラの工房か？

考えは、先へ先へと走っていった。

「虫を創るのなら、GM葡萄も創るわね。ダグラスのことですもの。ダグはビジネス優先でものを考えるから」

シリルのことばは、ぼくの思考をなぞるものだった。が、いま、ランドル博士の存在に関して、彼女に話すのは早い気がした。ランドル博士の研究内容は、レックス・ウォルシュの新著の内容に関係する可能性がある。だとしたら、簡単には洩らせない。

「ボリヴィアで作られている葡萄、だからこそ、確かめたいのよ」

頷（うなず）き返した。ぜひともキース・シャノンを捜さなくてはならないと、ぼくは胸のうちでつけ加えた。

「あ、チェックインできるみたい」

シリルはまた首を伸ばし、モニターを見てぼくを促した。

搭乗案内を告げるアナウンスが、聞こえてきていた。

第3章

1

気がつくと、航空機は夥しい光のなかにあった。

ニューヨークかと見まごう夜景が——無数の明かりが——、眼下にはある。が、見慣れた大都市の夜景ではない。

燈火は、谷懐の起伏に沿って、天に還流しようとばかりに這いあがっている。山脈のなかに、光で埋めつくされたすり鉢形の火口があるかのようだった。

あるいは、スターダストの湖。

着陸態勢に入った機は、光の湖中へと、ぐんぐん引かれていく。やがて吸い込まれ、没入してしまうのではないかという錯覚がある。

中空にも、星がひしめいているせいで、天地の境が不確定に思える。航空機が高度を下げるにつれて、光の点描はせり上がってくる。劇場で、仮想世界を見せられているときのような、不思議な昂揚感がある。

光の群れへと落ちていくとき、これが、どこか別の世界へ通じる抜け道であったらと、ぼくは一心に願う。

ワープしたいのだ。子どものように。

航空機は、きっと、同じ思いを持った人間が発明したのだと、ぼくは信じている。

――いや、エスケープだろうか？

逃げた経験なら、もうじゅうぶん過ぎるほど、ある。その味は苦かった。現実というくびきからは、そう簡単には逃れられない。残念ながら。

ゆるく旋回しながら、機は光の火口の縁に降りていく。エル・アルト空港は、盆地になったラ・パス市を見下ろす高みにあった。

タラップを降りると、にわかに冷気に包まれた。

「寒いわ」

シリル・ドランは持っていたストールをはおった。

北米では冬にあたる時期がこちらでは夏、しかも雨期だというが、空気は冷涼で、星空はどこまでも澄明（ちょうめい）に抜けている。

「〝エル・アルト〟……」彼女は呟（つぶや）いた。「高地という意味だそうよ、空港の名。標高四千メートル以上あるんですって」

「少なくとも、ぼくの母国には、この高さの場所はないよ」

「フジヤマは?」

「ここより低い」

寒いはずだった。この空港は、霊峰よりも高い場所にある。ぼくは身震いした。

コンコースに入り、禁煙のサインがないのを確認して、煙草(たばこ)をくわえた。が、どうしたことか、火が点(つ)かない。数回、試したのを、シリルが見かねて尋ねてきた。

「どうしたの」

「ライターが壊れたかな」

古いが、愛用しているジッポだ。戦場で活躍したことを売りにしているだけに、ほかのものよりはタフなはずなのだが。

「禁煙しろ、ということじゃないの」

ライターの不調を、シリルは揶揄(やゆ)した。

あたりを見回す。火を借りようと、喫煙スペースを捜した。

入国者の列ができている通関の手前に、灰皿は置かれており、愛煙家らしい白人のビジネスマンが、そこで煙草を取り出しているのを見つけた。

ところが、その男もやはり手こずっている。ライターが点火しないらしい。もう一人、地元の人間らしく、慣れた様子の体格のいい男が灰皿の前に立ち寄って、こちらはと見ると、さっとマッチを摺った。

はっと気づいた。

高度のせいで、空気が薄いのだ。ライターでは着火しないほど酸素の濃度が低い。男に声をかけ、身ぶりで火をもらったが、口腔に感じる煙草の味は明らかに違っていて、物足りなかった。ふかす煙も、水分が抜け落ちたような、早い立ち昇り方をする。これでは、シリルがいうように、吸わないほうがましかもしれない。

気のせいか、体も軽い。

シリルのおかげで、久しぶりにファースト・クラスを使った。長時間、機上にいたわりに体が楽なのは、シートが良かったせいもある。が、アンデスの高地の引力は、いささか弱いはずだ。二、三キロはオーバーだが、体重が少々、減った感覚だ。

肌もさらりと乾いている。表皮にあったはずの湿り気が体のなかへと、すっと引っ込んだようだ。

海のただなかにいるようなアナポリスとは、だいぶ勝手が違う。ぼくの住まい、ウォルナット・コートのあたりはぬかるんだ湿地だ。体は潤いに慣れている。急に、喉が渇いてきた。妙な味の煙草のせいか。

通関を終え、荷物を無事ピック・アップした。便の遅れで、エル・アルト着は深夜になっていた。コンコースの店は、すでに皆シャッターが降りていたが、出口にはタクシーが並んで待っている。客待ちのガイド、あるいは客引きらしい男たちもいた。

それでも、人垣というほどではなく、到着便の客たちは、三々五々流れていった。あてどなさそうな客にだけ、パンフレットを手にした男たちが話しかける程度だ。両替人らしき人間もいる。空港の両替商は、どこかにあるのかもしれないが、閉まっているのか、見あたらない。

迎えの人間たちが手に手に振っているプラカードのなかに、ぼくたちの名を書いた紙を貼り付けたものがあった。

縦書きの日本語で書かれている。しかも、墨書だ。雄々しい書きっぷりである。

〝歓迎　ドラン様、蓮尾様　比嘉旅行社〟

その脇に、若い男が人待ち顔で立っている。

目についたのは、まず、プラカードを支える、がっしりした腕。それから、子犬のような、黒目がちの丸い目。厚みのある体にぴったり貼りついた、襟つきのジップアップ・ニット。腰が締まって、アスリートのような体つき。

君がガイドなのか、とぼくが聞くと、彼は威儀をただし、深々と腰を折った。

「比嘉と申します」

「便が遅れて……」

「ええ。承知しております」ホセ・ルイス・比嘉は微笑(ほほえ)んだ。はにかみ混じりの、親しみ深い微笑みだ。「これから目的地に移動するのは無理ですね。予定とは異なりますが、今晩はラ・パスのホテルに部屋を用意いたしました。明日のフライトを手配します」

流暢(りゅうちょう)な日本語だ。

シリルが手を差し出すと、彼は握手を返し、今度は英語で同じ意味のことをいった。

比嘉はすぐに車を取りにいき、玄関口に回してきた。動きは、きびきびとしている。

「有能なのね」シリルが囁いた。「それに、お尻(しり)も魅力的」

色あせたジーンズは、彼のために誂(あつら)えたようだ。ブリーチ・アウトしたのではなく、日にさらされた感じ。ジーンズの広告会社の担当者なら、間違いなく、譲ってほしいというだろう。

車は、七、八人は乗れるワンボックスのワゴンであった。白い車体に旅行社の名入りだ。これも黒々と、日本語が横書きにされている。

比嘉はシリルの荷物を座席にそっと置き、ぼくよりも先に彼女をエスコートした。このあたりのスマートなこなし方は、ヨーロッパ系の置き土産だろう。日本では、なかなか見かけない。

ホセ・ルイス・比嘉は、ぼくたち日本人がとうに忘れてしまったものを、いくつも持ち合わせ、旧大陸のよさも身につけている。

それに加えて――、瞳（ひとみ）が輝いている。

なぜ、と問いただしたくなる。彼に答えられるはずがないのかもしれないが。

ぼくたちは、急坂を下っていった。明かりの集中した盆地の底をめがけて、えぐり取られたような斜面を落ちてゆく。ロー・ギアにしていても、つ、つ、とスピードが出る。

サンフランシスコの坂よりも急だろう。下山といったほうが、あっているかもしれない。

「何メートル下るの」

「三百メートル弱です」比嘉はいった。「降りるのに、コツは要りませんけど、町なかを上るのは大変ですよ。古いタクシーのなかには、音（ね）をあげてしまうのもあります。そうなると、〝ここからは、すみませんが歩いて上ってください〟となるんです」

坂を下るにつれて、道はよくなり、町並みも整備されてゆく。高層の建物も見えだした。目をみはった。

「セントロ地域です」

ホセ・ルイス・比嘉はいいながら、ビルの間にゆっくり乗り入れた。

ちょうど盆地の底にあたるあたりが、町の中心部になっているらしい。

ヨーロッパのブティック街のような、垢抜(あかぬ)けた通りだった。どこの大都市にもあるトップ・ブランドのロゴ・マークが、間接照明で浮き上がっている。どこに来たのかと戸惑うほどだ。

「このあたりには、官庁と大使館、外資系企業が多いんです。セントロは、トップ・クラスの場所なんです。場所はロウアーですが」比嘉は続けた。「土地に関しては、ラ・パスではヒエラルキーが逆なんです。盆地の鉢の底が最高ランクで、坂のてっぺんが最安値です。ほかの国なら高級な家ほど高みにあるんでしょうが、景観は、こちらでは二の次です」

「そういえば……、高台の家は造りがラフで、慎ましく坂に貼り付いているという感じなのね」

シリル・ドランが受けた。

「小さな区画に、赤煉瓦の家がごちゃごちゃ建っていたでしょう。貧しい者ほど、息を切らして坂を上がらなくては家にたどり着けない。即物的なんですよ。経済力のない者ほど上に追いやられる結果になっている。水道や電気の整備も、エル・アルト地域は遅れていますから。成功願望がある人間は、〝這い上がる〟のでなく、富める地域へと〝転げ落ちる〟わけですね」

シリアスな事情に触れながらも、比嘉はからっとした口調でジョークをいった。

「それでも、少しずつ、ましになってきていますよ。政府は外資を懸命に誘致していますし」

「ええ。こちらにいま、投資するのは得なんですってね。イギリス、フランス、イタリア、ドイツ……、皆、少しずつボリヴィアにお金を出し始めているらしいわね」

「アメリカ資本が、やっぱり多いんですけどね。経済的には、けっして恵まれている国ではないんですが、国営企業の民営化もかなり進みましたし、いま、ラ・パスとサンタクルスの一部をフリーポートにしているんです。そのなかでは、優遇税制が敷かれている。フリーポート内の銀行は規制が緩く、オフショア並みですよ」

「詳しいのね」

「ハイスクールを出たあと、しばらくロスのビジネス・スクールに行ってました。英語も、そのときに少し」

「いまはガイドが専業なの」

「叔父の旅行社を手伝っているんです。それに、武道を。市内に道場があるんですよ。父が空手と柔道の師範で、子どもに教えています」

照れたように、比嘉は白い歯を見せた。

「あら」

シリルは感心したように比嘉を見る。

ボリヴィアの資本誘致策については、ぼくも資料で読んでいた。フリーポート内に設立された企業には、優遇税制が適用される。輸出を目的とした輸入に関しての税はわずか〇・六パーセント。さらに、特別優遇措置で、アメリカとヨーロッパへの輸出税は〇パーセント。南米諸国への輸出も無税。

日本企業が目をつけないのが不思議なほどのタックス天国だ。ヨーロッパ諸国の企業が、進出しはじめるのも当然だろう。原材料を安く仕入れることができ、欧米と南米を相手にしたビジネスに、税がかからないのだから、投資には存分に見合う。

——だからこそ、『ジェネアグリ』も……。

「ところで、お腹(なか)は空(す)いていませんか」

比嘉はさらりと話題を変えた。

「ホテルは、このあたりなの」

シリルは尋ねた。

「ええ。近くまで来ていますが、この時間では、レストランは閉まっているでしょう。もし、お疲れでなければ、知っている店がありますので」

ぼくたちは、顔を見合わせて頷(うなず)いた。

比嘉はシャツのポケットからセルラーを取り出し、スペイン語で話し出した。

「携帯……あるの」

シリルが思わず呟いて、はっと口をつぐんだ。失礼なことをいったと思ったのだろう。

「意外だって、よくいわれますよ。皆、持ってます。ハイスクールの生徒の間でも、携帯電話はブームのようになっています。小遣いで買えるくらい廉(やす)いんです。インターネットも使えますし、セントロには、インテリジェントビルも。光ケーブルも一部に敷かれてます」比嘉は率直だった。「でも、貧富の格差はまだまだ激しくて、靴さえ買えない、裸足(はだし)の子もいます。いろいろ見てください」

車は、坂を少し上がり、戸建てのレストランの前で停まった。コロニアル・スタイルの店で、清潔な雰囲気だ。

さすがに退けどきなのだろう、客はわずかだが、空いたテーブルにはクロスがかけ直されている。

マダムらしい年配の女性が出てきて、ホセ・ルイス・比嘉と抱擁を交わし、ぼくらに軽く会釈した。さらに、若い女性が顔をのぞかせ、比嘉を見つけると満面の笑みになった。飛ぶように側へ来て、比嘉の頬に挨拶のキスをする。

「オーナーのモンテス夫人です。こちらは、サンドラ・モンテス。娘さんです」

比嘉は、女性二人を並べ立たせ、ぼくらに引き合わせた。親娘二人とも、彫りが深い。

「では、ごゆっくり。ぼくは、厨房を手伝いながら、あちらで食事しますので、何かありましたら呼んで下さい」比嘉はサンドラと連れだって、奥へ入っていった。

「恋人かな」

「フィアンセみたいに見える。いいわね、輝いてる」

そう思わせるほど、比嘉とサンドラの雰囲気は良かった。

モンテス夫人が、ワインとグラスを運んできた。

「タリハ」

にっこりと、そういって、彼女はボトルの入ったバスケットを置いていった。

ワインを、シリルは満足げに眺めた。

「気をきかせてくれたのね……ヒガが。このワイン、ボリヴィア産よ」

エチケットがこちらに見えるよう、シリルはバスケットをそっとこちらに向けた。

[La Concepción]と書かれている。

「〝タリハ〟って?」

「ワインの産地。ボリヴィアでは、このあたりが有名なんだけれど……ハスオさん、地図ある?」

「待って」

地図は、畳んで手帳に挟んであった。国際的な旅サイトの『ロンリー・プラネット』から取って、プリント・アウトしておいたものだ。ネットが便利になって、あちこちの地図が瞬時に手に入る。CIAのサイトにも地図がある。もちろん、一般に提供しても差し障(さわ)りのないものだろうけれど。

地図を渡すと、テーブルの上に広げて、シリルは南部のアルゼンチン寄りの都市を、指した。都市の名がTarijaと書かれている。

「ここか」

「そう。ここには有名な酒蔵(ボデガ)があるの。郊外のコンセプシオン村一帯がワイン産地になっていて、『ラ・コンセプシオン』というワインが――いまマダムが出してくれたこれだけれど――評価されている」

給仕はいないし、マダムも戻ってこないので、ぼくは、バスケットを持ち上げて、ワインをシリルのグラスに注いだ。

グラスをとりあげて、彼女は一瞬、評論家の顔になりかけたが、肩をすくめて、カジュアルにね、という顔でテーブルに肘(ひじ)をつき、ワインを飲んだ。

「結構、いける」

ぼくも味わった。そう悪くない。

「葡萄はカベルネ・ソーヴィニヨン？」

「ええ」

「そうか。ボリヴィアでも造られはじめているんだな」

「名の知られた品としては、『ラ・コンセプシオン』くらいなの。このワインは、何かコンクールで賞をとったはず。それでも、ほとんど輸出されていないから。チチャやシンガーニのように、地元に根付いているお酒に比べれば、まだまだ、飲まれていないしね。スペインの植民地だったから、スペイン産ワインはそれこそ、昔から輸入されていたはずだけれど、飲む階級は限られていたんだと思うわ」

シリルはいって、ぐいとグラスを傾けた。

シリル・ドランのグラスの扱いは、見とれてしまうほどさまになっているが、飲みほすペースも早い。

「ボリヴィア国産のワインは、九〇年代半ばから少しずつポピュラーになりはじめて、味も格段に上がって来ている。カベルネ・ソーヴィニヨンだけでなく、ほかの葡萄も何種か作っていて、値段はボトルで二ドルから八ドルくらいが相場みたい。味はアルゼンチン産のものほどではないけれど、テーブルワインとして申し分ない品も出てきてる。もっとも、地元ではカクテルのように7UPで割って飲んだりもするらしいわね」

「国内だけで消費されているのか」

「チリには樽で出されているわ。原産地こそ書かれていないけれど、チリでブレンドされて、国際マーケットに向けて銘柄化されている。栽培の技術も進んだということね。輸出できる水準には、すでになりつつある。それだけじゃなくて、ワインをこの国で造るビジネス上のメリットもあるし」

フリーポートをうまく利用すれば、ボリヴィアのワインビジネスには、相当の将来性がある。ただ、加工その他には、それこそ外資の投下が必要だろう。

ぼくは、あらためてボリヴィアの地図を眺めた。

ボリヴィアには、海がない。

国境は、すべて陸封されている。北東部に、ブラジル。そこから時計回りにパラグアイ、アルゼンチン、チリ、北西部にペルーと、ぐるりを五つの国が囲む。

百二十年ほど前までは、海へ抜けられたそうだ。南太平洋の沿岸地域まで領土が開けていたが、チリとの戦いで割譲された。当初軽んじられていた砂漠から、硝石と銀が出たことが、チリとの争いの根にあった。ブラジルとも、パラグアイとも争ったことがある。

大陸の国につきものの国境紛争が落ちつくと、クーデターが繰り返される内乱の時期が長くあった。

だが、この二十年ほどで、民主化されたボリヴィアの政治体制は比較的安定してきているらしい。治安もおおむね良く、南米を歩き回る旅人は、ボリヴィアに入ると、ひと息つくと聞く。

ただ、比嘉もいっていたように、経済的には恵まれていない。値打ちの高い金銀などの鉱物資源は、植民地時代に、引き剝がされるように持ち去られ、残ったのは安価な鉱物ばかりだ。国としての債務もたまっている。合衆国の開発資本の影響も、強く受けている。

そのなかで、目下の輸出の柱となっているのは、農産物だ。

主流の産物は、大豆、ジャガイモ、穀物、花、野菜類、それに——マカデミア・ナッツ。少しずつ上向いてはいるものの、農家の収入は低い。

海こそないが、ボリヴィアの地形は変化に富んでいる。〝アルティプラノ〟と呼ばれるアンデスの山岳地帯は、都市でも標高三千メートルを越える。六千メートル級の山が空をつんざいて聳(そび)えるのだ。アンデスの東に切れ込んだ渓谷地帯の〝バリェス〟は、渓谷といっても標高は千八百メートル以上。広大な平原地帯は〝リャノス〟、さらに、アマゾニア地方の大原生林。

作物生産の中心は、標高からいって、〝リャノス〟と〝バリェス〟になる。

国土の大半を占める、険しい土地の開発や、加工のためのインフラを整備するためには、外資の誘致が、まだまだ必要なところだ。

——その意味からいえば、ワインビジネスに『ジェネアグリ』が乗り出すのは、悪い話ではないはずなのだが……。

マダムが皿を手に戻ってきた。ひと皿はサラダで、もうひと皿には、パイのような形の揚げ物が載せられている。

食べ物の名を、初歩的なスペイン語で尋ねてみると、〝サルティーニャ〟といったあと、モンテス夫人は猛烈な勢いで話し出す。ジェスチャーで、言葉がわからないといってみたが、お構いなしだ。

八分の一ほどもわからない。驚いたことに、シリルは何やら相槌をうち、モンテス夫人は笑いながら満足げに奥へ戻っていった。

「何をいったんだ」

「『サン・ペドロ』があれば飲んでみたいっていったの」

「それもワイン？」

「シンガーニよ。地元産の葡萄の蒸留酒。『サン・ペドロ』という銘柄がおいしいって聞いているの」

「スペイン語は？」

「故郷の隣の国だもの。何となく少しは。スペイン・ワインの試飲ツアーにも、何回か行っているし」

シリルはそういったあと、ワイン産地の話に戻った。

「で、このタリハ州と、そのすぐ北のチュキサカ州が、ボリヴィアでは知られたワイン産地なんだけれど……」

「しかし、明日向かうのは、タリハではないだろう。チュキサカ州でもない」

「そうなのよ。『ジェネアグリ』の計画しているワイナリーは、ちょうど、このあたりにあるんだと思うわ」

シリルは地図を指した。コチャバンバ州の、〃チャパレ〃という地方だ。

と、そのとき、シンガーニのボトルを手に戻ってきたモンテス夫人が、地図をのぞき込んで、頓狂(とんきょう)な声を上げた。

大げさなジェスチャーで、たて続けにまくし立てはじめた。「悪い」とか、「危ない」——そんな単語が、混じっている気がした。

シリルもお手上げといった状態で、口を出しかねている。

「どうしたんです」

モンテス夫人の声を聞きつけたのか、ホセ・ルイス・比嘉が戻ってきた。

「どうも、この場所に問題があるらしいの。彼女、そういっているみたい」

シリルは、比嘉に地図を示した。

「私たちの目的地が、マダムのお気に召さないらしいんだけれど……」

比嘉は、モンテス夫人に何か尋ねた。しばらく、二人の間でやりとりがあり、モンテス夫人は、不承不承といった感じで、眉をひそめながらも矛を収めた。

「心配しているんです、彼女は」モンテス夫人が黙って奥へ引っ込んでしまうと、比嘉が代弁した。「ご存じだと思いますけれど、行き先のチャパレ地方はコカの代表的な栽培地で、揉め事が絶えません。コカ畑が三万ヘクタールくらいあるんです」

「ええ。でも――、この国では、コカ栽培は合法だと聞いているわ」

「おっしゃる通りです。この店にも、コカ茶を置いています。コカの葉は、ペルーやボリヴィアでは、古くから力のつくもととして重宝されてきました。葉を噛むとパワーが出るので、疲労快復剤として大事に使われてきたんです。インカの神のなかには、コカを持っている神もいましてね。茶も高山病に効くんですよ。ラ・パスでも、コカ茶のティーバッグやコカ入りの歯磨きが普通に出回っています。コカノキは、垣根がわりにもされていますし、栽培農家もあります。日本でいう緑茶に近い感覚です」

シリルは、溜息をついた。

「それを精製して、コカインにすることを考えたのは……」

「頭だけはいい、搾取する立場の人間でしょうね」

コカ栽培はボリヴィアでは合法だが、合衆国は、躍起になってアンデス周辺のコカ畑を減反させようとしている。コカは闇値でメキシコやコロンビアに売られ、やがて精製され、麻薬として合衆国に流れ込んでいくからだ。

「コカの闇値は高いですよ。こちらでは、普通の作物を作っていても、なかなか思うような収入になりませんからね。コカの葉を闇業者に売る者も出てきます。コカ茶としても売れて、暮らしが成り立っているんですから、減反したい者などいません。でも、合衆国は、世銀の融資停止をちらつかせて、政府に強引な減反を迫った。そのせいで、政府は〝コカ根絶計画〟を掲げるようになり、コカ農家の肩身は狭くなりました。チャパレ地方は、コカ栽培農家――コカレーロスといいます――出身の議員が下院に当選するほど農民寄りの地域で、強引な減反に抗議する衝突事件やストライキが続いた場所なんです。軍に鎮圧されましたが、農民は何人も亡くなってます。それで、夫人は、チャパレは危険だといったのです」

「だが、ボリヴィア政府は、コカ根絶計画を撤回したんじゃなかったかな。ウェブの記事で読んだ」

ぼくは、口をはさんだ。

「よくご存じですね。コカレーロスの蜂起が相次いで、チャパレだけでなくほかの州にもストが広がった。ここ二年ほどの争いが激しくなったせいで、コカの強制根絶作戦は、一時、中断されています。数万規模の農民が行動に出ましたので」ホセ・ルイス・比嘉は、簡単にあらましを説明した。「といっても、永遠に中止されるとは限りません。この件は、長いあいだ、政府とコカレーロスの間での押したり戻したりが続いているんです」

「そうだったの……」シリルが呻いた。「何となく、わかってきたわ。私、ひょっとして思い違いをしていたのかしら。『ジェネアグリ』は、ボリヴィアに役立つことをしようとしているのかもしれない」

「ええ」比嘉が明るい顔でいった。「いまも、モンテス夫人に説明していたんです。あなた方の目的地は、チャパレ地方といっても、コカの代替作物の、ワイン用葡萄農場なのだから大丈夫だ、って」

「代替作物か……」はっとした。農場の場所から、その可能性を考えつくべきだった。

「いままで、いろいろな国から、コカ葉のかわりになる作物の提案は持ち込まれているんです。日本のＪＩＣＡも頑張ってくれています。でも、コカ葉ほど単価の高い作物は、できていない。コカレーロスにとっては、死活問題です。質のいい葡萄が豊富に採れたら、各国に高く売れて、コカ畑の方向転換が可能かもしれないでしょう。蓮尾さんたちが向かおうとしているワイナリー、ぼくはコカの代替作物の研究をしているのじゃないかと思います。コカレーロスは、政府との交渉で、いつも効果的な代替作物を要求していますから」

シリルの顔が、にわかに晴れてきた。「それならば、ティエリがいっていたことの意味も、わかってくるわ。彼、こういっていたのよ。『ジェネアグリ』のプロジェクトは〝意義のある大事業なんだ〟って……。〝人のためになる仕事だ〟とも、いっていた……。ティエリ・ドランのお墨つきのワインが、この地でできたとなれば、マーケットは飛びつくわ。彼が手掛けたプレミアム・ワインは、レアであればあるほど、高値がつく。そうだわ。誤解していたのよ、きっと……」

興奮してきたのか、彼女の語尾は震えはじめた。

ぼくも、巨大アグリビジネスへのさまざまな疑いを、忘れそうになっていた。

シリルの想像の通り、『ジェネアグリ』がコカ代替作物としての葡萄を研究しているのだとすれば、会長のダグラス・タイラーが、レーシー・ローウェルCIA副長官と親しげにしていた理由も納得がゆく。南米のコカイン栽培を漸減させることは、中央情報局にとって、大きな課題のひとつなのだ。気負ってやってきたのが嘘のように、ほっと気が抜けた。

シリルが化粧室に立ったので、ぼくは比嘉にもうひとつ、用件を頼むことにした。

「君に調べてほしいことがあると、いっておいた件なんだが」

「ええ。電話でおっしゃっていましたね」

「この住所は、明日ぼくらが行く場所とは近いのかな」

比嘉に、ぼくはメモを示した。キース・シャノンが働いている研究所の、旧所在地を書いたものだ。

「目的地と同じコチャバンバ州ですね……」彼はさっと見て、首を横に振った。「ごめんなさい。すぐにはわかりません」

「あたってもらえるかな」

「大丈夫です。コチャバンバ州にも、ルートがありますので」

比嘉は確信ありげない い方をした。

「比嘉旅行社の支店でもあるの？」

考えられないことではない。コチャバンバは、ボリヴィア第三の大都市だ。旅行社がカヴァーする範囲だろう。

「いいえ。叔父の社はこのラ・パスに事務所を構えているだけです。ルートと申しましたのは、日系人会のことで」

「移住者のルートか」

移住の苦労をともにした人たちのあいだに、ある種の連携があってもおかしくない。

「そんなに大袈裟なものではないんですが、一世たちの代が、力を入れておりまして。もともと、各地に日系人会はあったんですが、お互いの交流には、そんなに熱心ではなかったようです。ところが、ここ十数年はつとめて連絡を取り合うようになりました。といっても、ぼくたちのように代が進みますと、日系の縁も薄らいできています。ぼくの場合は、旅行社を手伝っている都合もあって、知り合った二世、三世の人たちとのネットワークが切れないようにしています。そのつてで、問い合わせられると思います」

「コチャバンバ州といっても、広いだろうからな……。悪いが、頼む。その場所にあった研究施設が、どこへ移転したか知りたいんだ」

「何の研究所ですか」

「詳細はわからないが、科学関係なんだ。『ジェネアグリ』傘下のラボだと思う。そのラボで働いているテクニシャンと連絡を取りたい」

ぼくはキース・シャノンの名をいった。比嘉は住所とキースの名を控えた。

「『ジェネアグリ』といいますと、訪問する予定になっているワイナリーを経営しているのと同じ食糧ビジネスの企業ですか」

「ああ」

「そちらの担当者にお尋ねになるわけにはいかないんですか」

「事情があって、『ジェネアグリ』は、そのラボを外部から切り離しておきたいらしいんだ。スタッフの家族さえ、連絡が取れなくなっている」

「ミステリアスですね。ビジネス絡みなのかな」関心が出てきたらしく、比嘉は身を乗り出した。「南米全般にいえることですが、新しい作物を外資系企業が研究していても、不思議ではない風土がありますからね。このボリヴィアにも。アマゾン流域には、まだ発見されていない生物種が相当あるといわれています」

比嘉は、南米の生物資源の豊富なことに触れた。ぼくは応答した。

「天然物質を利用するバイオ技術は急速に進化しているが、原始林には、何世紀にもわたって科学者たちが調査しなくてはならない未知の世界が残っているというね。ぼくたちが知っている生物は、まだ全体のごく一割ともいわれている。アマゾンなどは、さだめし宝庫だろう。だが、憂うべきこともある。加速度的に絶滅種が増えている。百年前の十倍のスピードで生物種が失われている」

「何種くらい消えているんでしょうか」

「推定だけれど、一年あたりに千や二千は……」

「そんなに、ですか」比嘉は、あらためて驚かされたという口調だった。「こちらでは、都市を一歩離れると、自然環境の厳しさばかりが目につきます。開発や整備が先で、とても、自然保護に目を向ける余裕などないのが実情ですよ。でも、アマゾン川そのものの汚染ともなると、さすがに気になるな。あの母なる川をコカインが汚しているって話は、ご存じですか」

頷いた。大ざっぱには知っている。そのことにふれたジャーナルの記事を、いくつか日本向けに訳したこともあった。熱帯雨林地帯の存亡に関わるトピックは、科学関係者にとっての一大関心事だ。一本の大木に、千種類以上の甲虫類がいるといわれるアマゾン地帯で、森林が大規模に伐採されれば、いちどきに生態系が変わる。一本の木とともに、未知の種も消える。生物の多様性が失われることに繋がっていく。

水脈の危機も叫ばれていた。なかで、一九九〇年代後半から話題になっているのが、南米の——とくにアマゾン流域の——麻薬組織による汚染であった。

原料であるコカの生葉そのものは、川に投じたところで、何ほどの害もない。問題は、コカインの精製のために使用される大量の化学薬品だ。

コカの生葉を、凝縮されたコカ・ペーストにする過程で、まずは大量の化学薬品の溶液や油が使われる。炭酸ナトリウム、炭酸カリウム、ケロシン油、硫酸……。さらに、純度の高いコカ基剤に精製するには、また化学薬品が必要になる。精製作業の必要上、廃棄される薬品や残留物も出るが、もとが非合法の作業だけに、廃棄物も不法に投棄されてしまう。

つまりは、アマゾン川に薬品は垂れ流しになる。政府当局による取り締まりなどがあればあったで、証拠隠滅のために、急遽、薬品類を川に沈めることもある。ひどい話ではないか。

「不法投棄による汚染か。コロンビア領内で投棄される分が多いんだろうね」

アマゾン流域の国には、もちろん、ボリヴィアも含まれる。しかし、コカインの精製の拠点は、主にコロンビアにある。

「あの国では気候がそぐわないとかで、コカノキの栽培には悩んでいます。だからこそ、精製が主流になり、シンジケートはそれで儲けようとしているんでしょう。でも、残念ですが」比嘉は顔を曇らせた。「コカ・ペーストを作るまでの工程は、ボリヴィア内でも隣のペルーでも、密林のなかでこっそり行われていますよ。ジャングルの奥は無法地帯のようなものです。司直の手も届きません」

――金が作る濁流をせき止めることは、ここでも困難になっている。ひいては、生き物という価値ある資源のロスにつながる結果を生みかねないというのに……。

「コカレーロスとは別に、非合法のコカ栽培を、ジャングルの奥を切り拓いてする奴らがいるものだから、荒れ地も増えているらしいですよ」

彼は悔しそうな口ぶりになっている。

「無尽蔵に見えて、その実、はかないからな……、生命という資源は」

「金になる代替作物が、早く見つかるといいですよね。コカ農家の食い扶持が保障されるような作物が。葡萄はいいですよ。『ジェネアグリ』の研究施設も、そのためのものだといいが」

この国では、コカのことが頻繁に話題になるのだろう。コカ栽培の問題に関することが、比嘉の口からも、すらすら出てくる。

「働いているスタッフの家族にも情報を出さないなんて、研究に関する企業倫理は厳しいんですね」

「キース・シャノンの家族が、彼と連絡を取りたがっているんだ。最近、彼の身内が亡くなってね」

できる限り調べます、と彼はうけあった。

ことのついでに、ぼくはコチャバンバのホテル、『ディプロマット』のことも尋ねてみた。デニス・バウアーが常宿にしていたホテルだ。

「宿泊の予約を入れているホテルとは違いますが、悪くはないですよ。四つ星クラスです。といっても、欧米の四つ星とはいきませんが。JICAの関係者をはじめとした日本人客も多いんです。うちの社でもよく使っています。そちらをアレンジし直しましょうか」

比嘉は気を回した。

「いや、その必要はないが、誰か、スタッフで話を聞ける人間はいないかな。しばらくそのホテルに滞在していた客について聞きたい。少しばかりだが謝礼は払う」

「ええ。それでしたら、心当たりがありますから手配します」

彼はいって、ホテルの名もノートに控えた。

と、奥のほうで、がたん、と物の動く音がした。

シリル・ドランが、化粧室から立ち戻りがてら、テーブルの角にどこかをぶつけたらしい。少しよろけて、それでもうまくバランスを取り、彼女は泳ぐようにテーブルの間を縫ってきた。

顔は、上気している。

「もう少し飲みたいわ」

テーブルに手をついてから、シリルは体を捻(ひね)ってシートに滑り込んだ。

「もういけません」

比嘉が引導を渡した。

「大丈夫よ」

「ほどほどにしておかれたほうがいいですよ。もう遅いですし」

「まだ残っているもの。シンガーニは口を開けてもいないし」

彼女はボトルを指した。タリハ産のワインは半分近く残っている。モンテス夫人が運んできたシンガーニは、彼女のいう通り、まだ抜栓(ばっせん)していない。そのわりには、彼女の酔い方は早かった。

「シンガーニは、モンテス夫人からのプレゼントだそうですから、お持ちになってください。お荷物になるようでしたら、帰国されるまで、ぼくがお預かりしておきますよ。それよりも、これ以上は、ガイドとしてのストップです。シリルさんは血行が良くなってきたようですので、念のためお酒を控えていただきます。高山病に気をつけないと。みなさん、この標高に慣れ切れずに、体がトラブルを起こしがちになります」

「予防のために、機内で鎮痛剤も飲んできたし、気分も悪くないのに」

「皆さん、そうおっしゃるんですが……、お二人はまだ好調ですが、トランジットを経験しただけで気分が悪くなる方も多いんですよ。問題は明日なんです。ラ・パスに到着した翌朝になってからも、何人もダウンされますからね。蓮尾さんたちは、当初、今日のうちにコチャバンバに向かわれる予定だったので、ぼくもそんなに心配していませんでしたけれど、ラ・パス泊になりましたので、明日、きつくなるといけませんん」

明日向かうコチャバンバの標高は、二千五百メートルほどだと聞いている。高原というにはやや高いが、それでもラ・パスよりは過ごしやすいのだろう。

ぼくは、比嘉に助け船を出し、シリルを促した。

「とにかく、ここを切り上げてチェックインしよう。ぼくも眠い。悪くすると、夜が明けてしまうぞ」

方便だった。部屋に入りしだい、レックスの原稿をひもとくつもりだ。アドレナリンの値が上がってきたようだ。

「酒のスペシャリストだということは、今日だけは忘れたほうがいい。ぼくたちは、雲の上にいるようなものなんだぜ。下界での常識は、ここでは通用しない」

「ええ。早くお休みになったほうがいいですよ」

かぶせるように、比嘉がいった。

「仕方ないわね」

シリルは、しぶしぶ腰を上げた。

2

うっすらと目を開けた。

呻き声に近い音が、鼓膜のあたりに低く淀んでいる。その耳障りな音は、自分の喉から洩れているようだ。

はっとした。眠ってしまったのだと思った。

と、唐突に、喉になにか酸っぱい液が上がってきた。口のなかまで、いったん苦さがこみ上げたのを、無理にのみ下す。

瞼をひき上げようとしてみた。こめかみのあたりに、電流のように、いやな感じが流れた。

——くそっ、いったい、何だ……?

そう思うより早く、痛みが後頭部を貫いた。半分開けた目に、光が眩しい。せせら笑うように小躍りしている。頭を起こしかけると、無人の部屋が斜めに歪んだ。

目を瞑った。

比嘉に送られてホテルに入った。風呂に入った。そこまでは覚えている。

──そんなわけがないのに……、いつの間に、眠り込んだのだろう。

頭痛がひどい。鉄の輪で頭を締めつけられるような圧迫感があり、脳のなかのもののすべてが口から飛び出そうになる。首を少し傾けただけで、頭の重みの集まる箇所に痛みが走る。

寒い、と思った。ローブをはおっただけの姿で、セットされた毛布をめくりもせず、ベッドの上に横たわってしまったらしい。

いきなり、吐き気におそわれて、こらえ切れず立ち上がろうとすると、殴られたような激痛に襲われて、思わず唸った。

声とともに、胃液が口から容赦なく溢れ出た。慌てて口もとを押さえ、バスルームに駆け込み、もどした。驚くような量が、洗面ボウルに流れていく。

吐けるだけ吐いても、胸のつかえは収まらない。

──これが、そうなのか……？

半信半疑だった。

──血行がよくなりすぎると、高山病にかかる可能性があるという意味のことを、比嘉はいっていた……。

が、酒はほんの少ししか入れていないし、屋外でこれといった活動をしたわけでもない。

シャワー・ヘッドをとって、汚れたボウルをざっと流す。

動くたびに、胃が飛び出そうになる。比嘉に酒を控えるようにと注意されていたシリル・ドランを、他人（ひと）ごとのように眺めていたのが嘘（うそ）のようだ。

聞きしに勝る苦しさだった。シリルと同じく、航空機内で鎮痛剤を飲んでおいたのだが、効果がなかったのだろうか。

ふと、鏡に映る自分が目に入った。顔が腫（は）れている。呼吸も苦しかった。荒く呼吸し、昨晩を思い返して、ぎくりとした。

——原稿は……？

急いで部屋にとって返した。

が、耐えられないほどの吐き気がまた襲ってき、半歩も引き返さぬうちに、再び洗面ボウルに向かった。

透明な液だけが出た。口を漱（すす）ぐ。歯磨きを取り上げたが、ペーストの匂（にお）いだけで胸がむかついた。

——どうなっているんだ……。

気を取り直して、唇をきつく嚙み、ともすれば規則的なリズムで背に走りそうになる悪寒を抑える。

バスルームから戻り、胸を撫でおろした。ツインになったベッドのうち、使っていないほうに、レックス・ウォルシュの原稿が広げたままになっている。

読みかけたのだ。いや、内容がまったく頭に入っていないところからすると……、読もうとしたのだ。

こんな中途半端なことは、これまで経験したことがない。間に合わせの仕事や「こなし訳」ならともかく、涎が垂れそうなくらい欲しかったものを前に、うかつにも寝入ってしまうなんて。

――ぐずぐずしている場合じゃないぞ。

ぼくは喘いだ。原稿を手にしようとした。途端に、胃が引き絞られたようにきゅっと縮まり、うずくまった。

体がいうことを聞かない。動くのもやっとのことだ。それでも、散らかした原稿の束を少しずつ探り、後先を確かめようとした。目が追いついていかない。頭痛は、体を動かしたときだけでなく、常に顔をしかめておかなければならないほどの痛みになっていた。

——高山病だけなのか……？

原稿をつかんで、ひと飛びに、家の仕事場に帰りたくなった。別の病にかかったのならば、それでもいい。

——いっそのこと、このラ・パスで大病院に入ってしまったほうがいいかもしれない。個室を取れば、好きなだけ原稿に没頭できる。

弱気が顔を出した。再び、胃液が上下動を繰り返しはじめ、おぼつかない足どりで、またバスルームに戻った。

——何の因果で、こう吐いてばかりいるのだろう。

アダムが死に、酔い潰れて便器に吐き、汚水にまみれた翌朝のことが蘇ってきた。

——あのときも吐いた。しかし、ラッキーなことに、今回はどこも汚れていない。向かっているのは清潔な洗面ボウルだ。ずっと、ましじゃないか。いいぞ。そうさ、その調子だ……。

鏡のなかの悶絶しかけた男に、発破をかけた。夢にまで見た原稿を目の前にしている人間なら、そんな顔をするな。

バスルームの電話が鳴った。鏡のなかの男は、壁に凭れて受話器をあげた。

「どうか、なさいましたか」

ホセ・ルイス・比嘉は、ぼくの不調を察したような尋ね方をした。

鈍い頭で考えた。空港に出発するために、ロビーで落ち合う時間を決めてあった。比嘉が部屋に電話を入れてきたということは、待ち合わせの時間がとっくに過ぎているということだろう。

「悪かった。気分がすぐれなくて」

「頭痛ですか」

「みっともない話だが」

「いま、そちらに」

いって、比嘉は返事をするまもなく電話を切った。

頭を抱えた。身支度もできていない。気力を振り絞って、まず原稿をかき集め、封筒に戻し、鞄に入れる。かわりに衣類を引きずり出して、なんとか着た。寒けを感じたので、一枚よけいに着込む。

そのままベッドに沈んだ。重い頭が勝手に落ちていく。頭を無理に持ち上げ、じっとしていた。そうするほか、なかった。

チャイムが鳴った。ドアまでの距離が長く感じられた。

「入りまッす」

武道の礼のようなことわりを入れながら、比嘉が部屋に上がってきた。彼に従ってトレイを手にしたホテルのスタッフがついてきている。ティー・カップが載っていた。スタッフは、茶を置き、会釈して出ていった。

「すみません。うっかりしていて、申し添えるのを忘れていまして……」

「え」

短い返答が、精いっぱいだった。

「風呂に入るだけで、翌日、高山病の症状が出る方がいるんです。予防のためには、風呂に入らないほうがいいといわれています。根拠は、私もよく判らないんですけれど」

返事を求める顔の比嘉に、ぼくは目で頷いた。比嘉は続けた。

「熱い湯がよくないみたいです。都市のホテルでも、こっちではシャワーで熱い湯は出ないんですよ。つい忘れていましたが、ここのホテルは最近、改装しまして、熱い湯がたっぷり使えるようになったんです。すみません。私のせいです」

ぼくには、判ってきていた。高山病は、酸欠のせいなのだ。頭痛もそのせいだ。熱いシャワーが悪いのも、脈拍が上がり、酸素を消費するからだろう。気づかないうちに、贅沢な酸素に慣れていた体は、水ならぬ酸素の不足で、急速に萎れた。眠ると症状がひどくなるのは、睡眠時にはさらに呼吸が浅くなるからだ。

理で考えれば判ることを、すっかり忘れていた。同じ理由から、少量の酒がよくないのも当然なのだ。瞑目した。少しでも酸素の消費量を減らしたほうがいい。

「間に合うかな」

エル・アルト空港発コチャバンバ行き便の時刻が気になった。

「まだ、予約の時間にはゆとりがあります」比嘉は白い歯を見せた。「コカ茶です……。試してください」

ティー・カップには、葉が詰め込まれている。

――これが、コカ葉なのか……。

コカ茶の製法は知らないが、ある程度干してはあるのかもしれない。色は褐色で、紅茶と焙じ茶の中間といったところか。

「シリルは」

「部屋へ戻って、待機してもらってます」

ロビーにスタンバイしていたとすれば、少なくとも、体調はいいはずだ。

「タフだな、彼女は」

呼吸器がすぐれているのか、新陳代謝がいいのか。酸素の使いかたがうまい、ウエル・メイド人体のうちのひとつだろう。

「いまのところは。まったくかからない方もおられますが、高山病は人によって出方が違います。いつから始まるかわからないので、気をつけないと。六割くらいの方に、何らかのトラブルが出ますから」

比嘉は経験で判断しているようだった。

茶を飲んだ。あまり出ていない煎茶のようだ。爽やかだが、甘みは少ない。生葉を煎った釜炒り茶というのがあるが、それに近いかもしれない。

洗練された味ではなかったが、それどころではない。割れるような頭の痛みを鎮めようと、ゆっくり胃に流し込んだ。

味は日本茶とそう変わらないが、効果のほうはどうなのだろう。僅かながらでも、神経を麻痺させるようなところがあるのだろうか。

「日程はどうしますか」比嘉が尋ねてきた。「昨晩の話に出た『ディプロマット』の人間が――フロントのうちのひとりですが――、今晩でしたら非番で時間があるそうです。ですが、延期してもらいましょうか」

「いや、アポイントを頼む」

「激しく動くのがいちばん、よくないんですが……。ひと足先に、私とドランさんがコチャバンバに飛ぶという手もありますよ。コチャバンバ行きは毎日、四、五便ありますから、明日になってからお出になっては……」

「行けるさ」

強がりをいった。本心では、明日追いかけるほうが有り難いと思わないでもなかった。

「じゃ、荷物を」

比嘉はいい、口説きも問い直しもせずに、ぼくのスーツケースを持ち上げた。日本流のごまかしは、通用しない。自分の言葉には責任が伴う。ぼくのいちばん苦手とするところだ。

「酸素吸入器、売っているかな」

ぼくは呟いた。がらくたに近い体を、装備でカヴァーするつもりだった。

3

できる限り、じっとしていた。

口だけは、ときどき動かす。比嘉に調達してもらったコカの生葉を噛んでいる。じわりと、歯茎が痺れていく。喉の奥のほうまで、ゆっくりと苦みと清涼感がひろがっていく。

口腔が、生命体の器官としての責務から思いがけず解かれて、さぼりはじめる。たまらなく快い。一種癒される感じがあり、さらに先の世界を夢見たいという欲望が、ほのかに湧いた。

科学者たちは、植物には戦略があるのだという。植物のなかには、興奮剤や毒物を含んでいるものがある。その成分のほとんどは、植物にとっては不要なのだが、なぜか彼らは捨ててしまわずに取っておく。それも戦略で、敵から自身を守るためだと、研究者たちはいう。

なかでもダニエル・ジャンセンは、こんなことをいっている。

「植物を食べる動物は、森の緑色など見ていない。彼らはモルヒネやカフェイン、ドーパなど、生き抜くために避けなければならない化学物質で色づけされた世界を見分けているのだ」と……。

煙草、茶やコーヒー、罌粟などを、虫はニコチン、カフェイン、モルヒネと見ているということになる。

ニコチン、カフェイン、モルヒネは、中毒性を持つアルカロイド類の化学物質で、コカインもその一種だ。草食動物はあまりこれらの草をたくさん食べないようにしてきたらしいという説がある。

だが、ヒトはコカの葉を好んだ。コカの葉は、人を少しばかり癒すことで、ぼくたちを手懐け、自身を栽培させようとしたのかもしれない。人間は夢を見る。自己の体を顧みず、しゃにむに夢を実現させようとする。

コカノキが、そんなヒトの特性を見抜いているのだとすると、なにか一枚の葉がそら恐ろしくさえ思える。

ヒトは、さらなる恍惚感を求めて、葉に含まれる成分だけを抽出し、濃縮する。コカノキの戦略は、ヒト自身に、自らを傷つける凶器を生み出させることになっていった……。

——もう一枚……。

じん、とする。

あくの部分だけを吐き捨て、葉は片頬に含んでおく。それが地元流の味わい方らしい。少しだけ、体は楽になっていた。

めいっぱい、酸素も吸った。ラ・パスの町で、吸入器を使った。同じ症状を訴える人間が多いのだろう、町でも携行用の酸素ボンベが手に入る。比嘉に頼んでみると、すぐに買ってきてくれた。航空機にはボンベを持ち込めないので、移動のあいだコカの生葉を噛んだ。

癖になりそうだ。

「なんだか、予想と違うわね」コチャバンバ空港に降りると、シリルがつまらなそうにいった。「この空港は、スマート過ぎる」

日本の中都市の空港によく似たつくりだ。フェデックスのカウンターもある。アーチ型の高窓からコンコースに光が降り注ぐ。

彼女の視線の先には、ブラジリアンコーヒーを出すカフェがあった。

ちょっと複雑な気分だ。マイアミにキューバン・テイストのカフェがあり、ボリヴィアのコチャバンバにブラジルのカフェがある。これは、簡単に文化交流と喜んでしまっていいことなのかどうか。

ホテルへ向かう途中で、比嘉は酸素ボンベを売っている店に寄ってくれた。ボンベは何本か買った。

緑が多く、コロニアル様式の建物があちこちに残る町並みは美しい。町なかにも、高木が家々にかぶさるような形で生い茂っている。少し気温が高く感じられ、ジャケットを脱いだ。風は爽(さわ)やかで、ヨーロッパの田舎町のようだ。陽射(ひざ)しが、寝不足の目に眩しい。カラフルなテントやパラソル下のオープン・カフェには笑顔があり、公園のベンチには、憩う人の姿がある。人間の営みが、のんびりと行われる町らしい。中心部には、中層ビルの目立つエリアがある。比嘉は、そこはエリートの集積地だ、といった。

ホテルには、三角乃梨のメッセージが待っていた。折り返しぼくの留守宅に電話を入れると、三角はすぐに出た。

「メールでメッセージを入れておいたんだけれど……返信がなかったから」

「すまない。まだ見ていない。ひどく体調を崩した」

「どんな具合なの」

三角は、少し心配そうな声になった。

「酸素不足だ」

「あーあ」

すぐ、トーンが変わった。

〝なら、大したことじゃないわね。何日かすれば、すぐに慣れるわよ〟

といいたげだ。高山病は誤解されている。酸欠の体の持ち主になることがなければ、ぼくにもあの苦しみはわからなかっただろう。

彼女の後ろから、にぎやかな話し声の気配が伝わってくる。子どもらしい響きが混じっている。三角の娘とアールか。それとも、誰かを招いているのか。

「楽しんでいるみたいだな」

「おかげさまで、娘にもあたしにも、いい休みになっているわ。マリーナにも行った。ボート、借りたのよ」

「ああ。どんどん使ってくれて構わない」

「ええ。あなたの話、こっちの警察が聞きたいといっているわよ」

唐突に、三角はいった。

「警察が?」

サマーズ刑事だろうか。

「見つかったのよ」

「何が」

「あなたのボートのなかから、段ボールに入った義手が出てきたの」

ぼくは戸惑った。

「あたしたち、別にキャビンをひっかき回したわけじゃないのよ」

見られて困るようなものを船室に置いているわけではないのだが、三角は、ボートの貸し手であるぼくに、あらためてそう断った。育ちの良さからだろう。彼女には、けじめを重んじるところがある。

「昨日、少し波が高かったのね。で、娘がライフジャケット捜してたら……。驚いたわ。あの箱から、腕が、こう……。指先から出てきた。飛びのいちゃったわ。本当に……、リアルにできているのね、義手ってものは」

「なぜ、そんなものが船に？」

覚えがなかった。

「知らないのね」

念を押すように、三角は尋ね返した。

「どんな箱なんだ」

「知らないわよね、やっぱり……」彼女は口のなかでぶつぶついった。「そうじゃないかと思ったんだけど……、その箱を——缶ビールのケースみたいな大きさの、長方形の段ボール——、ブランドンが見て」

——ブランドン？

三角が口にした姓に、心当たりがなかった。そのわりには、彼女の呼び方に心安げなところがある気がして、おやと思った。

「フィラデルフィアで起きた殺人には、義手が絡(から)んでいるんですってね。殺されたマッケインという男が、義手を扱っていたとか」

考えをめぐらせた。

ジョン・マッケインは、アダムの家を訪れていた、素性の知れない男たちのうちの一人だ。フィラデルフィアで殺され、デラウエア川に投げ込まれた。マッケインは、ビジネスで義手や義足を扱っていた。

——あの話をしていたのは、『ノースイースト・デイリー』のゴーディだ。

はっと思い当たった。

——ブランドンは、ゴーディの姓だ。

「ゴーディ・ブランドンに会った……?」

呟(つぶや)きのように投げかけた問いに、三角の弾んだ声が返ってきた。

「アールが紹介してくれたの。彼ならボートの操り方は心得ているから、って。一緒にチェサピーク湾に出たわ」

三角の声の加減からすると、ゴーディは彼女にうまく取り入ったらしい。如才ない男だ。

——あいつ、まったく……。

が、そのことに関しては、何もいうつもりはなかった。

「彼は何と？」

「思いあたる節があるから、調べさせてくれといわれたの。私、勝手に事を進めていいものかどうか、迷ったんだけど……。そっちに連絡つかなかったでしょう。あなたにとって重要なのは、シングルトン家の事件を調べることだといわれて」

早すぎる判断と、歯切れの悪い説明は、三角らしくなかった。何のかのといっても、連絡の取りようはあっただろう。

持ち前の計算ができなくなりつつある三角乃梨には、このぼくにも心当たりがある。危ない兆候だ。

だが、彼女を責めるのはお門違いというものだ。

三角はぼくの助手ではないし、急ごしらえの秘書を買って出てくれているといっても、好意でしてくれることで、ビジネス上の責務はない。彼女は休暇中なのだ。

人の気持ちは、絶えず揺れ動く。人間は、そういうふうにできている。

自分が完璧(かんぺき)でないことを、とうの昔に知った。ましな方でさえないことも。相手に求めるのも身勝手だ。

「ちょっと待って。ブランドンに代わるわ」

「いるのか、ゴーディ」

予想外だった。

「一緒に昼食とるつもりなの」

思わず、鼻を鳴らしそうになった。目をつむった。そういうこともある……と、自分を納得させた。

ゴーディが電話口に出てきて、まず世間なみの愛想をいった。三角の娘の愛らしさ……だとか、ぼくのボートのキャビンの心地良さだとか、について。

義手は梱包材にくるまれ、箱に二本、詰められていた。

「ぼくのものではない。誰かが持ってきた覚えもない」

「持ち込まれたものでしょうね。おそらく……あなたの知らぬ間に」

「あいつじゃないかな」

「え」

「マリーナで聞いただろう。ぼくのボートに無断で出入りできた人間は、あの子だけだ」

「アダム・シングルトンですか」

「たぶん。はっきりそうとはいえないが、そんな気がする。彼には鍵を渡していた」

「エリック・シングルトンということはありませんか。アダムが鍵を持っていたとすれば、父親である彼も……」

「あり得ないとはいわないが、あいつは、悪友の船に親を連れてくるような奴ではなかった。それに、エリック・シングルトンは、ぼくのものよりも数段性能のいいレジャー・ボートのオーナーだったんだ。ぼくのボートを使うわけがない」

「隠したいものがあったとしたら、どうです」ゴーディは声をひそめた。「あなたのボートにあった義手ですが、ジョン・マッケインが扱っていた商品の一部のようなんです。フィラデルフィアの事件、妙な方向に発展し出しましてね。マッケインがフィラデルフィアで惨殺に近い殺され方をしたのも、シングルトン一家四人の焼殺も、同じ線上で起きたものだと思われる節がある」

アールからの情報ですが、と前置きして、ゴーディは話を進めた。ただ、どことなく奥歯にものが挟まったような話しぶりだ。

「二つの事件の根幹にあるのは、ビジネスに関するトラブルのようです」

「……ビジネス？」

「ええ。ビッグ・ビジネスです。マッケインのガールフレンドだった女性が、彼の背景を捜査関係者にすこしずつ洩らしはじめ、それが聞こえてきているんですが……」

ゴーディの答えには、迷いが感じられた。

「何を手がけていたんだ?」ぼくは促した。

「あの義手は、その決め手になるもので……。証拠として、アナポリス警察(PD)に提出を」

彼の答えは、まったく要領を得ない。

「義手が、どうしたっていうんだ。わかるようにいってくれないか」

声が、思わず上ずった。こちらの苛立(いらだ)ちに気づいたのか、ゴーディは、さらに声を落としていった。

「義手は、サンプルだと思います」

「サンプルって、節電制御型義手の?」

エリック・シングルトンが、アダムのための高性能義手に興味を示していたことを思いだし、尋ねてみた。

「いいえ。精巧な義手とはいえないですね。ボートにあったのは、二本とも前腕部のモデルですが、装飾義手です。ワイヤーやハーネスは付属していない、型ものです」

装飾義手は、もっともベーシックな義手で、腕や手をリアルに象(かたど)っただけの装具だ。指部を動かす機能はついていないが、軽い。アダムがつけていたのも、その種のものだった。ハーネスやワイヤーを使い、肩の動きで手先のハンドを操作するタイプの能動義手を、次の誕生日に貰うのだといっていた。

「ただ、型に被せてあるグローブの部分が特殊なんです。細部のディテールまで、皮膚そのものを思わせる質感です。完璧なフォルムで、神が作り給うたものかと見誤るほどのパーツでした」

「では……」

ぼくは、先をいい淀んでしまった。急に、胸に強く響いてくるものがあった。

——義手をボートに持ち込んだのは、やはり、アダムだったのではないだろうか。

マリーナの管理人、サーファーのジョーイを、アダムの死の数日後に見かけた。そういえば、ジョーイは車のなかのぼくに向かって、何かいいたげにしていたが……。ぼくの留守中、船にアダムが何か持ち込んだのを見たのかもしれない。

正直なところ、ふだん彼が装着していた義手の見栄えは、あまり良くなかった。分身のように見える、リアルな義手が、彼をふと惹きつけたとしても無理はない。子どもらしい快活さと、無邪気さの蔭に、複雑なものが芽吹きはじめていたのを、ぼくは、あえて見落としていたのではないか。精神的ダメージさえ、アダムは、見抜かれないように、強気でカヴァーしていたのかも……。

「これ以上は、電話ではちょっと申し上げにくいんです。本来なら、落ちついたときにアールから報告すべき類のものですし」

ゴーディは、早口になった。

幾分か、わかってきた。ゴーディはスクープをものにしたのだ。だとしたら、つかんだ情報の内容を、やたらに口にしたがるはずがない。彼にしてみれば、『ノースイースト・デイリー』で続きを読んでくれ、といいたいところだろう。

「材料が揃ったんだな……」

「まあ」

ゴーディは、曖昧にぼかした。

どの記者にも、酷薄なところがある。懐にした獲物をちらつかせたくなる。同じものを欲しがっている者がいたなら、なおさら、情報を小出しにして、飢えた相手の顔を楽しむ癖がある。

「前のときにもまして、用心深くなったじゃないか。それにしては浮かれている」

「幸運の女神が微笑んで……」

「いつ出すんだ、記事」

思わせぶりな返事を払いのけて、投げ出すようにいうしかなかった。

部下を大勢使って、雑誌の編集長を気取っていたときには、恫喝(どうかつ)さながらに、記者にネタを出させたこともあった。

そのときのようにはいかない。

切り札も勢いも、いまのぼくにはない。探偵のアールに金を若干払い、調査報告を貰うだけだ。記者のゴーディは縛れない。ぼくたちの調査に協力するとはいったものの、〝折り合える範囲で……〟のことだったのだろう。

「明日の版には、概要が載ります」

溜息(ためいき)が出た。希望に叶(かな)った形ではまったくないが、アダムの死因に繋(つな)がる話の一部が、明かされることになるだろう。

遠い国にいるのが、もどかしかった。

電話は、三角に代わった。

君は聞いているのかと、聞きかけた。ゴーディから、何か聞いたか、と。

なぜだか、言葉がつかえた。問えなかった。

「帰ってこないわよね？」

「無理だな」

「私も勧めないわ。取材を中断して戻ってくるほどのことでもないでしょう。サマーズ刑事は、いろいろ聞きたいといったけれど、あなたは大切な仕事で出張に出たばかりで、帰れないといっておいた。著者のお供のほう、よろしく頼むわよ」

「アールに、夜遅く電話をくれるように伝えてくれないか。彼にも状況を聞きたい」

「いっておくわ。ところで、いま端末をチェックしてみたら、あなたに宛てて出したメールもファイルも、やはり、開封されていないと表示が出ているわ。かなりの量、送ったんだけれど。確認してみて」

そういったあと、彼女は、さらりと重要なことを洩らした。

「残念だけど、サマーズ刑事の指示で、ボートはしばらく使えなくなったの。検証することになったそうよ、DEAが」

4

接続設定をすると、メールが届いているという表示が出た。受信ボックスには、新しいメッセージが数通たまっている。海外ローミングのサーヴィスに入っておいたので、ボリヴィアでも受信できた。

三角のメッセージを、手早く確認していく。彼女が知り得たことは、そこに書かれていた。

考えてもいなかったことだった。ぼくは煙草に火をつけ、ベッドに座り込んだ。

——なんてことだ……。

しばらくは、茫然としていた。

吐き気は、まだ時折りぶり返してくる。頭は重い。むかつきが、さらに不快感をあおっていた。同時に、なんともいいようのない哀しみに、気力が奪われていく。

もっとも重要なのは、ぼくのボートで発見された義手の素材だった。

——DEA。

無意識のうちにか、意識してなのか、三角が洩らしたひとことに、答えは凝縮されていた。

アナポリスPDの捜査に、米麻薬取締局の捜査官が絡んできたとなれば、ことは知れている。

ジョン・マッケインやエリック・シングルトンの職業は、容易に推測できる。スクープを手にしたゴーディの浮かれぶりもわかる。

間違いなく、マッケインもシングルトンも、ドラッグの密輸業者。それも、末端部分に近い運び屋だろう。客層は、おそらく、彼らの身なりからいって、アパー・ミドルクラス。父から譲られた船を持ち、コロニアル風の屋敷に住み、慈善事業に精を出し、人目を気にする、裕福で育ちの良い東海岸のユーザーに、ひそかにドラッグを届ける高級配達人ではなかったのか。

その種の運び屋は、当局の目を惹(ひ)かぬように、細かなルールにしたがって行動していると聞いたことがある。

子どものいる夫妻。目立った行動はせず、ごく典型的なアメリカ人としてふるまう。広いガレージのある、緑豊かな郊外住宅にゆったりと住む……。

日当たりのいい庭で芝を刈るエリック・シングルトンの姿が浮かんだ。芝刈り機の音。ゆらゆらと落ちる木洩れ日。端正に整えられた庭、赤ん坊の泣き声。アダムと楽しんだ釣り。

シングルトン家のうわべは優雅だった。配達の仕事で、じゅうぶんな報酬を得ていたのだろうか。

しかし、家もボートも、組織のものだった可能性はある。素人(しろうと)の密輸ではないだろう。たまたま手を出したわけではない。組織の輸送網に組み込まれていたからこそ、彼らは酷(むご)い殺されかたをした。

ぼくは、あることに思い当たった。

――ゴーディは、あらかじめ、この件をあたっていたのだ。

火事の現場で、ゴーディは、容赦ない放火殺人を、残虐（ざんぎゃく）さをちらつかせる見せしめのようだといった。組織の存在が頭にあったに違いない。

三角のメールには、事件に関する詳細な報告はない。彼女はゴーディから記事の内容を聞き出しているわけではないようだ。

ぼくのボートで義手が見つかったときの、ゴーディの反応が書かれているだけだ。彼は、思いがけないものの発見に興奮し、義手のボディの材料はコカインだと説明したという。

〝圧粉（あっぷん）〟という言葉を、三角はメッセージのなかで、何回か使っている。

三角の目には、義手の材料は、単なるプラスチックかシリコンのように見えた。だが、実はコカイン製のボディであるらしい。圧粉成型技術で作られたものと思われた。義手のボディを覆（おお）う、薄皮のようなラバーも特殊なもののようだと、三角は書いてきている。

麻薬組織にはドラッグ・マネーが唸（うな）っている。運搬のテクノロジーに少し金を使えば、監視をすり抜けることなど容易になる。

技術は進み、密輸品の梱包から〝白い粉〟が出てくる時代は終わる。航空機でレーダーの隙を縫うように輸送させたり、ミルク缶詰に紛れ込ませるといった手は古くなる。どんな形にでも成型して隠せるとなれば、コカインは国境をらくらく越えるようになる。流通はとめどもなくなるだろう。

数トン単位のコカインが押収されたくらいでは、小さなニュースにしかならないが、圧粉成型に成功した密輸グループの存在はトップ扱いになる。そのうえ、残忍な二件の殺人が絡むともなれば……。

ぼくは、長い息を吐いた。

ゴーディは〝義手はサンプルです〟といった。新しい技術は、ときにトラブルのもとになる。シングルトンとマッケインは、圧粉技術のサンプルを、組織外に持ち出そうとしていたのかもしれない。それとも、売人につきものの、単純な横流しだろうか。金めあてで、こっそり何本か抜いたのを、組織に見破られたのか……？

頭が、また割れるように痛み出した。

コカの生葉を入れたジップロックに目がいって、暗然とした。

――魔法のような葉の先に、アダムの死がある……。

拳を握り締めた。

『ノースイースト・デイリー』に書かれるだろう事件の詳細も、アールの報告も、もう、どうでもいい気がした。知りたかったことは知った。シングルトンの家が焼けた理由だ。

――アダムは、麻薬抗争の犠牲になったのだ……。生まれたばかりのメグも。

求めていた答えを知った。知ってしまった。けれど、達成感はなかった。

何のために、事件を調べ始めたのだろう。彼の死因がわかれば、心に空いた穴が埋まるとでも思ったのか。何を根拠に？ いくら考えても、思い出せない。

犯人像は浮かばなかった。おそらく、組織に雇われた殺し専門の捨て駒なのだろう。その人間ひとりを責めたところで、どうなるものでもない。常に、法の手の届かないところに、組織の大物はいる。

さらに、深いところに根はある。飽かずコカインを吸い続ける人間の性分そのものだ。説明しがたい快楽が、自分の身さえ捨てさせる。特効薬はない。

ドラッグが一部の人間の退廃的な趣味のように扱われていたのは、相当昔のことだ。いまではアメリカじゅうにコカインははびこり、根づいている。

作るほうが悪いのだと、使う者はいい、使う者が馬鹿なのだと、カルテルは嗤う。双方とも、蟻地獄に搦めとられている。病み労れていることを知りながら、誰も抜け出す道を見つけることができず、少しずつ侵食部は広がっていく。

——ＤＥＡの捜査官は、九千人弱だったか……。

それほどの人数を、麻薬との戦いにかかり切りにしても、なお、悪夢の虜（とりこ）となる人間は増え続けているという。いまや大国の脅威になっているものを、たった一人があがいたところで、どう変えられるというのか。

わずか一矢（いっし）を報いることさえ、できないだろう。これまで、いやというほど耳にしてきた、不吉な夢の世界。その破壊力が実感できる一員に、ぼくもいよいよ連なったというだけだ。

圧粉成型という新しい技術の導入で、麻薬の流入は、なおさら勢いを増すのではないか。

——その流れに巻き込まれて、アダムは……！

捌（は）け口がなかった。

アダムの死は、あまりに痛ましく、不当に思えた。ぼくは疲れていた。アールやゴーディの収穫に対する淡い期待が、いちどきに、徒労感に変わった。

かけておいたアラームが鳴った。コチャバンバのホテルに入って、すでに小一時間が経（た）とうとしていた。

三角のメッセージを読み切るだけで、精いっぱいだった。添付されているファイルに進む気力も、時間もない。

添付ファイルは、アルゼンチンからのメールの転送分らしかった。だとすれば、レックスに情報を提供した図書部門の職員からのものだろう。

——何という名だったか？

ぼんやりと、思った。

レックスの原稿に向かう機会を、またも逸していた。まだ、荷物さえほどいていない。しかも、頭は、活動を止めそうになっている。

首を振った。

よれよれのまま、ぼくは日常の糧に立ち向かうために、ロビーへ降りていった。

5

誰かが、ぼくを揺り起こしていた。何度も、何度も。

ぼくは助手席にいた。

揺すぶられると、その何秒かのあいだだけ、少しだけ頭がはっきりする。フロントった。
ガラス越しに、過ぎゆく光景を眺めた。朦朧とした目に映る光景は、くるくると変わ
った。
レースのような編地の、インディヘナの白い帽子。淡い色のたっぷりとしたスカー
ト。カラフルなストライプの布でくるまれ、三つ編の女に背負われた子ども。強い日
にさらされて、貝殻のようにざらつき、白く乾いた煉瓦の家々。道端に繋がれた仔馬、
濁った色の川。
車に揺り起こされるたびにシートにまっすぐ座り直し、瞬きを繰り返しながら、眠
気に耐えようと努力した。
が、鉄の錘でもつけられたように、重たい頭は右へ、左へと傾いていく。
眠れば眠るほど、頭痛がひどくなる。それを知っている比嘉は、ハンドルを操作し
ながら、居眠りしがちな助手席のぼくを、啄木鳥のように小刻みにつつく。
車は、レンタカーではない。比嘉は、どこからか、程度のいいワンボックス・カー
を調達してきていた。
コチャバンバの町を出ても、しばらくは舗装された道が続いた。飛ぶように過ぎ去
っていく景色のなかで、焦点の定まらない目に、しみるように残るものがあった。緑
のなかに、白くはためく布だ。繰り返し、布はあらわれた。

——幻か……？

降参の表明を思い起こさせる白旗が、ぽつりぽつりと、道の脇から突き出されている。ぼくの心象風景のようだ。

「あの旗、何を意味しているの」

後部座席から、シリルが比嘉に声をかけた。相変わらず、はつらつとした声だ。

「寄ってみましょうか」

いって、比嘉は白旗の立った角を曲がり、狭い道に入った。坂道を道なりに上ったつきあたりに、やはり白旗を掲げた煉瓦造りの家があった。

車を出ると、空気はひんやりとしていた。陽射しの強さは日本の初夏なみだが、空気が乾いているぶん、涼しく感じる。どの家の軒先にも、野良犬とも飼い犬ともつかない犬が、のんびりと寝そべっている。

比嘉は先に立って、開け放たれた土間へ入っていく。

「レストランなの？」

シリルがいった。土間にテーブルが二台あり、ストール姿の老女が腰かけ、グラスを前にくつろいでいる。

ぼくたちは、空いているテーブルにかけた。

「こんにちは」

比嘉が呼ばわった。腰回りの豊かな、インディヘナの女性が奥から出てきた。女主人らしい。

「飲んでみますか。あの女性が飲んでいるのと同じ酒ですけど、ここで造っているんです」シリルに向かい、彼はいった。白い旗は、酒造りの家の看板がわりだという。

シリルは、酒造りと聞いて興味を惹かれたのか、女主人の大きな腰のあとをついていった。

「蓮尾さんは、こちらを」

提げていたバックパックから、比嘉は水筒を出した。

コカ茶だった。気遣いは嬉しいけれど、いまは重い。ぼくは首を振り、嘘をついた。

「だいぶよくなった。冷たい水をもらえないかな」

「そうですか。水……。あるとは思いますが、生水だと、慣れない人は腹を壊さないかな」

彼はいい、やはり奥へと入っていった。女主人に聞いてくれるつもりなのだろう。気持ちを無にしたうえに、余計な手間をかけさせてしまったことを、悔いた。

「あっちに、大きな甕があったわ」

グラスを手にしたシリルが戻ってきた。

「そこから汲(く)んでもらったの。〝チチャ〟ですって」

席に腰掛け、淡い卵色の酒を、土間に差し込んでいる光にかざしてみせる。

「あまり強くない酒ね」彼女は鼻をグラスに近付ける。「トウモロコシを自然発酵させたものだそうよ」

かと思うと、気持ちよさそうに喉(のど)を鳴らした。

「おいしい。乳酸が入っているような感じね。造りは単純だけど、清涼感があって、ピュアだわ。懐(なつ)かしくて、柔らかい。母親特製の、手が掛かったおやつみたい……」

彼女は、グラスを手のひらで撫(な)でた。「地元の飲みものはいいわね。企業主導で大規模に造るワインよりも、ずっといい。ときどき、思うのよ。どの大陸でもワインができるようになり、ティエリ風の味ばかりになってしまったら、これほどつまらないことはない、って。もちろん、ここのように、お金になる農産物を欲しがっている地域のせっぱつまった状況を見れば、彼はとても意味のある仕事をしているとも思うのだけれど」

「欲しがらなければ手に入るものが、欲するが為(ため)に、なくなってしまう」

「え」

「グローバリズムへの警句だ」

シリルは、ちょっと考える顔になり、頷いて笑った。

「ありましたよ」

比嘉はガス入りの水のボトルを持って戻ってきた。フランスからの輸入品だ。

「これも。ね……」

シリルが瓶を指して笑った。比嘉は不思議そうにぼくらを見た。

「なんだか、疲れがとれる気がするわ」

「そうでしょう。皆、ここで羽根を休めるんです。農作業や、商いの途中に」

「飲む女性が多いの？」

いいながら、隣のテーブルにいる、先住民族らしい老女に、シリルは笑いかける。

比嘉は、老女に何か問いかけた。老女は、こぼれんばかりの笑みを浮かべ、土間の脇にまとめて置いてある荷物を指し、しっかりした声で話しだした。比嘉が意訳する。

「婆さんは、この十キロほど先の村に住んでいるそうです。織物や、こまごました生活用品を、あちこちの村をまわって売り歩いているんです」

「十キロ？　山なりの道なんでしょう。健脚なのね」

「女性が多いですよ。このあたりのチチャ造りには。チチャを買いにくるのは女性が多いから、そのへんの村の女性が立ち寄る、井戸端会議の場所みたいになってます。婆さんも、ここのチチャが気に入っていて、休むついでに仕入れて、村に持ち帰って売る。そういうことらしいです」

いわれて見ると、老婆の足元には大きなポリタンクがあった。のびやかなものだ。小造りな体に宿る命の逞しさに、圧倒される。尻に鞭を打たれた気になり、思わず背を伸ばした。

ふと思いついた。

「このあたりの家々を行商しているなら、彼女、『ジェネアグリ』のワイナリーのこと、何か聞いていないかな」

比嘉が問うと、老婆はすぐに反応した。奔流のように、ことばが飛び出してきた。

「葡萄の栽培は、やはり話題になっているそうです。葡萄を植えるために、大勢の人手が金で集められたと。コカレーロスの男たちが、なぜか賛成と反対のふたつに分かれて、揉めごとのようになっている、といっています」

老女は、席を立って床に屈んだかと思うと、布製の大きな袋から、ごそごそと紙袋を取り出した。

「ケソ」

いって、シリルに袋を渡す。なかから、白くもろもろとした塊が出てきた。

「チーズです。婆さんのお手製らしい。くれるといっています」

チチェリアから出てしばらく走ると、集落が消え、しだいに道は細くなり、ある岐(わか)れ道を境に、舗装が途絶えた。それでも、すれ違う幌(ほろ)なしのトラックや車の数はぽつぽつある。まだ、幹線のうちの一本ではあるようだ。

比嘉は速度を落としたが、ふとした拍子に車体は大きく揺れる。助手席から眺める限りでは、さほどの悪路だとは思えないのだが、体が跳ね上がる。そのたびに、頭に痛みが走る。

車は、ゆるやかな山の狭間(はざま)を縫うように走っている。丘陵に、畑地が目立ちはじめていた。

見はるかせば、峰の山腹まで段々畑が這(は)いあがっている。畑は階段状に整えられているわけではなく、傾斜なりに、ごく大雑把(おおざっぱ)な段ができている。土は赤みがかっており、畝(うね)が線状に刻まれた山腹の肌は、縄文土器のように見えた。

埃(ほこり)が舞い上がった。

道は、畑と茂みのなかを蛇行していく。枝道も、川の支脈のように、カーヴを描きながら丘に入っていく。

「あ」

前方を見据えていた比嘉が、小さく唸(うな)った。

彼の視線の先には、二股(ふたまた)の分岐点が見えてきている。だが、その一方が、通れなくなっていた。道幅いっぱいに土石が堆(うずたか)く盛り上げられ、道が塞(ふさ)がれた形になっている。

比嘉は通れる方の道へ車を進めた。そのまま、何事もなかったようにかなりの距離を走ったので、少しまわり道をした程度のことなのかと思っていた。

が、そのうち、同じように石を積み上げて塞がれた枝道がまだあることに気づいた。

「あれは、立ち入るなという意味なの？」シリルも気にとめたのか、後部座席から運転席のほうに身を乗り出して尋ねてきた。「あの先は私有地？」

比嘉の表情が固い。

「まずいですね……」

彼は、車を路肩に片寄せて停めた。

「降りてみてください」

彼に先導されるままに、車を降りた。展望台のように眺望が開けた場所からは、いくつもの峠が重なって見える。

「あの方角に。見えますか……？」

比嘉の示す先に目を凝らす。遥か先の山の中腹を、折れながら畑に上がっていく道が見えた。

大型トラックが二台、道路の中央に停まっていて、道ばたで、豆粒のような人が集団で立ち働いているのが見える。

スコップや鋤を手にした者、手押し車を押している者。男がほとんどだが、女も混じっている。道路工事のような案配だった。

と、一台のトラックの荷台が上がり、積んでいた土石を、道のまんなかに滑らせた。人々は、道具を持って土のまわりにわっと集まり、土石を突き固めていく。堡塁を築いているようにも見えた。

「――バリケード……？」

シリルが、疑問とも呻きともつかぬ声を洩らした。ぼくも、同じことを考えていた。見れば、四、五人の男たちが、ひと抱えはありそうな巨石を、堡塁に並べるべく転がしている。彼らは、急造の砦を作っているのだろう。

「いちばん悪いときに行き合わせたようですね」

比嘉は困ったようにいった。

「いま塞がれている道は、ワイナリーへのルートなの？」

「いえ、あそこは通らないんですが、できることなら、引き返したほうが良さそうです」

「引き返す？」

シリルはオウム返しにいって、かすかに眉をひそめた。

「あれは、ブロケオというものだと思います。道路封鎖です。地元の人間から政府へ、抗議のメッセージです」

「抗議のために交通網を断ってしまうってこと？　なんだか、逆効果のような気もするけれど」

「ええ。ほかの地域では、ブロケオももっと小規模で、一人で持ち運べる程度の小石を低く並べておくぐらいなんです。警察が、そのたびに撤去しに行きますから、嫌がらせにはなるんですけど、ここまで本格的ではないです。でも、このチャパレ地方では……。話には聞いていましたが、本式ですね」

「戻らなければいけないの？」

「チャパレ地方でブロケオが始まると、このあたりの町に事務所を置いている外国資本の企業などは、コチャバンバ市内に退去してしまいますね。日本の法人なんかは、まっ先に避難します。もちろん、旅行代理店にも、旅客たちを市内に戻せという指示が出ると思います。当局とコカレーロスの衝突が心配されるので……」

「じゃ、あの人たちが……」

「コカレーロスです。ブロケオを始めたんですね」

見る限りでは、長袖(ながそで)のシャツやTシャツにパンツ姿の、ごく普通の作業スタイルだ。

「伝統的な茶畑を、これ以上潰(つぶ)させたくないと、コカ栽培農家も必死なんですよ」

「だが、チャパレ地方の騒動は、政府の譲歩で一応は収まっていたんじゃなかったか」

ぼくは口をはさんだ。

「そのはずですが、実際は」

ご覧の通りです、と比嘉は両手を開いた。「何か、動きがあったのかもしれませんね。市内に戻れば、情報が得られると思いますが、ここでは……。携帯電話も圏外です」

「何とかならないのかしら。別の道を行けないの」

「もう少し先まで行けると思いますが、ぼくは戻ったほうが賢明だと思います。進んでみたとしても、数時間後には帰ることができなくなっているかもしれませんよ」

比嘉のいう通りだった。いま来た道も、塞がれないという保証はない。

「ブロケオが長引くと、周辺の町は、物資不足になるらしいですよ。シリルさんがいったように、交通網ストップの弊害が出るんです。食糧が足らなくて暴動が起きたことも、確か、あったんじゃないかな」

比嘉は重ねていった。

「長引くって、どれくらい」

「何週間か。場合によっては、ひと月ということも」

「――そんなに……？」

彼女は顔を曇らせた。

困ったことになり始めていた。大型トラックまで持ち出したバリケードの築きかたから見ても、騒動は、なまなかなことで終わりそうにない。対する体制側は、警察ではこと足りずに、軍を出動させるかもしれないのだ。

「ワイナリーの状況を確認してから出直したほうがいいかもしれませんね。こういった雲行きになると」

『ジェネアグリ』に対して、シリルは、今回の訪問日程を告げていない。不意打ちのように訪れることで、葡萄畑やワイナリーの、ありのままの状態を確かめるつもりなのだ。

しかし、事情を踏まえていった比嘉の提案は率直だった。

「では……」

いったきり、彼女はいい淀んでしまった。

――何のためにここまで来たのか、わからなくなる……。

そういいたげに、シリルの目はせわしなく動いた。

「肝心の、ワイナリーの人間もいないかもしれません。ブロケオが起きたという情報が伝わっていれば、大企業に所属しているスタッフは、コチャバンバ市か別の都市に避難するでしょうから」

比嘉の言葉に、シリルは苦しげに眉を寄せた。彼女の計画は、崩れようとしていた。

「ワイナリーまでは、まだ遠いのか」

ぼくは、探りをいれてみた。

「地図を見た限りでは、あと五十キロほどでしょうか」

ワイナリーの場所は、シリルがティエリの秘書を散々問いつめたあげく、手に入れたものだと聞いている。アドレスをもとに、比嘉が付近の情報を集め、地図であたりをつけたのだ。

「どうします？」

比嘉はぼくに当惑した顔を向けてきた。

山道といっても、五十キロなら三時間はかからない距離だろう。一歩手前まで来ているのに、引き返さなければいけないのか。

葡萄畑を抜き打ちでチェックすることはおろか、現地まで到達することもできない。戻れば、何週間もコチャバンバ市内に足止めされるかもしれない。かといって、無理に進めば、何の準備も装備もなしに、この周辺の町か村に止め置かれることになりかねない。

「どうすればいいの」

シリルは、落ち着かない様子で車の回りを歩き回ったあと、方針を求めてきた。打ちのめされた様子だ。

深呼吸した。答えは決まっていた。

「あの峠まで行く」

ぼくは、コカレーロスたちのいる山腹をさした。

ぼくたちは、ジャーナリストだと名乗ることにした。

嘘(うそ)ではない。

シリルは『ファイナンシャル・タイムズ』の社名入り名刺を持っている。ぼくはデジタルカメラを持ってきていた。通訳もいる。コカレーロス蜂起のトピックスを取材するのに、うってつけの人材が揃っている。

車は、ゆっくりとブロケオの現場に近づいていった。

大型トラック二台が、連なる形で道路を封鎖している。道にたむろしているコカレーロスたちが、近寄っていくこちらを認めて、色めき立つのがわかった。がっしりとした男二人が、ぼくたちを追い払うしぐさをしながら、トラックの前面に出、立ちはだかった。うちの一人は、ウォーキー・トーキーらしいものを持っている。

比嘉は窓から身を乗りだし、手を振りながら、大声で何か告げた。

男の一人が応じた。カラフルな太いストライプのプルオーヴァーを着た男だ。彼は何ごとか話しながら、身ぶりで車を誘導した。もう一人の、褪せた緑色のコットン・セーターの男は、ウォーキー・トーキーを口元にあてた。二人とも、三十代くらいに見えた。白いパナマ帽をかぶっており、口髭をたくわえている。

指示にしたがって、比嘉は車を停めた。

「どんな具合?」

シリルが比嘉にいった。

「ぼくたちが体制側の人間ではないとは、わかったと思います。あとは、彼ら次第です」

コットン・セーターの男が、様子を窺いながら近づいてき、車の少し手前で立ち止まった。

「降りようか」

「ええ」

ぼくと比嘉は、手ぶらで車を出た。男が、比嘉に向かって何かいった。

「どこの国のメディアかと聞いています」

「イギリスと……北米」

適当にでっち上げたぼくの返事を、男はウォーキー・トーキーに向かって、大声で繰り返した。媒体名をぼくは告げた。男は訛りながら、それも復唱した。ウォーキー・トーキーから、かすれた応答が洩れ聞こえた。内容はわからない。男は、ぼくに話しかけた。

「取材は歓迎するが、明日にしてくれといっています」比嘉が訳した。「明日になれば、英語のわかる人間が来るそうです」

「それはともかく、この先――ワイナリーまでの道が、通行可能なのか知りたい。道路封鎖の状況がこれからどうなるのか、聞き出せるかな。明日、来るとしても、取材の足はどうするんだ、といってみてくれ。道路が封鎖されたら、来られなくなるんじゃないか、と」

比嘉が男に向き直って、ぼくの質問を口にしかけたとき、シリルが割り込んできた。

「いいものがあるわ」

いって、彼女は、車の後部座席からチチャのポリタンクを出した。チチェリアで買ってきたものだ。

ウォーキー・トーキーの男は、チチャを見て顔を綻(ほころ)ばせた。

「差し入れにして」

比嘉は頷(うなず)き、タンクを受け取った。

「ぼくが運んでいきましょう」

彼は男に話しかけながら肩を並べ、コカレーロスが堡塁を築いている現場のほうへと歩いていった。

やがて、比嘉だけが、やや緊張した面持ちで戻ってきた。

「政府が、チャパレ地方にある非合法コカ畑の撤廃を打ち出したそうです。それに反対するためのブロケオだと。先週以来、警察と軍がコカ畑を潰して回っている。そのとばっちりを、合法の茶畑が受けている。境界の見分けがつきにくいんです」

「畑を潰すって？」

「コカノキを根こそぎ引き抜いたり、葉を引きむしったり。火炎放射器で焼き払ったりも。で、コカレーロス側は、明日までに、さらに何か所かのポイントを封鎖するそうです。詳しい地点は教えて貰えませんでした。コカ代替植物の畑も取材したいといったのですが、ワイナリーまでの道も、うけ合うことはできないと」

コカレーロスが封鎖地点を明言しなかったのは、警察への情報洩れを警戒してのことだろう。

「でも、取材で入るならそれなりの方法があると、彼はいってます。活動家の話を聞いて貰えるなら、手配して目的地へも行けるようにするから、明日、あらためて来いといわれました。冒険は承知の上でオーケーしましたが、良かったですか？」

比嘉の判断は速かった。話をつけるカンがいい。ガイドらしくない思い切りもあった。

「文句なしだわ」シリルはほっとしたようだった。

「蓮尾さんが、うまい尋ね方を教えてくれました」彼は頭を掻いた。ぼくに花を持たせようとしている。気が利きすぎるくらいだ。少なくとも、ぼくが気づいた限りでは。

「彼らとの連絡はどうする」

「ホテルと旅行社のアドレスを渡しました」

「じゃ、連絡を待つしかないな」

ぼくらは車をバックさせて、切り返し、その場を走り去った。

6

セントロのホテルにシリル・ドランを下ろしたときには、午後六時近くになっていた。部屋に寄る間もなく、ぼくは比嘉に連れられて、次の約束が待つレストランへ向かった。

比嘉の車は、ぼくを店まで送り届けて、すぐに車寄せを離れ、メイン・ストリートの流れに加わっていった。

柔らかいスポットが、レストランの磨かれた大理石のアプローチに落ちている。綿のなかに戻った気がした。都市という名の、ぬくぬくとした綿に。

長い一日だった。

山間に切り拓かれた、無数の段々畑が浮かんだ。

――あれが、コカ茶畑……。

底のない沼のような畑の数に、圧倒されていた。山の肌を、コカ畑は埋め尽くしている。しかも、表だって見えるところにあるのは、合法の畑だけなのだ。非合法の畑は、峡谷の果てに、樹海の奥に、果てしなくはびこっているのだろう。

――あと、どれほどの畑が闇に隠れているのか……。

アダムのことを考えた。コカは罪を生んでいく。葉が粉となり、コカインとなり、薬そのものと、その生み出す金と力に取り憑かれた者たちが、命を軽んじる亡者となって、平気で人を殺す。

犠牲になった者たちの怒りが、悲しみが、祈りが、ボリヴィア政府に葉を焼き払わせるのではないか？ そうしなければ、国家もまた、コカインという怪物の生け贄になるからだ。

コカレーロスたちのいぶんはどうあれ、ぼくはコカを憎んだ。警官たちに混じって、コカノキを引き抜き、焼き払いたい気分だった。

だが、天井を知らぬかに見える畑の数は、ぼくを怯ませた。抜いても、枝葉を払っても、きりがないのではないか。

この国に、コカは複雑に織り込まれている。根強い糸のように。

コカレーロスのなかにいた女性たちを思い出した。肝っ玉母さんのような腰回りを、たっぷりギャザーの入った白いスカートが覆っていた。あの伝統的なスカート姿のままで、農作業もするのか。太く浅黒い腕。白い帽子の下の逞しい顔……。

彼女たちには、養わなければならない子どもが何人かいるのだろう。コカ茶の代金は、子どもたちの命に繋がる。同じように、幾つもの家族の命が、コカ茶頼みになっている。

片方にアダムの命があり、もう一方にコカレーロスの子どもたちの命がある。

代替作物の栽培は、コカインという怪物の存在によって軽くなった双方の命の、折り合いをつけることのできる手段に思えた。『ジェネアグリ』の育てているワインビジネス用の葡萄が、チャパレ地方に適していることを願う気さえしてくる。

テーブルは、ぼくの名前で予約してあった。

肉の焼ける匂いにスパイスの香りが混じる。店では南米ふう焼肉を出していると聞いていた。

ほどよく混んでいた。身なりのいい客ばかりだ。旅行者ふうの外国人も目立つ。待ち合わせの相手は、まだ来ていないようだ。

慌ただしさにまぎれて、頭痛はおさまっていた。かわりに、腹が減っている。吐き続けて以来、ろくなものを口にしていない。

メニューを頼りに、アヒルと羊とチョリソーを頼む。腹が膨れるなら、何でもよかった。飲み物は水にした。煙草は制限されていなかったので吸ったが、相変わらずまずかった。

背の高い男が、店のスタッフに案内されてきた。新たにもう一人レストランのスタッフが現れたのかと見間違うような、しゃんとした姿勢の男だ。

アレハンドロと名乗り、彼はホテルの名刺を出した。

二十代半ばだろう。オープン・カラーのシャツにスラックスと、身なりはカジュアルだが、フロント職が身についているらしく、折り目正しく、柔らかい物腰だ。

食事のメニューを差し出したが、彼は断り、ビールを頼んだ。

塊で焼いた肉をいくつも載せたワゴンが、運ばれてきた。長いナイフで、スタッフが肉を皿にそぎ落としていく。一品だけでも凄い量になった。見る見るうちに、アヒルと羊のローストの山ができた。

アレハンドロは、食事につられてきたわけではないらしい。

「お役に立つかどうか、わかりませんが」

彼は英語を話した。ＪＩＣＡ級の人間も利用するホテルに勤めているなら、エリートだろう。すぐ、彼は本題に入った。

「宿泊客のことをお調べなんですね。お知り合いが、私どものホテルを使われたとか」

「家族の話によれば、『ディプロマット』に泊まっていたと」

「ロングステイですか」

ぼくは頷き、デニス・バウアーの名を出した。

「やはり、あの人のことですか。合衆国の企業の」

アレハンドロは意外な反応をした。

聞けば、デニス・バウアーの勤め先の『フェリコ』から、人が派遣されてきて幾日か泊まり、バウアーの宿泊時の話を、詳細に聞き出していったという。

「会社の方の話では、重要なプロジェクトに従事していらしたとか。お気の毒でした。事故で亡くなられたそうですね。ボリヴィアに駐在されていたのがお一人だけで、仕事の引き継ぎがわからなくて飛んできた、と説明がありました。でも、ぼくたちも個人の事情にはうとくて、果たしてプラスになったかどうか」

彼は首を傾げた。

「あなたは、バウアー氏の会社の方ではないのですよね」

アレハンドロは尋ねてきた。いいかたはソフトだったが、うさん臭い奴(やつ)だと思っているのかもしれない。

不審を解くために、ぼくはバウアー夫人の依頼であることを強調して、説明した。デニス・バウアーの義理の弟がコチャバンバ近くのどこかの研究所におり、バウアーはボリヴィアに滞在中、義弟に会うか、電話などで連絡を取っていたと思われること、その義弟に死を伝えたいのだということも話した。

事情を聞き終わると、アレハンドロは納得したのか、『フェリコ』にしたという話を繰り返しはじめた。

ホテル内で朝食を摂(と)ったり、バーを利用するにも、いつもバウアーは一人で行動していた。

そのことを覚えているくらいで、ほかに特別、関心を惹(ひ)かれるようなことはなかったと、アレハンドロはいった。

長期滞在の客も多いので、宿泊しているうちに、客どうしがフランクに打ち解け合う仲になる場合もあるのだが、バウアーには、親密になった客はいなかった。

「よく外出される方だったとは、覚えています。二、三日部屋を空けることはよくありました。四日くらい留守をすることもあったかな……。でも、行き先までは……。

支払いは法人のカードでしたから、気にすることもありませんでした」

無理もない。アレハンドロは、それでも実直に思い出そうとしていた。

「電話は、頻繁に?」

「すみません。それは即答できません。ホテルに戻れば、使用記録の控えがあります。伝票と一緒に、『フェリコ』の方にもコピーを渡しました」

それらの控えをぼくのホテルにも届けてくれると、彼は請け合った。

「ホテルへの来客は?」

ぼくは先を促した。

「覚えている限り、いなかったですね。フロントからバウアー氏の部屋に来客を取り次いだ記憶はないし……」

決まり切った文句を復唱するようにいったあと、彼は、はっと弾(はじ)かれたように目を瞬(しばたた)いた。

「何か」

「そういえば……」

アレハンドロは少し興奮し、顔をきっぱりとこちらに向けた。

「いま思い出したんですが、タクシーの運転手を一度だけ取り次いだことがありました。バウアー氏はレンタカーを使っていて、ホテルのパーキングに車を置いていたんですが、滞在の初めの頃だったか、タクシーを呼びました」

「行き先は、いっていなかった？」

気が逸った。

バウアーは、キース・シャノンの居所を訪ねるために、地元の地理に詳しいタクシーを使ったのではないか。とすれば、行き先は重要な手がかりになる。

「バウアー氏は、行き先はおっしゃいませんでした。でも、ぼくが配車を頼まれたので、知り合いの個人タクシーに仕事を回したんです」

メイン・ストリートでタクシーを拾い、ぼくはセントロのホテルの名を告げた。シートにもたれ、息を深く吸い込んだ。

窓の外に目を向けた。希薄な空気のなかで、町明かりと星が冴え冴えと光っている。どこかから、フォルクローレが流れてきていた。高く響くのは、ケーナだろうか。

——夜は、まだ残っている……。

頭痛が引いたせいで、気力が少し戻っていた。やることは山積していたが、幸先よく、アレハンドロから個人タクシーの運転手の情報を得、予定だけは立ちそうになっている。

特筆すべき情報はそれだけだったが、追いかけていくことはできそうだ。固辞する彼に、礼金を渡して帰した。アレハンドロは、踊る約束があるといって、明るい顔で帰っていった。誘われたが、断った。

気を紛らわせるのには役に立ちそうだが、体を動かすのはご免だ。酸素の大量消費で、またひどい目にあう。

深い呼吸をするのが、癖になっていた。体は学ぶ。生きていくために、置かれた環境に合わせて微調整をする。

いつのまにか、うとうとしていた。

夢を見た。

ぼくは、石を動かそうとしていた。火鉢ほどの大きさの石だ。どうやら、バリケードを作るつもりらしい。ヒッピー風の服装をしているのは、若返りの願望か。

軽そうだと思われた石は、しかし、びくともしない。

帽子をかぶった助っ人が、わらわらとやってきた。白い帽子には、安手な極彩色のストールが巻きついている。インディヘナの女ものだ。

ぼくの隣に陣取ったのは、ばかでかい女だった。彼女が触れると、石は魔法のように転がっていく。

女を必要以上に意識しながら、ぼくも精いっぱい力をふるう。

石は動かない。

――無理だ……。

そう思った。すると、腕も動かなくなった。見ると、ぼくの前腕は、白い色の義手に変わっている。石に触れた部分が、見る間に崩れて粉になり、風に吹き散らされる。

女がにっと笑った。三角乃梨に似ていた。

その拍子に、目が覚めた。車が停まったのかと思った。

目を開けようとして、唸（うな）った。瞼（まぶた）が開かない。接着剤で綴（と）じ合わされたように、上瞼と下瞼が粘りついている。

――何だ？

覚めたと思ったのはやはり夢で、別幕に飛んだのだろうか。今度は視力を奪われたということか？

瞼を触ってみようとして、ショックを受けた。二の腕が、体の脇（わき）についたまま、動かせない。

――縛られている？

その経験がないので、ぴんとこなかった。音を立てないように、そっと身動きをしてみた。肩の下あたりに縄か紐が食い込む感じがあった。前に組まれた両手首にも。強盗だろうか。ボリヴィアの都市部は、比較的治安がいいが、金品目的の強盗が、たまに出ると聞いている。拾った流しのタクシーが、強盗に早変わりしたのではないか。

――いや、違う……。

物盗りなら、こんな手の込んだことはしない。眠っているうちに財布を抜き取りでもすれば済むことだ。あるいは、一撃を与えるだけでいい。

では、誘拐か。南米で起こる邦人の身代金目的の誘拐が、ときどきニュースになる。ちらと自分を値踏みしてみた。だが、一瞬にしてその考えは捨てた。誘拐のターゲットは、おもに有名企業の役員か、現地で羽振りのいい法人の社長だ。犯人はたいがい組織で、そうしたシステマティックな団体が、ぼくのような小物をやみくもに連れ去るわけがない。まったくの人違いだとすれば別の話だが。

車は、まだ走っていた。道は舗装されているようで、大きな揺れはない。フォルクローレの音はしていない。閉じた目にも、明かりの強弱は感じる。街灯は少なくなっているように思える。町外れに行こうとしているのか。

ゆっくりと考えた。偶然にふりかかったことなのか、あえて選ばれたのか。

——選ばれたとしたら、いったい何のために？　何か特別な理由を、ぼくは持っているのだろうか……？

ぼんやりと、逃げ出さなくてはと思った。方法は思い浮かばない。誰かを倒すことなど、ぼくには無理な相談だ。武器になるようなものも、何も持っていない。

思い返した。乗車したとき、運転手の顔を見ただろうか。

——もちろん、見ていた。南ヨーロッパ系の顔つき、短髪の中年男だ。恰幅はいいほうで、頬がふっくらしており、古いスタイルのサングラスをかけていた。

車は、スピードを落とし、いくつか角を曲がった。体感でわかるのはそれぐらいで、坂の上り下りをしたのかどうかも、見当がつかない。何か段を乗り越えたところで、ついに車は駐まった。

エンジンが切られ、運転席のドアが開いた。身を刺すように冷たい風が吹き込んで、流れ去る。

運転していた男が車から降りる気配がした。ざくざくと砂利を踏みしめる音が、後部へと回ってくる。

足音は、車の脇で止まった。

息をつめて、聞き耳を立てた。しゅっと、短く何か擦れる音がした。同時に、嗅（か）ぎ慣れた臭（にお）いが鼻をついた。マッチの点（つ）けばなの硫黄臭だ。続いて、軽い煙が流れてくる。

――一服しているのか……。

ひと仕事する前に、実行犯が煙草（たばこ）を吸うのは、よくあることだ。いい兆候なのか悪い兆候なのか、考えあぐねた。気を落ち着けるためになのか、力を振るう前の景気づけか。あるいは、誰かを待っているのか。

状況がわからなかった。たとえわかったとしても、手も足も出ない。

急に、恐怖にかられた。鼓動が早鐘のようになり、体が震えだした。

――死。

思い及んで、慄然（りつぜん）とした。

ぼくが死ぬこと、それ自体には、何の意味もない。存在としてのぼくが無になる、それは、ちっちゃな埃（ほこり）が舞い落ちて池に落ち、やがて沈むことと何の違いもない。

肉体が傷つけられることで、ひどい痛みを感じる、それも、あまり恐（こわ）くない。人間は、極端な痛みを感じ続けていることができないのだ。そういうしくみに、人体はつくられている。激痛を緩和するために、人は自分の体内から、麻酔薬に似た成分を分（ぶん）

泌する。どんなにひどい拷問にも耐え、秘密を洩らさずに昇天する人間がいるのは、そのためだ。ひとときの痛みが過ぎ去れば、失神して楽になれる。そのあとの世界は……、傷つきながらも生きるのか、再び傷つけられるのか、それとも死なのか、ぼくの知ったことではない。

死んだなら、きっと自由になれるだろうという予感さえする。

なのに、ぼくは震えている。

なぜか。

自分の力が発揮できなかったという未練でもない。

この世のなかのあらゆることについて、ついに何事もわからなかった自分の、宙ぶらりんな状況がいやなのだ。

ようやく手にしたレックスの原稿さえ、まだ読むことができていない。

不慮の事故の、不慮という部分が、いちばん嫌いだ。それでも、飛行機事故や交通事故なら、寸前に何が起きたかはわかるだろう。もっとも嫌なのは、理由に思いあたることがないまま、死んでゆくことだ。

いまのいままで、ともに笑っていた男に、いきなり刺されるとか、初乗りしたタクシーで、見知らぬ運転手に有無をいわさず殺される、それは理不尽だ。そう――理不尽な死に方こそ最悪だ。

男が動き出した。煙の臭いが途絶え、足音が車の後部を回っていった。

トランクが開けられる音が、棺の蓋の軋みのように響く。

両手のひらが汗ばんできた。

足音は、すぐに戻ってきた。ぼくの脇のドアが開かれた。

——どうするつもりだ？

思い切って、そういったつもりだった。しかし、出たのは掠れ、震え、喉の奥でもごもごと鳴る、意味の取れない音の連なりだった。歯の根が合わない。

対手は、何もいわずに動いた。

ふいに、もの凄い力で顎をつかまれた。背が座席にぐいと押しつけられた。

ごつく、大きな手が、ぼくの顎先を持ち上げた。強い女に無理にキスされるときのように、仰向けにさせられる。

喉がこわばった。首を左右に振り、相手の手を払いのけようとした。

もっと、まずいことになった。鼻と口を塞がれた。鼻と口を完全に覆うには、人の掌ひとつで済むことを、あらためて知った。

息を吸うことができずに、もがいた。

さらに、相手は鼻をつまんできた。息苦しさが頂点に達しようかというとき、口の方だけが、急に解放された。

鼻をつまれたまま、しゃくりあげながら息をした。口を開けたきり、せわしなく呼吸するざまは、犬のように見えただろう。

と、隙（すき）をつくように、開いた口に何か堅く、つるりとしたものが押し込まれた。

――ボトルか……？

そう思ったときには、喉の奥めがけて、何かがすでに流し込まれていた。

ぬるい液体がものうく体内に落ちていく。飲み込むまいとした。吐き出そうと思った。胸を膨らませて息を止めると、液の流入は止まる。そのぶん、口からあふれ出た。顎から首筋へ、なま温かいものが流れ出た。シャツの首回りから胸のあたりが、じっとりと湿っていく。

けれども、すぐに息がつけなくなって、ぼくは液を吸い込んだ。むせた。一部を鼻から吐いた。しかし、同時に、大量の液が塊のようになって、喉元を通り過ぎていった。

むせた拍子に、ボトル・ネックがぼくの口から外れた。口を固く閉じようとした。

再び、鼻がつままれ、反り返らされた。苦しくなる。歯を食いしばったまま、息をする。ボトル・ネックで、相手は唇をこじ開け、歯の隙間からちびちびと液体を流し入れた。

涙が流れた。

抵抗を試みた。無駄とわかっても続けた。それしか、すべきことがなかった。

体が、ふわりと浮いた。抱え上げられたのか。

意識は朦朧(もうろう)としてきた。やがて、希望していた無明(むみょう)の世界へと、ぼくは落ちた。

(下巻へつづく)

エル・ドラド（上）

新潮文庫　は－29－2

平成十八年五月一日発行

著者　服部真澄（はっとりますみ）

発行者　佐藤隆信

発行所　株式会社新潮社

郵便番号　一六二—八七一一
東京都新宿区矢来町七一
電話　編集部（〇三）三二六六—五四四〇
　　　読者係（〇三）三二六六—五一一一
http://www.shinchosha.co.jp

価格はカバーに表示してあります。

印刷・大日本印刷株式会社　製本・株式会社大進堂

ISBN4-10-134132-X C0193